MAI TIAN LI DE GE CHANG

麦田里的歌唱

尚攀 著

海燕出版社

·郑州·

图书在版编目（CIP）数据

麦田里的歌唱 / 尚攀著. — 郑州：海燕出版社，2024.5
ISBN 978-7-5350-9351-6

Ⅰ.①麦… Ⅱ.①尚… Ⅲ.①报告文学–中国–当代 Ⅳ.①I25

中国国家版本馆CIP数据核字（2024）第010279号

麦田里的歌唱
MAITIAN LI DE GECHANG

出 版 人：李　勇　　　　　美术编辑：郭佳睿
策划编辑：李喜婷　　　　　责任校对：郝　欣　屈　曜
责任编辑：彭宏宇　　　　　责任印制：邢宏洲
　　　　　黄秀琴　　　　　封 面 图：席　硕

出版发行：海燕出版社
　　　　　地址：河南自贸试验区郑州片区（郑东）祥盛街 27 号
　　　　　网址：www.haiyan.com　邮编：450016
　　　　　发行部：0371-65734522　总编室：0371-63932972
经　销：全国新华书店
印　刷：郑州市毛庄印刷有限公司
开　本：710毫米×1000毫米　1/16
印　张：14.5
字　数：290千字
版　次：2024 年 5 月第 1 版
印　次：2024 年 5 月第 1 次印刷
定　价：48.00 元

如发现印装质量问题，影响阅读，请与我社发行部联系调换。

目　录

001　　前言

001　　第一章　育种家"接力赛"

033　　第二章　误入"农门"的许为钢

054　　第三章　历尽磨难的郑天存

081　　第四章　从部队"拽"回来的育种家

108　　第五章　许为钢的巅峰之路

130　　第六章　郑天存的高产"秘诀"

152　　第七章　茹振钢的"农科之家"

177　　第八章　超级小麦"擂台赛"

188　　第九章　为育种者作嫁衣的"郭小麦"

214　　第十章　道远而任重

前　　言

父亲一直在标榜他的"农民性"。即使我们定居省城多年，父亲早已不再耕种，依然会经常对别人说"我实实在在做过农民""我是从农村出来的"……诸如此类，每每说起自己的"农民性"，总有一种自豪乃至得意的情愫。

我有清晰的记忆，大概是我们家从村子里搬到镇上之后。那时，我大概5岁，父亲在一家大企业做高管，母亲在学校做教师。现在想来，那应该是父亲人生的转折点——就是从那一年开始，我们家不再种地。也就是说，父亲真正离开了土地。

搬离乡村，没了责任田，父亲的耕种并没有"金盆洗手"——他与母亲在企业大院或学校大院房前的空地上开荒种菜、种花。后来我们搬到省城，在钢筋水泥包围的空间，没有可开垦的土地了，父亲便在花盆里栽种。哪怕屋里狭小逼仄，他也会种上几盆花草或是蔬菜。

他说，不整点泥土，侍弄些花草，心里便憋闷得慌。他骨子里有农民基因，离不开泥土和植物。

刚搬到省城，我们借住在父亲的伯父在商城路的一所旧平房中。尽管房子低矮，采光差，但不用支付房租，也很难得。准备买房子的时候，父亲与母亲跑了很多楼盘，最终定下了农业路与南阳路交叉口的一套房子。父亲说:"我们从农村来的,住在农业路边上,感觉特别亲切,好像与老家离得很近。"

我不以为然,说:"农业路在郑州市中心,路两边也是高楼大厦,哪儿有一点农村的影子?"

父亲笑笑,如数家珍地说:"看看,你不知道了吧,农业路可是郑州市的农业硅谷,农业路1号,是省农业科学院;27号是河南省农业农村厅,包括省种子管理站、省土壤肥料站、省植保站;62号是国家小麦工程技术研究中心;63号是河南农业大学。河南省涉农的机构几乎都在这条路上,代表着全省农业科研的最高水平。"

"看来老爸对这条路是真了解得很透。"

"当然啊,这些单位跟我们报社联系很多,我们刊登的农业科技信息,很多都是这些单位提供的。"

父亲供职的河南科技报社,主要是服务"三农"。虽然他成了定居省城的记者,但还是经常到农村采访,一直保持着与乡村农民的密切关系。父亲最初入职报社的那段时间,餐桌上他说得最多的,就是到农村替农民维权的事情:某地造纸厂排出的污水流到农田里,"熏"死了很多庄稼,他采访之后,农民得到赔偿,污水污染农田的事情得以解决;某地农民买到了假种子,数百亩土地几乎绝收,他介入之后,种子经销商很快积极拿出解决方案,最终让受害农民得到满意的结果;某地农民的苹果树到了结果的树龄,却挂果很少,他带着专家赴现场察看,原来是苹果园里只种了一个品种,导致授粉结果率低……

当然,父亲也聊文学,诸如小说的创作体会,还有小说的阅读鉴赏等等。耳濡目染中,我不仅违背父亲的初衷爱上了文学,也对农业有了更多的了解和更深的思考。对于从小就离开农村的我来说，这种影响是潜移默化的，不知不觉我也开始关注起农业来。

我离开村庄的时候，还不太懂事，对村庄与农田的印象，大体上也都是外在的轮廓。倘若让我说起庄稼的收种，基本就是一无所知了。但对小麦，却有着特别的情感——每每想起故乡，便是一望无际翠绿或金黄的麦浪。儿时，曾经在铺满绿油油、与韭菜酷似的麦苗的田野里玩耍，我的脚无情地踩踏着松软的土地和纤弱的麦苗，有时还会拔起几株麦苗，高高抛起，看它们在空中的姿态。懂事之后才知道，那是一种不折不扣的破坏。

随风汹涌的麦浪，成为我心中永远的美好风景。在长篇小说《短歌行》里，我情不自禁地写道——

也正是在这个不知不觉的过程中，翠绿的麦浪变成了金黄，若站在足够高的地方，一定会看到整个平原地区是一片金黄色的世界。……

在短篇小说《脚下的天台》里，我还写过童年拾麦子的趣事——

我对金黄色的麦田已经没有了记忆，只记得在收割过后的田地里拾麦子。其实也不是拾麦子。我不像母亲，总是沿着田地的分界线来来回回地捡起农人们遗留下来的麦穗。我拾麦子的时间很短，觉得那样按部就班一点也不好玩。于是，我和别的小朋友就动了歪脑筋：偷麦子。

……

在我的意识中，与麦子有一种道不清说不明的情感，它们经常在我的脑海中呈现出美丽的风姿，让到城市生活的我有一片心灵的栖息地。这就是人们常说的乡愁吧。当然，小麦的成长与丰收，要经历很多的程序，蕴含着方方面面的艰辛付出。其中，离不开农民，更离不开研究小麦的农业科学家。

大概是2017年"五一"前后，粮食成为父亲在餐桌上聊得最多的话题，后来才知道，父亲要与何弘老师合作写一部长篇报告文学《粮食，粮食》。

有一天，父亲对我说："河南的小麦专家真是厉害。"

父亲滔滔不绝地向我讲起小麦育种家郑天存、许为钢、茹振钢及河南省内几名农民育种家的故事，还有小麦栽培专家郭天财等人的事迹。我被小麦专家的故事与奉献精神打动了。

"《粮食，粮食》中写到他们了吗？"我问父亲。

"写到了，但只写了全国著名的小麦专家，篇幅也很有限。"父亲有点遗憾地说。

我突然有了为这些小麦专家创作一部书的冲动，便对父亲说："我可不可以把他们放在一起写一部长篇报告文学？"

"当然可以啊。"父亲面露欣喜，"你能有这样的想法，我支持你。"

于是，这部作品就进入了我的创作计划。我开始进入这些专家的世界，感受他们对小麦的热爱，探寻他们与小麦的"亲密"关系，触摸他们的心路历程，感悟他们生命的状态……

书中的所有人物，都是在麦田里守望人生的奉献者，权且就把书名叫作《麦田里的歌唱》吧。

第一章　育种家"接力赛"

麦海"弄潮儿"许为钢

2022 年，"郑麦 9023"已经成功推广种植了 21 个年头。

"郑麦 9023"，这个开创我国粮食小麦出口先河的优质小麦新品种甫一问世，便一鸣惊人，迅速抢占市场，被方方面面所青睐。

可以说，在 21 世纪之初，"郑麦 9023"就是"优质强筋早熟多抗高产广适性小麦新品种"的代名词，曾经傲居全国小麦播种面积魁首位置多年。

据我国农业农村部 2004—2020 年的重大品种累计推广面积统计情况显示，"郑麦 9023"从 2001 年起连续 19 年种植面积在 500 万亩以上，是累计种植面积超过 1 亿亩的 5 个品种之一。

据不完全统计，仅在河南、湖北、安徽、江苏、陕西 5 省，"郑麦 9023"就累计推广 2.8 亿亩以上，收获面积曾连续 6 年位居全国及河南省小麦品种第一位，成为全国经久不衰的优质小麦明星品种，为农业生产带来了巨大的经济效益。

对于占全国小麦总产量四分之一强的河南省，"郑麦 9023"的意义不可估量。它的大面积推广，使河南夏粮连续 7 年增产，连续 6 年创历史最高纪录，不仅为国家粮食安全和小麦产业发展做出了突出贡献，也成为农民增收与河南优质小麦生产、产业发展的重要引擎。

"郑麦 9023"是小麦专家许为钢的"处女作"。1998 年，许为钢进入不惑之年，"郑麦 9023"育成。接下来，它过五关斩六将，走进了黄淮海南部与长江中下游的大片麦田——2001 年，"郑麦 9023"通过豫、鄂两省品种审定；次年，通过苏、皖两省品种审定；2003 年，同时通过了黄淮麦区南片国家审定和长江中下游麦区国家审定，被农业部列为我国小麦生产的主导品种。

"郑麦 9023"解决了我国黄淮海南部麦区优质强筋品种广适性不足的问题，成为当时我国法定许可的种植区域最大的小麦品种，带动了黄淮海南部和长江中下游麦区优质强筋小麦品种的大面积生产、应用。当年，"郑麦 9023"在全国的收获面积高达 2562 万亩，并且位居我国小麦所有品种种植面积第一位，引起业内人士广泛关注。

2003 年 3 月 28 日，郑州商品交易所里喜庆热闹，在这里，优质强筋小麦期货合约挂牌上市交易，"郑麦 9023"让"郑州小麦"首次在国际市场上拥有了话语权，具有与加拿大、美国、澳大利亚等小麦传统出口国"平起平坐"的地位。

"郑麦 9023"性状优良，处于全国领先水平，为河南省和我国黄淮麦区和长江中下游麦区种植业结构调整，以及农村经济发展和农民增收提供了强有力的科技支撑。2004 年，它被农业部列入 4 大作物综合生产能力科技提升行动的主导品种，被评为河南省最有影响的 10 大科技成果之一；这一年，"优质强筋早熟多抗高产广适性小麦新品种郑麦 9023"项目荣获国家科技进步一等奖，成为河南省自 1995 年"豫麦 13"之后获得的第二个国家科技进步一等奖，是"十五"期间唯一获此奖项的小麦品种，也是 2004 年度全国科技进步一等奖中唯——个来自农业战线的科研成果。

我国的面食一直以面条、馒头为主，特别是北方人的餐桌天天离不开面食。但随着社会经济的发展，人们生活水平的提高，对面食也有了更加多样化的需求。人们希望吃得更美味、更精细、更营养。面包、饼干、蛋糕等逐步走进了寻常百姓家的日常生活，但用来制作这些美食的优质小麦却长期供不应求。20世纪80年代末到21世纪初，我国每年都会进口优质小麦200多万吨。

1997年，我国小麦市场出现了普通小麦饱和、优质小麦供应不足的尴尬局面。当年，我国小麦总产量突破1.2亿吨，达到历史最高水平。但高产并没有给市场带来活力，也未给农民带来相应的收益，反而由于结构性过剩造成国产小麦大量库存积压，加重了财政负担，导致小麦价格直线下跌，农民种植小麦的热情遭到重创。

河南作为全国小麦的主产省份，播种面积一直稳定在8000万亩左右。小麦滞销，对河南小麦市场造成了巨大打击，小麦库存费用成为河南财政的一项重要支出，粮食风险基金超额补贴一度占到河南省级财政预算的三分之一左右。

彼时，一边是市场上普通小麦效益低，"难卖"；另一边却是优质小麦市场供给不足，面粉厂、糕点厂等四处求购强、弱筋优质小麦。

1998年，国家针对小麦结构性过剩这一情况，因势利导，提出调整种植业结构和提高农产品质量的相关要求，出台了小麦优质优价政策，主张大力培育、种植优质专用小麦，实现国内优质专用小麦的基本自给。中国的这一举措，吸引了美国、澳大利亚等小麦出口大国的目光，他们开始加紧研究适合中国的优质小麦。一些外国专家预言，中国小麦科研一直在高产上做文章，短期内很难培育出既高产又优质的品种。

在这个关键时期，"郑麦 9023"问世，可谓生逢其时。2001 年，中国加入世界贸易组织。国外的强筋、弱筋小麦对我国小麦市场形成了巨大的冲击。而这一年，"郑麦 9023"通过地域品种审定，开始了大面积推广。无疑，以"郑麦 9023"为代表的优质小麦的推广种植，使国产小麦抵抗住了国外优质小麦品种的"侵袭"。

广大农民在小麦市场的冲击下也有了危机感，意识到只顾闷头生产，不问质量、不管市场，就算生产能力再强大也只能填饱肚子，换不成"票子"。小麦生产大省——河南传统模式的小麦生产走到了"十字路口"。

河南省的决策者果断对小麦生产做出调整，从以前重产量的初级阶段向品质、品牌的方向跃进，并开始对小麦种植结构实施大规模调整，尝试在不同区域种植不同类型的优质专用小麦。

农业部也对全国小麦种植区进行了明确的划分，河南信阳等地成为优质弱筋小麦种植区，河南西部、北部是优质强筋小麦适宜种植区。

河南省对农业和农村经济结构也进行了战略性调整，以"专用化、优质化、多样化"发展优质小麦为方向，扩大了优质小麦的市场占有率，增加了农民收入。

彼时，许为钢历经十年培育出的"郑麦 9023"走上了历史舞台。2002 年，作为制粉小麦品种出口到新西兰、印尼等国家，打开了我国小麦出口创汇之门，结束了我国小麦一直作为饲料用麦出口的历史，实现了我国制粉小麦零出口的突破，其期货交割量占当时我国优质强筋小麦的份额高达六成。

"郑麦 9023"成为我国优质强筋小麦现货贸易、期货贸易和出口贸易的主导品种，两年间，"郑麦 9023"累计实现出口 14.3 万吨，创汇 2073.5 万元。

开我国食用小麦出口先河的"郑麦 9023"，第一车是从河南省西平县运出的。

2001 年，西平县人和乡党委书记艾建平带着农民对"好种子"的期望找到了许为钢，想在当地大面积推广种植"郑麦 9023"。此前，他已经对"郑麦 9023"进行了深入考察，"郑麦 9023"优质、高产、早熟、多抗，具有广适性，还具备对条锈病、叶锈病、赤霉病、黄花叶病和雪霉病等多种小麦病的抗病性。强筋优质小麦市场前景广阔，也是农民增收的有效渠道。人和乡政府以高出普通小麦 3 倍的价格购买了 10 万公斤"郑麦 9023"种子，种植了 2 万亩。第一个"郑麦 9023"种植示范基地落户西平县。

河南省一位领导在西平县"郑麦 9023"种植示范基地调研时，握着许为钢的手深情地说："这个品种为我省发展优质小麦生产提供了很好的技术支撑，在我省建设全国重要优质小麦生产与加工基地这件大事上，你为政府提供了一把'好拐杖'，党和政府感谢你。"

2001 年之前，西平县小麦产量最高的一年也只有 377 公斤 / 亩。"郑麦 9023"不负众望，种植面积和产量年年攀升。2001 年，西平县"郑麦 9023"播种面积达 47 万亩；2002 年达到 53 万亩；2003 年达到 64 万亩；2004 年，73 万亩；2005 年，85.4 万亩，占全县麦播总面积的 89%。到 2006 年，"郑麦 9023"在西平县的种植面积达到 89.7 万亩，占全县麦播总面积的 93%。"郑麦 9023"在西平县的平均亩产达到 444.8 公斤，最高亩产达到 580 公斤，均创历史新高。几年间，西平县就以"郑麦 9023"为龙头，走出了一条引进、示范、推广同步进行，生产、贸易、加工同步发展的新路子。

与普通小麦对比，"郑麦 9023"每亩增产 15% 以上，销售价格比其他品种每公斤高出 0.2 元以上，农民每亩增收 100 元到 200 元。从 2002 年起的 4 年间，西平县累计出口"郑麦 9023"7.5 万吨，国内年贸易量达 40 万吨，粮食部门和加工企业每年出口创汇、加工销售为县财政贡献 700 万元以上；"郑麦 9023"为西平县带来的综合增效达 4 亿多元。

"郑麦 9023"在西平县的规模化种植、标准化生产，引起省内外农业专家的高度关注，他们纷纷走进西平县的田间地头，观摩"郑麦 9023"。

2006 年 5 月 21 日至 22 日，小满时节，农业部时任专家顾问组组长魏义章一行站在人和乡老王坡的田地里边，看着 10 万亩一望无垠的麦浪，兴致勃勃地说："优质的好小麦，在西平啊。"

中国工程院卢良恕、董玉琛等 4 位院士连续两年到西平县现场观摩，认为河南省小麦高产区正逐步南移，西平县就是典型的代表。

"郑麦 9023"为西平县带来了可观的社会效益和经济效益，使西平县成为全国粮食生产先进县、全国优质小麦生产基地县、全国优质小麦良种繁育和加工出口基地县、河南省小麦综合生产能力科技提升行动试点县等。

"郑麦 9023"在西平县生产模式的成功，辐射带动了周边县区，驻马店市 9 县 1 区 4 年间推广"郑麦 9023"面积超过 600 万亩，成为全国重要的优质小麦生产基地。

在小麦育种方面，许为钢一直具有敏锐的洞察力和前瞻性。他认为，农业科学家至少要预测到未来 10 年国家和社会发展的趋势与需求，这才可能培育出满足社会需要的好品种。

许为钢带领团队在小麦育种的道路上实现了"三步走"。

他迈出的第一步，是培育出了"郑麦 9023"，解决了优质强筋小麦品种广泛适应性问题。第二步是在小麦优质的基础上实现了高产，育成了强筋、超高产小麦新品种"郑麦 7698"，为全国发展优质小麦、增加农民收入做出了突出贡献。

"郑麦 9023"育成之后，许为钢团队开始了新的研发，即采用分子标记聚合育种技术选育优质强筋、抗病、超高产品种。与根据农艺性状的表现来进行选择的传统常规育种技术相比，分子标记聚合育种技术具有选择准确性高、不受环境干扰、易于实现多个优异基因的聚合等优点，是现代分子生物学技术在农作物遗传改良中的应用。

许为钢团队的研发得到了高度重视，被列入河南省重大专项"超级小麦新品种选育与示范"和国家"863"重大课题"小麦分子标记聚合育种"等科技项目。

风雨十载，许为钢带领团队不断地试验、繁育，终于育成了又一个半冬性多穗型、中晚熟、超高产、抗病优质小麦新品种"郑麦 7698"。这是河南首个采用分子标记聚合育种技术育成的优质强筋小麦新品种，它的问世标志着河南育种技术又有了新突破。

这个优质面包、优质面条和优质馒头的"三料"强筋优质小麦新品种，2011 年通过了"超级小麦新品种选育与示范"项目机收实打验收，亩产超过 700 公斤，达到产量验收指标，并通过河南省小麦品种审定。2012 年，"郑麦 7698"通过黄淮海麦区南片国家审定和农业部小麦品质鉴评会鉴定，被科技部列为"国家农业科技成果转化资金重大项目"。2015 年，"郑麦 7698"收获面积已上升到 1000 万亩，被农业部连续两年推荐为我国小麦生产的主导品种。2019 年 1 月 8 日，"郑麦 7698"荣获国家科学技术进步奖二等奖。

在"郑麦"系列中，"郑麦 7698"是一个既优质又高产的品种，被权威机构鉴定为"三优"品种。有专家称，"郑麦 7698"引领了我国优质强筋小麦的发展方向，解决了我国优质强筋小麦产量普遍低于普通高产品种的难题，使优质强筋小麦产量跃上了亩产 700 公斤的台阶。

这个品种不仅高产，其面粉还集面包烘焙特性和中国大宗食品蒸煮特性于一身，是制作面包、烩面、饺子、高档拉面、高品质馒头等食品用粉中的"三好学生"，不仅满足了城乡居民的消费需求，在与国外强筋小麦品种竞争中也发挥了极其重要的作用。

至 2016 年，"郑麦 7698"种植面积超过 1300 万亩，全国累计推广 3500 万亩，成为国内种植面积最大的强筋小麦品种和国内三大优质小麦品种之一。

如果说"郑麦 9023"解决了优质强筋特性与其他农艺特性的良好结合问题，那么"郑麦 7698"则实现了优质强筋特性与超高产特性的统一，具备了综合性状优良、抗干热风能力强、耐密植及适合农民种植习惯等优势。从"郑麦 9023"到"郑麦 7698"，在两个十年中，许为钢完成了他育种事业的两次蝶变，也在我国小麦育种史上，留下了浓墨重彩的一笔。

在"郑麦 9023"与"郑麦 7698"的辉煌之中，许为钢没有丝毫的懈怠，而是再次把目光瞄准未来。为进一步使小麦品种适应我国农业现代化发展，适应规模化、专业化农业生产，实现绿色可持续发展的要求，他迈出了小麦育种生涯的第三步：培育出高产性能突出、优质高效、生产高效、加工高效的"一突出三高效"特点的中强筋小麦新品种——"郑麦 1860"，完成了小麦品种从优质到高产，再到"绿色"的"三级跳"。

2019 年，多抗病虫害、节省化肥和农药的"绿色"小麦新品种"郑麦 1860"，通过国家审定之后，被农业农村部质量评鉴为优质面条品种，在黄淮海麦区开始大面积推广。

2021 年夏收时节，"郑麦 1860"在 3 次机收实打测产中亩产均突破 800 公斤，收获面积超过 500 万亩。2022 年 6 月，"郑麦 1860"在黄淮麦区捷报频传，在河南南阳、商丘等地亩产超过850公斤；在江苏省、陕西省也刷新了当地历史最高产量纪录。

"郑麦1860"，超越了它的"哥哥、姐姐""郑麦9023""郑麦7698"，再次成为优质小麦新品种中的"帅哥靓妹"，受到了广大麦农的追捧，被业内誉为一个"麦"向丰收、"面"向未来的绿色、高产、高效的优质小麦品种。

时光荏苒，岁月如梭。转眼间许为钢已经在小麦育种战线上奋斗了30余年，由风华正茂的青年才俊进入了白发苍苍的人生"秋季"。曾有记者问他："这样日复一日、年复一年的生活你觉得枯燥吗？"许为钢摇摇头，笑着回答："喜欢，喜欢就是热爱，热爱就是最好的动力。"

"高产育种家"郑天存

在许为钢的"郑麦9023"育成前的20世纪80年代中期至90年代后期，河南在全国产生巨大影响的小麦品种，当属郑天存主持育成的"周麦"系列。如果说"郑麦9023"的问世为河南优质小麦带来了重大突破，那么郑天存的高产小麦育种则为河南小麦不同时期的增产做出了巨大贡献。

1995年6月30日，《人民日报》一版刊发了题为"黄淮流域六省协作推广良种——豫麦21获得大面积丰收"的报道中这样写道："由全国农作物品种审定委员会审定命名的小麦新品种'GS豫麦21'在黄淮流域获得大面积丰收。今年黄淮流域的河南、安徽、江苏、山东、陕西、山西等省种植'GS豫麦21'共2600万亩，一般亩产400多公斤，最高亩产626公斤，比种其他品种每亩增产50公斤以上，可增收小麦13亿多公斤。"

文中说的"GS豫麦21"，即河南省周口地区农科所时任所长、被誉为"周麦之父"的郑天存主持培育的高产多抗小麦新品种"周麦9号"。这一新品种，攻克了国内外小麦育种中普遍遇到的"矮秆易早衰、高产不抗倒、多抗难于一体"的历史技术难题，集高产、多抗、矮秆于一体，实现了小麦育种的历史性突破。因其优异的农艺性状，迅速在全国大面积推广。

"周麦9号"是郑天存主持培育的第二批6个小麦品种中最突出的代表，在1992年黄淮流域各省试种平均亩产506.9公斤；1993年，通过全国农作物品种审定委员会审定后，种植面积直线飙升，1994年即猛增到2600万亩，两年累计推广面积达到4000余万亩；1995年秋播，种植面积超过3500万亩，成为黄淮麦区种植面积最大的品种。

"周麦9号"这个一问世就在小麦育种界十分抢眼的"黑马"，被国内小麦专家称作"作物遗传育种理论和技术上的一大成功"，在全国首次创造了跨省多处试验平均亩产超千斤的纪录，被命名为全国名优品种。

1995年，"周麦9号"在全国第九届发明博览会上，斩获世界知识产权组织（WIPO）杰出发明者金质奖——至目前，在我国农业科研领域只有袁隆平和郑天存两人获过这一殊荣。

1996年至1998年，"周麦9号"在豫、皖、苏等8个省累计推广面积达1.4亿亩，产生直接增产效益40亿元，成为全国播种面积最大的小麦大品种，并被指定为黄淮南片麦区国家区域试验的对照品种。

育成于1988年的"周麦9号"，是郑天存利用自己发明的小麦"夏繁加代"技术，经过6年的定向选育获得成功的一个突破性小麦新品种，实现了综合性状较为全面的育种目标。在1989年至1990年河南省区试中，"周麦9号"比对照品种"豫麦2号"增产10.3%，比对照品种"豫麦7号"增产18.87%，接着参加黄淮南片麦区试。3年国家级区试和两年省生产试验，产量均排在首位。

作为我国首次将"高产、广适、耐病、抗逆、矮秆"等多种优良基因结合于一体的半冬性小麦新品种，"周麦9号"具备的优良特性与高产稳产性，很快在黄淮海麦区传开，受到了广大农民朋友的普遍青睐。75厘米左右的株高，使它具有超强的抗倒伏特征；抗条锈、叶锈、白粉、赤霉、散黑穗等多种病害，可减少施药等成本；耐寒、耐干热风，且熟相好，播期弹性大，生育期适中，籽粒品质好等诸多特点，为高产、稳产奠定了基础。亩产500公斤至600公斤的高产潜力，成为当时小麦单产的佼佼者。

一时间，"周麦9号"成为火遍全国的"明星"品种，也赢得了国内权威专家的一致溢美赞誉，并荣获1997年度国家科技进步奖二等奖。

郑天存育成的第二批新品种中，除了"周麦9号"，还有"周麦5号"至"周麦10号"等，它们各有特色，表现优秀："周麦5号"抗病、抗寒，"周麦6号"抗吸浆虫，"周麦8号"抗穗发芽和干热风等，成为他小麦育种生涯的第二个高峰。

在20世纪80年代初到80年代中后期，郑天存就培育出了"周麦8848""周麦8826""周麦8833""周麦8846"（"豫麦15"）。其中"周麦8846"高产早熟，矮秆、大穗、大粒，在周口地区3年的区试种植中，产量两次排第一，一次第二，平均亩产达394.5公斤，首次实现了小麦产量历史性突破，获得了河南省星火科技成果二等奖。

20世纪90年代中期至21世纪初，郑天存团队进入了高产育种阶段，这时的育种目标是以产量为基础，解决抗倒、抗病等为主，使籽粒饱满，提高千粒重。此阶段培育出了第三批3个品种，即"周麦11"至"周麦13"。这3个品种在黄淮麦区试验中均表现突出，产量再创新高，亩产稳定在500公斤以上，高的达600公斤，再次实现小麦育种重大突破。

20 世纪 90 年代中期至 2005 年前后，是超高产育种阶段，郑天存主持育成了第四批 6 个品种："周麦 14"至"周麦 19"，使黄淮海平原小麦产量水平再上新台阶。"周麦 16"在 2001 全省试验 10 处汇总平均亩产达 635.9 公斤，其中两处超过 700 公斤，最高亩产 712.8 公斤。"周麦 17"具有矮秆、早熟、面白、出粉率高等优点，适合农业结构调整的需要，有利于发展间作套种，适合农村面食习惯的需求，因而颇受农民欢迎。"周麦 18"在国家和河南省的区域试验、生产试验中 3 年取得了 8 个第一，与后来育成的"周麦 22"一起成为国家黄淮南片主推的小麦"明星"品种，累计推广面积 2 亿多亩，双双获得了河南省科技进步奖一等奖。

"周麦 18"是郑天存第四批 6 个新品种中的"优等生"代表，系利用"内乡 185"与"周麦 9 号"做亲本杂交选育而成的半冬性品种，一问世即成为黄淮麦区的标志性高产品种，具备高产、抗灾、稳产、品质好等特优品种的全部特点；在 3 年国家和省区试、旱地区试、生产试验中获得 8 个第一，比一般品种每亩增产 50 至 80 公斤，被全国权威专家公认为又一个具有划时代意义、有突破性，既高产又稳产的"王牌品种"。

2001 年，"周麦 18 号"在河南省品比试验中平均亩产 519.9 公斤，比对照品种"豫麦 49 号"增产 10.1%，居参试品种第一位。第二年，平均亩产达到 507.8 公斤，比对照品种增产 14.8%，居参试品种第一位。第三年，参加河南省超高产区试，7 个试点全部增产，平均亩产 561.7 公斤，与对照品种"豫麦 49"相比增产 8.96%，与"豫麦 47"相比增产 11.1%，是参试品种中唯一一个增产显著的品种。同年参加河南省旱地区试，平均亩产 349.36 公斤，比对照品种"豫麦 2 号"增产 6.74%，居参试品种首位。

2003 年到 2004 年间，"周麦 18 号"在黄淮冬麦区南片冬水组区域试验中，增产效果显著，平均亩产达 574.5 公斤，比对照品种"豫麦 49 号"增产 6.1%。2004 — 2005 年度续试中，平均亩产 535.2 公斤，比对照品种"豫麦 49 号"增产 10.3%。2004 — 2005 年度参加生产试验，平均亩产 505.6 公斤，比对照品种"豫麦 49 号"增产 10.2%。2004 年通过河南省审定，2005 年通过国家审定。

2005—2011 年，"周麦 18"连续 7 年被国家农业部门定为黄淮南片麦区主导品种，还是豫、皖、苏、陕 4 省良种补贴品种，对我国小麦主产区单产水平的提高做出了历史性贡献。

2009 年，"周麦 18"与"周麦 16"两个品种同时进入河南省推广面积前五强。这一年，这两个品种在河南省的市场占有率达到了 24.6%。

至 2011 年，"周麦 18 号"累计推广 8601 万亩，增产粮食 29.4 亿公斤，新增经济效益 59.8 亿元。该品种之所以大力推广且经久不衰，主要是满足了国家粮食安全对小麦产量的需求——在抵御不良气候条件上是一个抗逆稳产型品种；在抗病上是一个保护环境型品种；在农民增收、农业增效方面是一个高经济效益型品种；在需求上是市场上急需的一个优质品种。

2002 年，"周麦 18"荣获第三届全国农业科技博览会金奖；2005 年获国家农业成果转化项目资助；2011 年 12 月，通过河南省科技成果鉴定，达到国内同类研究领先水平；2012 年 12 月，获得河南省科技进步奖一等奖。

与"周麦 18"同期的这批小麦新品种，还有"周麦 14""周麦 15""周麦 16""周麦 17""周麦 19"，它们使小麦高产水平又上了一个新台阶，亩产突破了 700 公斤。

"周麦 16 号"是这批品种中最早脱颖而出的"优等生"，2002 年通过河南省审定，2003 年通过国家审定，同时获得国家植物新品种权保护，审定后即成为黄淮南片冬麦区主推小麦品种。

在郑天存育成的第五批小麦新品种中，不能不说"周麦22"——这是通过小黑麦与普通小麦远缘杂交、回交、辐射诱变、阶梯聚合改良等模式，综合运用常规育种与抗病性平行接种鉴定、品质测定及夏繁加代等育种新技术定向选育而成的一个新品种，技术水平居国内领先。

2006年、2007年，"周麦22"分别参加了国家3组试验，平均亩产546.44公斤，最高亩产为746.83公斤，平均较对照品种增产6.7%，居12个参试品种的第一位。

2007年9月，"周麦22"通过国家审定，2009年获得国家植物新品种权保护。审定之后，它表现优异，在黄淮麦区累计推广面积7837万亩，2013年到2015年间，播种面积在河南省排第一位、在全国排第二位；2009年至2016年，被农业部定为重点推广品种；2011年荣获第五届中国技术市场金桥奖；2013年成为河南省麦播面积最大的小麦新品种。

"周麦22"高产潜力大，稳产性、耐旱性、抗寒性及抗倒伏能力均很强，适宜在河南省、陕西省关中地区、安徽省北部、江苏省北部和山东省西南部高中水肥地块早中茬种植。在选育过程中，针对抗病性、抗倒性、抗逆稳产性等多目标抗性和气候年型影响选择效果问题，采取表型选择与分子标记、生理生化、力学测定等相结合选育技术，获得了新品种的多抗性和稳产性——抗倒性1级、抗寒性2级、耐热落黄性1级等5种病害。针对黄淮麦区三大主要病害——条锈病、叶锈病、白粉病抗性，在接种鉴定选择的基础上，采取分子标记辅助选育，实现了新品种对三大病害的中至高抗性，经分子标记检测，"周麦22"携带8个抗病基因，包括3个首次发现的新基因。针对小麦抗根倒伏、抗茎倒伏问题，在抽穗开花期、灌浆期自然抗倒性选择的基础上，采取力学方法测定茎秆抗折性、根系锚地能力等，获得了新品种高抗倒伏性。针对抗寒性、耐旱性、耐热性、落黄性等抗逆性，通过分期播种、分期评选和生化测定，获得超氧化物歧化酶高、丙二醛低、脯氨酸高类型，实现了抗逆与稳产性。

2011 年，"周麦 22" 成为安徽第一大外省引种品种；2018 年，"周麦 22" 荣获河南省科技进步奖一等奖。

在郑天存培育的众多品种中，有两个黄淮麦区的"标杆"品种，即育种对照品种：一个是"周麦 9 号"，因为在生产中表现突出，于 1996—2006 年被确定为河南省与国家小麦区域试验对照品种；另一个是"周麦 18"，从 2007—2022 年，一直是河南省和国家小麦区域试验的对照品种。

对照品种又叫标准品种，是各类品种试验中作为参试品种（系）比较鉴定标准的品种。通常以"当地普遍栽培的当家品种""当地生产上大量栽培的品种"为标准的优良品种作为对照品种。一个育种家一生能培育出一个对照品种就非常难得了，而郑天存在十几年间就有两个品种做同行们的"标杆"，这不能不说是一个奇迹。

郑天存退休之前，开始投入"周麦" 27 号至 33 号新品种的研发，为"周麦"系列品种留下了持续辉煌的"种子"。其中"周麦 27"亩产突破了 800 公斤，最高亩产达到 821.7 公斤，创造了国内百亩高产方单产纪录；"周麦 28"至"周麦 33"，在多抗、高产、优质等农艺性上也都有不俗的表现。

尤其值得称道的是，郑天存还为我国小麦育种贡献了一个优异的种质——"周 8425B"。该种质在矮秆、大穗、大粒、抗病抗逆性均呈显性遗传。根据对"周 8425B"做骨干亲本衍生审定新品种的统计，截止到 2019 年，全国共有 12 省（区、市）197 家育种科研单位，用"周 8425B"做骨干亲本育成审定新品种 415 个（包括国审品种 123 个），其中黄淮麦区育成衍生审定品种 405 个，河南省育成衍生品种 192 个，其中这个项目的 6 家主持、合作单位审定小麦新品种 51 个,形成了"周麦""郑麦""百农""中麦""存麦""豫麦"等多个主推品种，占黄淮麦区（南片）推广品种的 65% 以上——换句话说，黄淮麦区（南片）育成的小麦新品种中，65% 以上的都是"周 8425B"的后代。

在"周 8425B"的后代中，表现优秀者众多，其中"百农矮抗 58""郑麦 7698"两个新品种分别获得国家科技进步奖一等奖、二等奖;"周麦 12""周麦 22""百农 207""周麦 11""周麦 16""周麦 23" 6 个新品种分别获河南省科技进步奖一等奖和二等奖。

根据全国农技推广服务中心的统计，截止到 2019 年，"周 8425B"衍生品种累计推广 6.61 亿亩,在 2017 年、2018 年、2019 年三年中，累计推广 2.15 亿亩。根据 2001—2014 年国家黄淮南片和省级区域试验、生产试验 14 年统计结果，91 个"周 8425B"衍生品种与 502 个其他非血缘关系品种同年同组进行统计对比，平均亩产增加 43.5 公斤，平均增产率为 6.07%。按小麦单价 2.30 元 / 公斤计算，产生经济效益达 171.67 亿元。仅 6 家合作单位审定的 51 个小麦新品种就累计推广 2.32 亿亩。

2006 年，郑天存退休了，但他放不下他的小麦育种，于是他选择了继续坚守在育种一线，在 62 岁时步入了他小麦育种研发的"第二个春天"，创造了世界小麦育种领域罕见的育成品种数量最多（至 2022 年已主持育成小麦新品种 40 余个）的传奇。而且，他改变以往以"高产、稳产"为主要目标的育种理念，把培育高产与优质相结合的小麦新品种作为新征程的"制高点"，打破了长期困扰小麦育种"高产不优质，优质不高产"的魔咒，育成了"丰德存麦 1 号""丰德存麦 5 号""丰德存麦 8 号""丰德存麦 11""丰德存麦 12""丰德存麦 20""丰德存麦 22""丰德存麦 23""存麦 608""存麦 633""艾麦 24""艾麦 180"等"丰德存麦"系列共 17 个强、中筋优质高产小麦新品种。

在郑天存退休后的小麦育种中，出了不少表现优异的"大品种"。比如"丰德存麦 5 号"，在国家区试两年平均品质评分 97.05 分，居强筋优质小麦第一名；千亩示范方经实打验收连续 3 年亩产超 700 公斤。再如"丰德存麦 20"，在 2022 年千亩示范方实打验收中平均亩产高达 907.12 公斤，创造了全国千亩方的高产纪录。"丰德存麦 21""艾麦 24"等强筋优质小麦新品种，也因为兼具优质、高产两大优势，推广面积不断扩大，不仅备受麦农欢迎，还成了全国粮食加工企业的"香饽饽"。

"麦田战狼"茹振钢

在全国农业领域，许为钢、郑天存和茹振钢并称为近 20 年来河南小麦育种的"三剑客"。3 人中，茹振钢与许为钢同为 1958 年生人。而如今还活跃在麦田的郑天存，比他们大了整整 14 岁。

茹振钢在工作中是有名的"拼命三郎"，所以被业界誉为"麦田里的战狼"。2005 年，他主持培育的"百农矮抗 58"（简称"矮抗 58"）小麦新品种通过国家审定，成为黄淮海麦区又一匹惊艳的"黑马"，在我国小麦育种史上留下了浓重的一笔。

"矮抗 58"成功解决了小麦高产大群易倒伏、矮秆品种易早衰、高产品种品质不优和稳定性差、稳产性与广适性难结合等技术难题，总体技术达到了国内行业领先水平。

"矮抗 58"是以郑天存培育的具有矮秆抗倒、高产稳产、抗病最全面等特征的"周麦 11"为母本，以"豫麦 49 号"与"郑州 8960"单交组合第一代做父本，进行复交后经多代选育而成的高产优质中筋小麦新品种，综合了抗寒、抗旱、节水、高产等优势特征，平均亩产 650—700 公斤，最高亩产达 778.2 公斤，加上种植起来简单、省时省力，被农民朋友称作"傻瓜"品种。

"矮抗 58"投入生产后即快速占领市场，审定之后的前 3 年，以每年 300 万亩至 500 万亩的增速在全国推广，一跃成为黄淮麦区的特大小麦品种。2009—2012 年，连续 4 年被农业部作为黄淮海麦区主导品种推介。

2012 年 8 月，"矮抗 58"在全国的累计收获面积达 1.43 亿亩，增产小麦 66.86 亿公斤，实现增效 130 多亿元。当年，"矮抗 58"成为我国种植面积 4000 万亩以上的特大品种。

在"矮抗 58"播种面积最大的几年，河南小麦生产遭遇恶劣气候，"矮抗 58"以其抗寒、抗干热风、抗病等特征保持不减产、不降品质，为确保全省粮食十连增立下了汗马之功，更为全国小麦生产、保障国家粮食安全与河南省粮食核心区建设发挥了重大作用。

2013 年，"矮抗 58"荣获国家科技进步奖一等奖，实现了河南高校 30 年在该奖项上零的突破。1 月 10 日，茹振钢站在了中国科技领域的最高舞台上。

至 2014 年，"矮抗 58"在全国累计种植面积达 2.3 亿亩，连续 6 年成为全国主导品种，增产小麦达 86.7 亿公斤，直接增效 170 多亿元，成为农民种粮增收的重要途径；种植面积也从黄淮海麦区第一，一跃成为全国第一。

据估算，在"矮抗 58"播种面积最大的年份，占到了全国小麦总产量的八分之一、河南小麦总产量的一半。 至 2022 年，"矮抗 58"推广种植面积累计为 3 亿多亩，增产小麦 300 多亿斤。

"百农矮抗 58" 与"百农 64""百农 4199""百农 5819" 三个品种，被称作茹振钢接替恩师黄光正掌舵河南科技学院小麦育种团队之后培育的"百农" 系列"四大金刚"。这几个品种个个"身怀绝技"，在我省小麦生产中成为主导品种。

20 世纪 90 年代中期，茹振钢团队培育出了"百农 64"，成为河南省在生产中大面积亩产超千斤的小麦品种。

1998 年，"百农 64" 通过河南省审定，迅速在黄淮麦区推广种植，在河南省第八次小麦品种更新换代中被列为主导品种；被国家农业部门列为跨省区推广重点品种，在河南、山东、安徽、江苏、陕西、河北、湖北等地迅速推广，最大年份种植面积超过 2000 万亩，是河南省及黄淮麦区的主导骨干品种，累计推广 7600 多万亩，实现增产效益 16 亿元以上，荣获河南省科技进步奖二等奖。

茹振钢利用自己培育的品系"百农高光 3709F2" 和"百农矮抗 58" 成功培育出了高光效小麦"百农 4199"。

2017 年，茹振钢团队育成的"百农 4199" 小麦新品种拿到了河南省推广的"身份证"，2021 年通过国家审定。该品种抗性好——高抗白粉病、抗条锈病、中抗叶锈病，同时增加了 3 个抗赤霉病基因，具有抗赤霉病特性，当时在抗病性上居黄淮海小麦育种领先水平。

"百农 4199" 凭借抗倒伏、耐后期高温、灌浆速度快、优质高产等一系列优点，不但被农民朋友所青睐，也得到了粮食收购企业的青睐，成为我省此阶段小麦种植结构调整的主导品种。

"百农 4199" 一般亩产 700 公斤到 750 公斤，比"矮抗 58" 亩产高出 100

公斤左右。

"百农 4199" 属优质中筋品种，面粉富含 35 种香气物质，香味十足，而一般品种面粉只含有约 20 种香气物质。

在栽培方面，"百农 4199" 继承了"矮抗 58"的"傻瓜"管理技术，大大减轻了农民的人力投入。

被茹振钢视作"百农"系列目前当家品种的"百农 4199"，以其"出类拔萃"的农艺性状，在河南中北部、河北中南部、山东中西部、安徽北部、江苏北部、陕西东部等地区广泛种植。2020、2021 年，收获面积稳居全省第二、全国第三。在 2022 年河南最早收获的南阳市各县区中，平均亩产达到 800 公斤。

"百农 4199"之后，茹振钢团队又育成了"百农 5819"。这个品种在区域试验和生产试验中表现卓越，有望再创河南小麦产量新高的科技神话。

科技的魅力在于不断实现从"0"到"1"的突破，再实现从"1"到"10"的积累。从没有到有，是质变，也是创新，而从"1"到"10"则是量变。一直以来，茹振钢对这两方面都非常重视。

我国黄淮海地区由于品种、土地、科技等因素的制约，小麦单产极限是每亩 1400 斤。茹振钢认为，我国现在的小麦产量始终没有达到最理想的状态，他常常思索着如何培育出一种像袁隆平院士的"超级水稻"那样高产的"超级小麦"。

1998 年，茹振钢在辉县市太行山下的试验田里偶然发现了五六株明显异常的小麦。正常的小麦自花授粉后，颖壳会自动闭合、结籽，而这几株小麦的颖壳却因为自花不育没有闭合。茹振钢兴奋不已——这也许就是他梦寐以求的杂交小麦不育系。那一年，这几株异常的小麦仅仅收获了 5 粒种子。

正是这 5 粒种子，拉开了茹振钢杂交小麦研究的序幕，完成了杂交小麦

"不育系"的研究，啃下了杂交小麦研究中"最硬的那块骨头"。

2016年初夏，茹振钢团队培育的"BNS型杂交小麦"品种在修武县试种收获的时候，他们已经潜心研究了14个年头。试种测产的结果是：亩产最高达到898公斤。

2017年6月，被列入河南省重大科技专项5年的"强优势BNS型杂交小麦组配与规模化高效制种技术研究"顺利通过专家组验收。此项成果填补了世界杂交小麦的空白。

茹振钢团队构建了"BNS型杂交小麦"防杂保纯体系，使杂交小麦制种纯度达到99.99%；构建了杂交小麦亲本指纹图谱，可用于检测杂交种纯度。该成果达到国内领先水平，极大地推进了杂交小麦的研发和产业化进程，为我国抢占世界小麦种业竞争制高点做出了积极贡献。

"BNS型杂交小麦"在济源、新乡、安阳等地黄河滩区大面积推广种植，测产结果亩产稳定在830公斤到850公斤，比常规品种亩产高出100公斤左右。

据专家估算，"BNS型杂交小麦"在全国推广后，仅河南小麦就能增产10亿公斤，全国小麦增产部分，则相当于新增加了一个河南麦区的产量。

在研究中，茹振钢团队采用人工气候室、日光智能温室和大田相结合的方法，选育新恢复系16个、不育系8个，发现黄淮海类群小麦品种分别与西南类群和智利类群小麦品种间有较强的杂种优势，创制出3个"BNS型杂交小麦"强优势组合，可以满足不同麦区的亲本需求。

茹振钢自1981年从河南省中牟农业学校（今河南农业职业学院）毕业，到百泉农业专科学校（简称百泉农专，今河南科技学院）跟随恩师黄光正走上小麦育种之路，转眼间40余个春秋一晃而过。他孜孜不倦地在中原这片肥沃的土地上耕耘，不忘初心、牢记使命，在小麦新品种研发中秉承"推广一代、储备一代、研发一代、设想一代"的理念，为全国特别是河南省小麦品种的迭代升级贡献了多个新品种，更为他精彩的"小麦人生"做了完美的注释。

"承前启后" 黄光正

在新中国小麦育种史上，黄光正是一位承前启后的杰出育种家。他主持育成的"百农"系列小麦新品种，在 20 世纪 70 年代至 80 年代广为推广，为河南省小麦亩产从 100 多公斤增加到 300 公斤以上起到了决定性作用，其中的"百农 3217"更是风靡全国，也为后来郑天存培育的"周麦 9 号"亩产突破 500 公斤奠定了良好的基础。

1956 年，黄光正从河南农学院（今河南农业大学）农学专业毕业。那年他 24 岁，正是朝气蓬勃、意气风发的年龄，他被分配到百泉农专任教，曾任百泉农专农学系遗传育种教研室主任、系主任和本校学术委员会委员等职。

黄光正的故乡在广东省阳江市，气候温暖宜人。来到河南后，他在水土、气候、饮食等诸多方面都不适应。毕业后家里人为他争取了调回南方工作的机会，他却果断拒绝了。他怀揣着振兴农业的梦想和报效祖国的鸿志，毅然决然地选择留在中原这片需要他的热土。

任教之初，黄光正带领学生下乡实习。在坑坑洼洼的村道上，看到破衣烂衫的老乡们纯朴的笑脸，他的心猛地紧了一下——从老乡的笑容里，他看到了无奈和苦涩。那时候，小麦亩产才 100 公斤左右，遇上旱涝灾害收成更是少得可怜。在农民看来，生活、生命就是"一碗饭"的事情，放下了饭碗，人的一辈子就到了尽头。那些岁月里，粮食靠天收，产量低，农家的麦子宝贝似的舍不得吃，却仍然"青黄不接"，年年挨饿。

黄光正从那时起就下定决心要给老百姓做点实事。小麦是河南的主粮，种植面积最大，他在选择科研目标时，毫不犹豫地选择了难度较大的小麦作为研究对象，开始了他的育种生涯。黄光正培育的品种均用百泉农专校名的简称"百农"命名——在他30余年的育种科研中，培育、推广了一系列"百农"高产品种，这些品种不仅成为河南一大经典品系，在全国也占有重要地位。

黄光正经常天不亮就来到小麦试验田，调查分析小麦的生产、耐旱、耐寒、抗病虫害情况，以此为依据制订符合实际情况的育种目标。他先后培育出"百农221""百农3217""百农791""百农792""百农7933"等十几个小麦新品种，为我国的小麦生产、粮食安全做出了历史性贡献。

1968—1970年，学校的科研、教学工作被迫停止，学生天天忙于社会运动。就在这烟雾弥漫的环境里，黄光正依旧坚守在试验田里。对他来说，小麦育种是最重要的事情，任何时候都不能停下来。

那个阶段，科研一没场所，二没经费，为黄光正的小麦育种带来了很大的困阻。他愁眉蹙额地在家窝了几天，经过深思熟虑，最后决定"自力更生"，自己创造条件，坚持把科研搞下去。

黄光正在农场找到一间废弃的养鸡房，充当自己的实验室。养鸡房破旧、脏乱，散发着浓烈的鸡粪味。他找来扫把、铲子，亲自把屋子打扫得干干净净，然后把简陋的研究工具搬进去，接着把一包包的小麦育种材料扛进来。浑身的汗水湿透了衣服，飞扬的尘土不光落满了全身，连口腔与鼻孔也都有。把屋子打扫完，他成了个"土人"，累得胳膊腿都是酸疼的。

黄光正顾不得洗澡，也顾不得休息，又投入实验室的布置：他找来一大把钉子，在墙上整整齐齐地钉了一排，把装着各种小麦种子的袋子有序地挂上去。一切收拾妥当，他长长地舒了口气，看着自己的劳动成果，满意地笑了。

夜晚，明月高悬。黄光正把实验室挂不下的小麦种子背回家。他躺在床上，才感到浑身都是疼的，情绪却异常兴奋——想到自己有了"实验室"，他就忍不住笑出声来。

次日，天还未亮，黄光正就迫不及待地钻进了"实验室"，如醉如痴地研究他的小麦。

黄光正对小麦育种的执着和坚持，使数百种珍贵的育种材料在那个动乱的年代得以保存下来。而小麦育种科研，成了百泉农专唯一没有中断的研究项目。这个阶段，黄光正培育出了"百农221""百农7122"等多个小麦新品种。其中"百农221"随着解放军被引种到西藏，在冻土之疆生根发芽、生息繁衍，成为高寒地区的优质小麦品种。后来，"百农221"在西藏和贵州毕节、安顺等地区的小麦品种中独占鳌头很多年。

进入20世纪80年代，我国改革开放初期，农业百废待兴，科技人员匮乏。面朝黄土背朝天的农民辛辛苦苦干一年，一亩地收成仅有三四百斤，填饱肚子依旧是当时的刚需。

黄光正作为百泉农专小麦育种科研的奠基人和开拓者，一直坚持"以科技服务农业、造福农民"的理念，兢兢业业地进行小麦育种研究。那个时期，他育成的"百农3217""百农7723""百农3321""百农791""百农792"等一系列优良品种在多个省(区)大面积推广种植，极大地促进了农业丰产丰收。其中"百农3217"以高产、稳产、早熟、适应性强而闻名全国，成为河南省第五次品种更换的当家品种，占河南省小麦播种面积的35%左右，也成为当时播种面积最大、发展速度最快、经济效益最高的小麦品种。

1981年春季，河南省遭遇大旱。黄光正用复合杂交技术选育的"百农

3217"，在河南省种植约 150 万亩。

天气晴冷，寒风一阵紧接一阵。黄光正穿着洗得掉色的蓝褂子，拿着随身携带的记录本站在田地间发愣。大片的麦苗因为干旱蜷缩在干裂的土地上，显得无精打采。黄光正的心像被什么攥住了一样透不过气来。

他蹲下来，脸色凝重地拨弄着麦苗仔细察看。这时候，小麦返青正需要水，天气却旱得像火烤一样，连井里的水都见了底。

年近五旬的黄光正在田地间穿梭指导，动员大家拉水浇地。一阵风吹过，烟灰色的旧帽子被吹得老远。他去追，大家也帮他追。不大一会儿，他的帽子被风吹掉了两三次。他干脆把帽子取下来，任寒风劲吹头部。大家劝他回去休息，他摆摆手，固执地走进地里，边走边打喷嚏。架子车、水桶和来来回回奔跑的人们，忙了一整天，但对大面积的旱情缓解无疑是杯水车薪。

天气持续干旱，黄光正天天蹲在地里观察麦苗的生长情况，整个麦子生长周期，他的心都紧紧地绷着。

到了 5 月，临近麦收。在辉县百泉农专的小麦试验田里，黄光正戴着一顶破旧发黄的旧草帽，穿着洗得发黄的白色衬衣，手里拿着镰刀熟练地割下一把把金黄的麦子。一滴滴汗水从额头淌下，眼睛一阵酸涩。他直起腰，拉起脖子里的毛巾擦擦眼睛，继续埋头干活。

收割的麦子成捆成捆地码放在田边，麦穗大、粒数多、籽粒饱满。黄光正欣慰地看着，像看着自己的孩子，眼睛里全是爱。他悬着的心终于落下来。

当年，河南省种植的"百农 3217"喜获丰收，在大旱之年产量却超出人们的预期。周口、许昌、安阳、开封、洛阳等地增产显著，出现了上百处千斤高产田，"百农 3217"以其优异的表现获得了农民的认可和称赞。这不仅引起农业科技界的高度关注，在社会上也引起了不小的轰动。当年 7 月 26 日的《光明日报》以《小麦大丰收，科学立大功——沈丘县农民热情邀请黄光正教授同饮"庆丰酒"》报道了"百农 3217"亩产最高达 600 公斤的情况。

一时间，"百农 3217"成为享誉全国的小麦"明星"，各地农民争相购买种子。这一年，"百农 3217"通过河南省品种审定。1983 年，"百农 3217"在全国的种植面积达到 2095.5 万亩，并荣获国家技术发明奖二等奖。1984 年，种植面积攀升至 2649.0 万亩，其中河南省种植面积即达 2228.4 万亩。按照平均每亩增产 44.15 公斤计算，仅 1984 年一年就增产小麦 23.39 亿斤，按时价即达 3.04 亿元。1990 年，"百农 3217"通过国家品种审定。

"百农 3217"——这个具有划时代意义的小麦新品种，使黄淮海麦区小麦产量由每亩平均产量 200 公斤左右，上升到亩产 300 公斤以上，为农民的生产、生活带来了巨大效益。

1980—1984 年，"百农 3217"在全国推广种植达 5600 余万亩，累计增产小麦 49.7 亿斤，实现经济效益 6.4 亿元，为我国农业生产做出了突出的贡献。

在黄光正的职业生涯中，白天他马不停蹄地教学、搞科研，细心筛选具有广泛遗传多样性的种子材料，在收集原始材料后再采用系统育种、诱变育种等方法进行培育实验。夜里，他挑灯夜战，争分夺秒地查阅资料，进行理论研究。除了教学与育种研究，黄光正还利用业余时间主持、参与编著了《作物遗传育种》《小麦育种》等 17 部教材。他勤于实践和勇于创新，为育种科研积累了大量资料。

1983 年，黄光正赴美国进行了为期一个月的小麦育种考察，这一年，他获得了国家农牧渔业部技术改进一等奖；1985 年，他获得国家发明二等奖。

黄光正经常把最新的科研成果融入教案，以理论结合实际、科研结合生产的方法激发学生对农业科学的兴趣，培养他们独立思考、科研实践的能力。

茹振钢从中牟农校毕业后，被黄光正选为助手，在百泉农专开启了职业生涯。1986年，殴行奇从百泉农专毕业留校，成为黄光正、茹振钢团队的骨干力量。

跟随黄光正老师，茹振钢、欧行奇等人不仅学到了科研、育种、教学方法，更学到了吃苦耐劳、创新开拓和严谨治学的品质。

黄光正作为河南首批"国家有突出贡献"中青年科技专家，不仅为我国农业生产和解决农村人口温饱问题做出了巨大贡献，也为农业科研培育了大批人才，让"百农"小麦系列在华夏大地上结出丰硕的果实。

1988年5月5日，只有56岁的黄光正先生因积劳成疾患肝癌永远地离开了这个世界。河南职业技术师范学院（原百泉农专）的小麦育种，传给了他的助手茹振钢，继续谱写"百农"系列品种的发展之路，以"百农矮抗58"超越了恩师的"百农3217"。欧行奇主持育成的"百农207"，继续着"百农"系列的辉煌：2014年通过国家品种审定，成为河南省的小麦主导品种；2016年之后，"百农207"年推广面积2000万亩以上，引领了河南省第十一次小麦品种更新换代，成为河南和黄淮南片麦区第一位，跃居全国种植面积第一位；至2021年，"百农207"播种总面积达8775万亩，每年创造经济效益达50亿元以上。

小麦丰收背后的育种家群体

金黄的麦田是河南最美的风景。每年的夏季，风吹麦浪，整个中原大地到处飘荡着麦香。漫步于中原的田间地头，映入眼帘的小麦，一颗颗麦穗随风摇曳，诉说着河南的夏日物语。

河南以占全国 6.2% 的耕地，生产了中国 10% 的粮食，其中，小麦的产量功不可没，更是当之无愧的"小麦之乡"。一粒小麦，从青苗到面粉，再到各种美味食品，不仅丰富了世人的餐桌，还成就了面粉、面条、零食、速冻产业，借"天下之中"的交通便利，走向了世界各地。

河南小麦，不仅成为全省粮食产业的"科技树"，更是关乎粮食安全的国家大事，党和国家领导人时时关心着河南的小麦生产。

据全国数据，科技对农作物增产的贡献率为 58%，河南高于全国平均水平，高达 60.8%。而小麦良种对增产的贡献率，则在 38% 左右——这无疑是育种家的贡献。

河南的小麦育种事业，在孕育中传承、迭代、收获，薪火相传，其中涌现出一批享誉河南、闻名全国的小麦育种家——范濂、林作楫、雷振生等农业科技领域的专家，以及沈天民、徐才智、吕平安等一批农民育种家。这些"正规军"与"游击队"专家，育成了"豫麦""郑麦""周麦""新麦""温麦""洛麦"等几大流派，为河南小麦亩产连年攀升做出了重要贡献。由新中国初期的平均亩产四五十公斤，增加到当下的平均亩产四五百公斤，高产的品种甚至突破八九百公斤。

这里先说河南小麦育种界的元老级人物范濂先生，他是新中国小麦生产的亲历者和参与者。作为一位卓有成就的小麦育种专家和生物统计学家，不仅带头创建了河南农学院生物统计教研室和小麦育种研究室，更为小麦育种做出了巨大贡献，是我国杂交小麦研究的开拓者和奠基人之一。

20 世纪 70 年代末至 80 年代初，范濂先生成功选育出抗倒伏、耐涝、抗病、抗干热风的大穗型"豫麦 1 号""豫麦 3 号""豫麦 9 号"等小麦新品种，在黄河以南推广种植，风靡一时。

"豫麦1号"1979年曾创造了最高亩产1050斤的纪录，在当时享誉黄淮海麦区。范濂先生把自己的青春都献给了这片广袤的土地。1992年，因成就突出，他被国务院授予"国家有突出贡献"的专家。

2009年6月6日，范濂先生九十寿诞。正是中原大地小麦收获的季节，田野里麦子金黄，收割机隆隆作响。"范濂奖学金"设立仪式同一天在河南农业大学举行。

满头银发、精神矍铄的范濂先生看着育种界众多后起之秀会聚一堂，满是欣慰和喜悦。"郑麦9023"的选育者许为钢、"周麦"系列选育者郑天存、"矮抗58"的选育者茹振钢等省内杰出小麦育种专家把他们选育的一束束小麦穗郑重地献给他，他脸上露出了慈祥的笑容。

范濂先生在农业科学和农业教育战线上坚守60余年，致力于小麦遗传育种研究近50年，在小麦杂种优势利用、高产多抗优质新品种选育、数量性状遗传规律、育种方法和试验统计等方面，都取得了创造性的研究成果。

范濂先生创建的河南农大小麦研究所（原小麦研究室），近年来在小麦育种研究方面取得了突破性进展，先后有"豫麦68""豫农9901""豫农9676""豫农949""豫农201""豫农202""豫农035"7个小麦新品种通过国家和省级审定，主持完成了国家转基因专项、国家科技成果转化、国家跨越计划、国家"863"计划、国家科技支撑计划、河南省超级麦育种重大科技攻关等十几项重大科技项目，培养出一批批硕士和博士研究生。

范濂先生一直没有离开过科研第一线，即使他的职务到副省级（河南省人大常委会副主任），还经常到试验田里观察新品种选育情况。

林作楫先生算是与黄光正同龄的小麦遗传育种家，从事小麦新品种选育研究 40 余年，曾被授予"河南省科技功臣"称号。他利用"百农 3217"做母本培育的"豫麦 13"，较好地综合了抗旱与早熟、高产与稳产等因素，进一步实现了抗病、耐旱、高产等特性。1989 年、1991 年，"豫麦 13"分别通过河南省和全国品种审定，在河南、山东、安徽、江苏等省种植面积超过 1000 万亩，成为"百农 3217""西安 8 号"等品种的主要接班品种。1995 年，"豫麦 13"项目荣获国家科技进步奖一等奖。

生于 1933 年的林作楫，1954 年从福建农学院农学系毕业后，便离开故乡福建省福州市，来到河南省农科院工作，先后任河南省农科院小麦研究所遗传资源室主任、丰产优质育种室主任等职。20 世纪 60 年代，林作楫曾先后选育出"郑州 24""郑州 3 号""郑州 683"等优良新品种。20 世纪 70 年代后期至 20 世纪 90 年代初期，林作楫主持鉴定选择引进的高产品种"郑引 1 号"在黄淮流域大面积推广。同时，他率领团队陆续育成了"豫麦 5 号""豫麦 13""豫麦 47"等 10 多个小麦新品种，并积极开展小麦品质改良研究。其中"郑州 24"为河南省第一个杂交育成的丰产、耐旱品种。

20 世纪 70 年代中期，林作楫先生在办公室接待了来自偃师县（今洛阳市偃师区）、闻名全国的农民小麦育种家李德炎。原来，李德炎受中国农业科学院委托主编小麦育种方面的书籍，此次他来省农科院寻求帮助。林作楫积极协助他完成了中国第一部小麦育种基础理论著作——《小麦育种学》，该书 1976 年 7 月由科学出版社出版。

由此可见，李德炎的影响有多大。这位曾被中国农科院原院长金善宝亲切地称作"农民育种家"的小麦育种家，17 岁就开始在偃师县肖村农业科学试验站带领青年技术员搞小麦育种，先后培育出 14 个具有高产、稳产、品质好、抗逆性强、适应性广等优良性状的小麦新品种，旱地品种亩产最高达 550 公斤，水地品种亩产最高达到 635 公斤。这些品种，不仅在当地普遍推广，而且被全国 20 多个省、自治区、直辖市引进和试验种植，有些品种还被送往国外参展。因为他在小麦育种上取得突出成果，被转为国家干部后安排到三门峡市农科院继续从事小麦育种工作。

20 世纪 70 年代末，李德炎选育的"偃大 25 号""偃大 26 号"及抗旱小麦品种"偃大 728"，经多点试验和省级区试，增产显著，并在豫西、豫北和陕西、山东、山西等省大面积推广。其中"偃大 728"推广面积就达 2404 万亩，增产 1.8 亿斤，经济效益增长 3.6 亿元以上。

除了李德炎，河南的农民小麦育种家还有很多。在 1990 年到 2010 年的 20 年间，河南省审定的 100 多个小麦品种中，有一半出自农民育种家之手。

从 20 世纪 60 年代的李德炎，到 20 世纪 90 年代的徐才智，再到 21 世纪先后活跃的沈天民、吕平安，这些没有接受过高等教育的"土专家"，靠着让乡亲们"吃饱饭"的朴素理想，在黄土地里顶着烈日严寒，数十年如一日地专注育种研究，用土地和种子缔造了无数个传奇。

2000 年 6 月，经"九五"国家攻关组在兰考县对大田种植的 20 亩"兰考 906"（河南省审定名为"豫麦 66 号"）小麦品种进行实打验收，平均亩产达 720.8 公斤，创下了当年黄淮麦区单产的最高纪录，引起了社会各界高度关注。

在大面积推广中，"兰考 906"一般亩产在 600 公斤左右，最高亩产 700 公斤以上。权威专家评价，该品种的选育成功达到了国内领先水平、国际先进水平。范濂、林作楫两位小麦育种家一致认为，"兰考 906"是"小麦品种的新类型"，在小麦育种上有几个突破，并且实现了高产，也是河南省第一个大穗型的超高产小麦品系。

清晨 6 点多，一位 70 多岁的老人骑着一辆锈迹斑斑的自行车来到天民种业公司。他脸膛黝黑，皮肤粗糙，身上穿着洗得发白的条纹汗衫，脚穿一双沾着泥土的深灰色布鞋。

他就是第一个提出"超级小麦"概念的"兰考 906"育种者沈天民。他是地地道道的农民，也是天民种业公司的董事长。

从 2001 年到 2009 年，沈天民培育通过国家审定的"豫麦 66""兰考矮早 8"及"兰考 18"等 3 个品种，连续 9 年实现稳产 683.6 公斤到 735.08 公斤。由于这 3 个品种的丰产特性，使我国进入"十五"期间，把小麦育种目标从 500 公斤一下子提高到 700 公斤。

2008 年，"兰考矮早 8"项目荣获国家科技进步奖二等奖。

……

2022 年，河南在上一年遭遇严重秋汛和特大洪涝灾害的情况下，小麦依旧获得大丰收——

豫南方城县的百亩示范方，许为钢团队培育的"郑麦 1860"亩产 856.5 公斤，打破了南阳小麦单产最高纪录。

在豫北延津县的千亩丰产方，郑天存培育的"丰德存麦 20"，亩产达 907.12 公斤，再次创造了全国千亩方高产纪录。

在豫西宜阳县的千亩示范方，洛阳农林科学院最新选育的"洛旱 22"，亩产达 659.52 公斤，刷新了全国旱地小麦产量新纪录。

河南省农科院小麦所所长雷振生，曾凭借优质强筋小麦"郑麦 366"荣获 2014 年国家科技进步奖二等奖。他谈到 2022 年河南小麦的丰收因素时，感慨地说："河南小麦丰产原因有很多，如生产条件改善、生产资料投入、栽培技术提高等，但良种起到的增产作用尤其重要，占到 45% 以上。"

河南小麦良种的背后，是一个默默耕耘、潜心研究的"育种家群体"。

第二章 误入"农门"的许为钢

结缘小麦育种

夏末，天气依旧闷热难耐，蝉不停地嘶鸣。阳光透过窗户滑过桌子的一角，铺在地上。许为钢一只手紧紧地抓着桌角，眉头紧锁，他的面前还摊着一本军事机械类的书籍。他愣愣地看着铺在桌角的阳光，许久，叹了口气，焦躁地合上书，在房间里走来走去，嘴里一直嘟囔着："完了，完了……"

父亲听见儿子不安的脚步声，放下手里的工作，敲响了房门。

"你收到录取通知书了？"父亲语气温和。

许为钢面对父亲的询问，有些沮丧地从桌子上拿起四川农学院农学专业的录取通知书递给父亲，不高兴地说："我明明想去学机械制造，可现在却偏偏让我学农业，种地……"

父亲微微地笑着，耐心地听着他的抱怨。

1958 年，许为钢出生在重庆市一个干部家庭，在这座山城成长。他从小就喜欢望着辽阔的天空，让思绪在蓝天白云间自由翱翔，小小年纪已"心向太空"，萌生了航空航天的梦想。他书架的显眼处，摆着父亲给他买来的飞机模型。

这个梦想成了他努力学习的强大动力，从小学到初中、高中，各科成绩都名列前茅。课余时间他还阅读了很多关于航空航天的书籍。中学毕业后，他积极响应国家知识青年上山下乡的号召，到农村去插队锻炼。

1977年，许为钢听到恢复高考的消息，兴奋得彻夜难眠，连忙把高中课本找出来，全力备战高考。他知道，他的梦想又有了起航的希望。第二年，他和大批知青一起走进考场，参加了那场改变他命运的高考。

窗外鸟儿啁啾，许为钢心情颇佳。凭感觉，他考得不错，上大学的愿望很快就能实现。他一笔一画地在高考志愿书上写下了"机械制造专业"，然后开始了漫长而煎熬的等待。但命运和许为钢开了个大玩笑——他所填报的几所大学都没有录取，最后被调剂到四川农学院，他的梦想一下子从蓝天拉回到了土地上。

许为钢拿着录取通知书喜忧参半，不知道该怎么选择。干了一辈子革命的父亲拍拍他的肩膀，开导他说："其实干农业也挺好的，中国是个农业大国，农业也是国家的根本，重中之重，你学农，我支持你。"

许为钢坐在床上，耷拉下脑袋，叹了口气没说话。

父亲摸摸他的头，继续说："知道为什么给你取名叫为钢吗？"

"让我像钢铁一样结实、坚强。"许为钢回答完，定定地看着父亲。

"不全是，我给你取名字时，正是祖国急需钢铁的时候，所以取名为钢，希望你能为祖国做贡献。现在祖国也很需要农业方面的人才，我觉得你可以好好想想。"父亲说完离开了，留下他一个人思考。

许为钢翻来覆去地想了许久，临近开学，他才匆匆忙忙去四川农学院报到。

秋高气爽，阳光白亮，却不燥热。许为钢背上行李，坐上了开往四川农学院所在地——雅安市的长途汽车。他坐在车窗前，脸上既无喜悦也无忧伤，看着窗外树木与建筑物向后掠去，一片迷茫。对农业科学，他是一无所知，更不知道自己的选择是对是错。他知道，他得往前走。这时候，他心里的四川农学院像一所神秘的殿堂，他很快被生物的万千变化、植物的斑斓多彩所吸引，开始为农学这门应用性强、着重将自然科学和农业科学基础理论转化为实际生产技术和生产力的学科着迷。老师们的敬业，使他的思想发生了根本转变，他渐渐爱上了农业科学，并有了做一名农业科技工作者的信念。

善于思考的他，清醒地意识到农业对一个国家的重要性，特别是我们这样一个人口大国、农业大国，农业的地位更是不言而喻。夜深人静，窗外不时传来几声夜鸟的叫声。许为钢靠在床头，借着昏暗的灯光读书，时不时还会读出声来。几只飞蛾在灯的光晕周围不知疲倦地飞舞。读累了，许为钢把书扣在膝盖上，看向窗外恬静皎洁的月光，任思绪恣意地穿越夜色，自由飞翔。

他想，农业，国之大者。这月光照在中国广袤的土地上，也照在亿万农民的梦里。

我国有着悠久的农耕文明，耕地面积广，农业人口多，但农业的生产力水平低，农业技术落后，农民都是"靠天收"，一直吃不饱肚子……

想着想着，许为钢脑海中浮现出爷爷的身影，越来越清晰——爷爷一米八的大个子，脸上带着柔和的笑。

"来，为钢，爷爷带你出去玩。"爷爷轻声唤着他的名字。

爷爷抱起他，把他驮在肩头朝街上走去。街道灰蒙蒙的，许为钢好奇地看着周围的人。他们都很瘦，脸色黄黄的，满是灰尘，眼圈黑着，目光呆滞地看着前方，走起路来一摇一晃，像一根根移动的火柴棒。走不动的人就贴墙蹲着，满脸的痛苦。

"他们怎么了？生病了吗？"许为钢问爷爷。

"没吃的，饿的。"爷爷说着。

许为钢似懂非懂，但"饿"字触发了他的味蕾。他对爷爷说饿了，爷爷在路边给他买了一个热乎乎的馒头。许为钢抓着圆鼓鼓的馒头，放在鼻子前闻了闻，准备享用这溢满麦香的馒头。这时，一个头发乱蓬蓬的男子快步走过来，死死地盯着许为钢手里的馒头。年幼的许为钢被那饥渴的眼神吓愣了，僵在那儿，一动也不敢动，甚至看着那个人的眼睛都不敢移开。

等许为钢醒过神来，手里的馒头已经没有了。许为钢"哇"的一声哭了，那个男子抢走了他的馒头。

那个男子边跑边回头，边把馒头往嘴里塞……

爷爷把他从肩上抱下来，护在怀里，轻轻地抹掉他脸上的泪水，说："不哭了，不哭了，没事，咱一会儿再买一个。"

"他抢我的馒头。"许为钢抽泣着说，"他是坏人。"

"孩子，他不是坏人，他就是没饭吃，饿坏了。"爷爷说着轻拍他的后背安抚他。

"他们为什么不吃饭。"许为钢抹抹眼泪，睁大眼睛问。

"没吃的，种地一年本来也收不了多少粮食，又遇见灾年，粮食更不够吃。"爷爷叹了口气说。

"没粮食，可以吃馒头啊。"许为钢脸上露出了微笑。

"馒头也是粮食做的啊，窝窝头都吃不上，哪儿还有馒头啊。"

"哦，馒头也是粮食做的……"

"对啊，是小麦做的，等农村小麦产量高了，他们就都有馒头吃了。"爷爷好像在安慰孙子，也好像在安慰自己。

许为钢回过神来，满眼泪水。那时候他不懂，成年后他懂了——"吃"对于一个生命个体的重要性，"粮食"对于所有人的重要性。

许为钢又翻开书，继续读。在书中，他感觉自己走进了一个神奇的世界，这里五彩斑斓，他发现了农业、生物学的奥妙，看到了生命的起源和演化……

渐渐地，许为钢也了解到很多老师、专家兢兢业业为祖国的"粮食"事业孜孜不倦地奉献着。耳濡目染之下，他渐渐爱上了农业科学，并最终选择了小麦育种作为自己的研究方向——幼年那次馒头被抢的经历，让他心里萌生了一个朴素的愿望：将来让人民都能吃上香喷喷的白馒头。

活成恩师的模样

1982 年，许为钢大学毕业后，选择了继续深造。要搞小麦育种，必须有扎实的基础理论。当然，导师也很重要。他很早就听说过著名小麦专家、西北农学院的赵洪璋教授。如果能成为赵老师的研究生，对自己的事业一定会有更大的帮助。于是，他把西北农学院作为考研的第一目标。

天遂人愿，许为钢顺利考取西北农学院，而且梦想成真，成了赵洪璋教授的硕士研究生。

许为钢满怀新的憧憬，走进了位于陕西省三畤原畔、因隋文帝杨坚陵墓而得名的杨陵镇的西北农学院。为了追逐梦想，他不顾生活习惯的巨大差别，从南方来到西北。走在初秋的校园里，他满脸的汗珠，却难掩笑意。完成了报到手续后，他回到宿舍，从包里掏出大学时用的统编教材《作物育种学》，书上面密密麻麻地写满了笔记。

这本《作物育种学》，就是许为钢未来的导师赵洪璋老师主编的。被他当作偶像的赵老师，不知不觉成为他从农生涯遥远而璀璨的"灯塔"，总是在他的人生路上熠熠发光。此刻，一想到马上就要和赵老师见面，他心里充满了兴奋与期待。

彼时，赵洪璋教授有"小麦育种领域的科学巨匠"之称，是我国小麦杂交育种技术理论体系的奠基者和开创者，被誉为小麦育种学界的一代宗师。他还是我国第一个获得"全国劳动模范"荣誉的知识分子，曾多次受到毛泽东同志的亲切接见。

许为钢不觉又激动起来，拿书的手微微颤抖。他没想到自己真的能成为赵老师的学生。当真要面对这位偶像时，他的心跳一下子加快了，不禁有些慌乱和紧张，心里敲起了小鼓。他的大脑高速运转，迅速回忆学过的知识，生怕赵老师问起问题，自己答不上来。

许为钢深吸几口气，把情绪稳定下来，然后洗脸梳头、整理好衣服，这才出门去拜访赵洪璋老师。

阳光明媚但不炽热，光线薄纱般笼罩着校园里的一切，连周围同学的笑脸都显得温和而亲切。许为钢快步走在林荫小道上，边走边问，很容易就打听到赵老师的住所。

这是一个极为普通的"农家小院"，院门敞开着，映入眼帘的首先是靠墙放着的几件农具，屋檐上还挂着晒干的辣椒和萝卜干。许为钢在门口停下来，拉了拉衣服，做了两次深呼吸，试探着喊道："赵老师，请问赵老师在家吗？"

没人应声，许为钢朝里张望着，又高声喊道："赵老师在家吗？"

"在呢，进来吧。"一个粗犷有力的声音回应道。

许为钢循着声音一直走到后院的小菜园。柔和的阳光下，一位60多岁的老人蹲在菜地里，拿着一把小铲子正在整理菜地。老人看上去有些瘦，却很结实；脸色黝黑，脸上深深浅浅的皱纹里，藏着阳光和泥土。他穿得也十分随意，洗得有些变形的白色短袖外面套了一件深蓝色长衫，下面穿着蓝色裤子，裤脚上满是泥土。

看着这个农民打扮的老人，许为钢恭恭敬敬地说道："赵教授您好。"

老人点点头，看着眼前这个神采奕奕的小伙子，笑着问："你是？"

"赵老师您好，我叫许为钢，从四川农学院考过来的。"许为钢又往前走了两步说，"赵老师，我来帮您吧。"

"不用，不用，这么点儿活我一会儿就干完了。"赵洪璋说着手扶着膝盖站起来，"走吧，到屋子里坐会儿。"

屋子里家具很简单，与普通的农家相比多了一排书柜，收拾得很整齐。屋子里有一张老旧的木制方桌，赵洪璋倒了两杯热茶，招呼许为钢坐下来。

赵洪璋语气温和，笑容和蔼，询问许为钢多大了，家在哪里，大学期间学的什么专业，对小麦育种研究的想法、看法，等等。

许为钢心目中"小麦育种领域的科学巨匠"赵教授，居然没有丝毫架子，更没有"一代宗师"的气派，慈祥得就像一个邻家老者。他渐渐地没有了最初的紧张，滔滔不绝地讲起自己对小麦育种的看法和自己看过的一些关于小麦育种比较前沿的理论。

赵洪璋脸上露出了欣慰的微笑，认定眼前这个学生有主见、有想法，善于钻研、思考，是个搞科研的好苗子。

赵洪璋拍拍许为钢的肩膀说："行啊，小伙子，只要你想学、肯学，以后跟着我，我把我的经验都教给你……"

赵洪璋说着起身拿来纸笔，在上面工工整整地写了三句话：大学者入门也；要掌握获取知识的方法；好逸恶劳毁也。

许为钢知道这是赵洪璋老师的嘱托，也是期望。

赵洪璋1918年6月出生在河南省淇县一个普通农民家庭，在"民以食为天""农是国之本"的古训熏陶下成长，目睹了农民食不果腹、衣不遮体，灾荒之年背井离乡、家破人亡的凄惨情景，树立了学农的远大志向。

1940年，赵洪璋从西北农学院毕业后，在陕西省农业改进所大荔农事试验场负责小麦、谷子、棉花等多项试验。24岁时，赵洪璋被调回西北农学院任助教。他扎根杨陵，开始边教学边做小麦杂交育种实验的生活。

20世纪四五十年代，赵洪璋成功培育出"碧蚂1号""碧蚂4号""西农6028"等小麦新品种。其中"碧蚂1号"是我国早期通过中外品种间杂交培育的最成功小麦新品种范例之一，其产量比一般品种增产15%至20%。1959年，"碧蚂1号"种植达9000多万亩，创造了当时中国一个品种年种植面积的最高纪录。"碧蚂4号"年种植最大面积达到1100万亩。抗吸浆虫的"西农6028"，对恢复和发展关中、晋南、豫西、豫南、皖北、苏北等吸浆虫危害地区的小麦生产起到了至关重要的作用，年种植最大面积达460余万亩。1955年，赵洪璋被推荐为中国科学院生物学部委员（1993年改为院士）。

赵洪璋在这三个小麦品种的选育推广过程中，理论和实践能力得到了极大的提高。

20世纪60年代，学校科研条件匮乏，赵洪璋带领助手何金江等人，借来了20多个花盆，开始了长达8年的育种工作。1964年他育成了"丰产1号""丰产2号""丰产3号"小麦品种。其中"丰产3号"成为我国黄淮冬麦区小麦优异性状聚合育种的范例，是当时关中和黄淮海冬麦区种植面积最大的品种，年种植面积达 3000 多万亩，也成为我国三年困难时期之后农业生产恢复和发展的重要小麦品种。

卓越的成就并没有让赵洪璋止步，当时小麦倒伏问题普遍出现，他又开始了攻关。他不分昼夜，查阅资料。炎炎夏日，他长时间蹲在试验田里观察记录麦子的透光情况。风雨交加，他依旧守在试验田里，仔细观察抗倒伏植株的结构特点，最终他总结出了以矮化株型来解决小麦倒伏的问题，并以此设计育种目标。

20 世纪 70 年代，"矮丰 3 号"这一突破性品种的问世，成为我国小麦生产史上第一个大面积推广的半矮秆品种，对我国小麦矮化高产育种进一步发展起到了积极推动作用。

毛泽东同志曾称赞赵洪璋：一个小麦品种挽救了大半个新中国。

20 世纪 80 年代，我国改革开放初期，小麦的产量得到了很大提升，但依旧无法满足人们日常生活的需求。赵洪璋为了使小麦产量和品质进一步提高，带领团队从小麦的性状遗传、抗病、生理生态、花药培养及加速选育进程等方面着手，成功创制出"84(14)43"等一批性状优点多、缺点少、关键性状过硬的育种材料，选育出了"西农 85""西农 881"等一批优质强筋、早熟、高产的抗赤霉病新品种，从而开启了我国黄淮海麦区抗赤霉病小麦育种的先河。这也是我国 20 世纪小麦生产主导品种"郑麦 9023"和"西农 979"的重要亲本来源。

1985 年，拿到硕士学位的许为钢留在西北农学院工作，在小麦研究室给赵洪璋老师当助手，开始了他的小麦育种研究生涯。

20 世纪 80 年代，经济发展比较缓慢，物资相对匮乏。许为钢和妻子胡琳博士，虽然从事的是小麦育种研究，但平时还是喜欢吃大米饭。一天中午，许为钢下班回到家，胡琳已经在厨房忙活。他看胡琳正在案板上揉面。案板很小，面撒得到处都是。许为钢苦笑着说："怎么又吃面啊，就不能蒸点米饭吃吗？"

胡琳笑笑说："你总想着吃米。你不知道现在大米有多难买。"

"当然知道，可是以前在家总吃米饭，现在十天半月也吃不上一顿，能不想吗？"许为钢说着在厨房里转来转去。

这时外面传来了脚步声，许为钢一看，是赵洪璋老师。

"赵老师，您来了，中午做的面条，在这儿吃点吧。"许为钢笑着说。

"不了，我一会儿回家吃。"赵洪璋说着径直进了厨房，"我就是来看看，你们缺啥不缺。"

"不缺，不缺，啥也不缺。"胡琳拿着擀面杖站在案板前笑嘻嘻地说。

赵洪璋东看看、西瞅瞅。他随手掀开米缸上的薄木板，看见几粒米可怜巴巴地粘在缸底。他盖上米缸，转身走了。

许为钢站在原地挠着头直发愣。

"赵老师今天是来视察咱们家厨房的。"胡琳笑着说。

许为钢点点头说："感觉和我爸一样，来看看啥也不说就走了。"

两个人说完相视一笑。

5天后的傍晚，晚霞满天，许为钢刚回到家，妻子胡琳还没走到厨房，就听到了门外赵洪璋老师的声音。许为钢出门一看，只见赵老师扛着一个木头大案板正朝厨房走，额头上的汗珠在霞光的照耀下闪闪发亮。许为钢连忙迎上去说："赵老师，您咋弄来个这么大的案板？"

许为钢伸手想去接，赵洪璋并没有松手，他把案板背到厨房放好，用手按了按说："找人给你们做的，还不错，挺平的。"

"不用了，赵老师。这个案板您拿回去用吧，我们用这个小的就行。"许为钢不好意思地说。

"啥呀，我看你家这个案板小得擀个面条都擀不开。"赵洪璋调整了一下案板的角度，把它放正。

许为钢看着年近古稀的老师，为自己操心费力，心头泛起一阵温热。他看着赵老师鬓角的白发，说了句："谢谢赵老师。"

几天后，赵洪璋老师又给他送来了大米。当时，只有像赵洪璋老师这样的教授拿着国家配发的特殊供应证才能买到大米。

赵洪璋径直走进厨房，掀开米缸，把米倒进去。

许为钢放下盛满面汤的碗，拉着赵洪璋说："赵老师，就这么点儿米，您和师娘吃吧。"

"我不喜欢吃米饭。"赵洪璋说着抖了抖袋子，把最后一点米倒进去。

许为钢看着赵老师拿着空空的米袋离开，鼻子一酸，眼泪涌了出来。

第二天，赵洪璋的妻子又用自己的特殊供应证买了点猪肉，给许为钢两口子送过来。

许为钢看着师母离开的背影，眼睛红红的。

"赵洪璋老师总是走在时代的前面，他是时代的'超人'。"许为钢把每一个字都咬得很重。他吸了口气，动情地说："赵老师对小麦品种的诠释和对未来品种的发展预判，对核心技术的谋划，对攻关点的聚焦，以及对整个科研团队工作的精密布置和引领，都让我打心眼儿里佩服。"

许为钢跟随赵洪璋的那些年月，赵洪璋如父亲般关爱着他。在赵老师那里，他不仅学到了育种的技术，更重要的是领悟到了赵老师科学的思维方式和做人的道理。许为钢对赵洪璋的崇拜不仅仅是他的成就，更多的是他投身育种事业那种"忘我"的精神。

月明星稀的夜晚，许为钢坐在窗前，想起自己大学入学时对农业的无所知、抗拒，不好意思地笑了，从抗拒到喜爱，再到在赵洪璋老师的引导下走进小麦育种神圣的殿堂，并深爱上小麦育种，赵老师对他的人生影响不言而喻。

赵洪璋主持修建了小麦育种"加代室"。他害怕冬季学生冷，就在"加代室"的南面专门布置了一间学生学习室，在里面放了两个煤炉供学生取暖。

赵洪璋说："人不能冻着，人脑在一定的温度下才能高效运转。"

赵洪璋自己却没有一间像样的办公室，大家提出要为他准备一间时，他摆摆手说："我要个办公室没有用，我来系里不是下地，就是讨论问题。要是读书思考问题，晚上回家就可以了。"

无论酷暑、严寒，赵洪璋都会早早地出现在试验田里观察、做记录，常常在试验田一蹲就是大半天。

许为钢看着赵老师对小麦育种的痴迷，既心生崇敬，又无比心疼。他担心赵老师的身体，于是自己就什么事都抢在前面干，先想、先干、先总结，养成了善于思考、勤于动手、吃苦耐劳的习惯。

一天早晨，许为钢被窗外淅淅沥沥的雨声惊醒，便一个激灵坐了起来。

"怎么了？"妻子胡琳问道。

"昨晚下雨了！"许为钢说着穿上衣服推开屋门，一股凉气扑面而来，地上聚集着大大小小的水坑，外面的雨已经小了。

许为钢也不拿雨衣，拔腿就往试验田跑。他跟了赵老师这么多年，赵老师的习惯他非常清楚，雨后试验田的第一个脚印一定是赵老师的。许为钢气喘吁吁地跑到试验田时，看到赵老师已经在地里。赵老师裤腿挽着，衣服上沾满了泥水。

"赵老师，你咋这么早就来了，别着凉了。"许为钢说着朝赵洪璋走过去，"您老得多注意身体。"

赵洪璋笑笑说："干咱们这一行的，不下地怎么能行？"

赵洪璋对自己研究的小麦品种，熟悉得就像了解自己的孩子。提起试验田里的每一种小麦品种的生长情况、特征和每一个阶段的变化，他都如数家珍。

赵洪璋经常念叨着自己有5个孩子，分别是"泥娃娃——碧蚂系列""铁娃娃——丰产系列""铜娃娃——矮丰系列"和"银娃娃——西农系列"。

当时，赵洪璋正在培育"西农881"，希望自己在有生之年能培育出自己的第五个孩子"金娃娃"。

许为钢后来说自己很幸运，在他的人生和学术道路上，几位老师都是学术界的泰斗，他们的治学、为人之道深深地影响了他。

在许为钢上大学时，在小麦研究领域，有4位"明星"：一是被业界称作"北赵南颜"的两位小麦育种实践领域泰斗级小麦专家——"北赵"是赵洪璋教授，"南颜"即四川农学院的颜济教授；二是被业界称作"北蔡南吴"的两位小麦育种理论研究界权威专家——"北蔡"是北京农大的蔡旭教授，"南吴"则是南京农大的吴兆苏先生。

在四川农学院读书期间，许为钢多次聆听过颜济先生的讲座。

1993年，许为钢考上南京农业大学作物遗传育种专业的博士研究生，师从吴兆苏先生。吴兆苏先生除了培育出一批小麦新品种外，还着重对小麦品质、抗性、产量等目标性状的遗传和机理进行了大量的研究；在小麦品种分类、休眠特性与穗发芽、抗赤霉病轮回选择、生态区划和馒头蒸制品质等方面进行了深入钻研,发表论文80多篇。20世纪50年代,吴兆苏先生对小麦品种种子休眠特性及穗发芽进行研究,在国内发挥了带头引领作用。

在20世纪80年代以前,我国小麦育种只重视产量、抗病性及早熟性,品质往往被选育者忽略。在20世纪70年代中期,中国农业科学院情报所邀请吴兆苏先生,组织翻译了国外有关小麦品质方面的一些论文,编撰成《国外小麦蛋白质遗传育种研究的进展》。到20世纪80年代中期,他引导自己带的研究生在面粉品质、馒头蒸制品质、面包烘烤品质和高分子量麦谷蛋白亚基等方面进行深入研究,积极倡导开展小麦品质遗传改良研究,深受国内同行的赞誉。

许为钢想到自己很快就要师从获得美日双博士学位、在小麦育种理论研究方面造诣颇深的吴兆苏老师,内心激动不已。转念想到要离开赵洪璋老师,心中又充满了不舍。

阳光白亮、炙热。许为钢在赵洪璋老师家的门口站了许久,心里组织着和赵老师告别的话语。他不想让离别的场面过于伤感。赵老师已经七十五岁,他怎能忍心看着自己的恩师因为离别而心情不好。

许为钢稳定了一下情绪,脸上挂着笑意,边敲门边叫老师,听到老师雄浑的声音,他走了进去。

赵洪璋迎了出来,步子略显迟缓,脊背也没了往昔的挺拔。许为钢看见赵老师,紧跑两步,过去握住老师的手,一同进了屋子。

同一张木桌,同样的茶杯,两个人不急不缓地聊着,聊着这些年育种的艰难、进展,以及许为钢的未来。十余年的相处,他们亲如父子,说到他要去读博,赵洪璋眼里满是欣慰和自豪。

"好小子，我没看错你，有出息。我希望你在育种方面走得更远，做得更好一些，无论以后遇到什么情况，你都要坚持下去，要在育种方面做出更大的成就。我已经老了，以后我国农业的发展，国家的粮食安全问题就靠你们了……"赵洪璋语重心长地说着，眼睛不觉红了。

"老师，您要保重身体，试验田里的活您就别干了，交给学生吧。"许为钢眼眶里泛起一阵湿热，他握着恩师的手说，"等放假了，我回来看您……"

赵洪璋点点头，悄悄地擦掉眼角的泪，脸上依旧带着笑，声音却沙哑起来。

此时，赵洪璋的爱人已去世，他自己也患冠心病。几年前，赵洪璋的儿女因为担心父亲的身体，曾经自作主张向组织提出让父亲退休的请求，赵洪璋知道后大为光火，含着眼泪、双手颤抖着说："你们怎么可以私自替我做决定，太让我伤心了，你们知道吗，小麦就是我的命，离开了小麦，我的命就没了……"

儿女们看着父亲，含着眼泪点点头，哽咽着回答："我们知道了，以后不会了……"

许为钢离开后，赵洪璋依旧奋战在育种一线，天天在实验室、试验田之间跑，顽强的信念支撑着这个老人和病魔战斗。

冬季的夜晚，寒风阵阵，风裹着落叶四处乱飞，清冽的月光透过窗户照在床前，房间里泛起阵阵凉意。赵洪璋伸手拉拉被子，把自己裹紧。昏暗中，他在思考，自己的时间不多了，也许熬不过这个冬天。他暗暗祈求上天，再多给他一点时间，让他把"西农881"培育出来。他闭上眼睛，两行浑浊的眼泪滑落下来。

他挣扎着坐起来，趴在木桌上给上级部门领导写信，谈现在农业发展中存在的问题。农业伴随着人类的起源一直与人类共存，是一个国家的根基。中国作为四大文明古国之一，农耕历史悠久。中国又是一个人口大国，我们必须发展自己的农业，培育适合国内土地种植的优良品种。我们的国家要强大，就必须消除后顾之忧，不能让老百姓挨饿……赵洪璋的信还没来得及寄出去，就病倒了。儿女们匆忙地把他送进医院。病床上，赵洪璋挂着点滴，气息微弱。他干瘪的嘴唇微微翕动，一再交代："信，一定记得给我寄出去啊，一定……"

1994年2月7日，许为钢收到了赵洪璋老师逝世的噩耗。他悲痛不已，立刻赶回西北农学院参加赵老师的葬礼。

此时，正是寒冬时节，北风呼啸，光秃秃的树枝在风中吱吱作响，像是在悲泣。许为钢站在老师家的小院子门前，寒白的阳光照着寂寥的小院，好像也在为主人的离去而悲伤。

许为钢喃喃地呼喊着赵老师，却没有回应的声音。他失魂落魄地走向试验田，那里再也看不到赵老师的身影。他久久地站在那里，任凭刺骨的寒风在耳边呼啸，眼泪一波接一波地汹涌而下。

赵洪璋院士的遗体告别仪式在西安殡仪馆举行。许为钢心情沉痛到极点，不知哭了多少次、流了多少眼泪，眼睛和鼻子都是酸胀的。他努力不让泪水溢出来。来吊唁的人们摩肩接踵，能容纳3000人的地方，彼时已经进来了四五千人。这些人中，大多是自发赶来的农技人员和农民。一位急匆匆赶来的县委书记，还没站稳脚跟，就动情地说："我是代表我们县的群众来的，我们那里许多农民都要来，被我劝了回去，我告诉他们，殡仪馆就那么大地方，站不下这么多人。"

告别大厅里摆满了各地送来的花圈和黑色挽幛，落款都是宝鸡市人民、武功县人民……这些以"人民"落款的花圈和挽幛，让许为钢心里一阵感动。

在许为钢心里，赵老师一生清贫，去世时存款不足 1000 元。他生前常说，自己长期生活在农村，工作以后又和农民一起种地，对农村、土地、乡亲们都有着深厚的感情。他想尽自己所能，让农民生活得更好些……他为人民做了实事，人民缅怀他。

许为钢眼含热泪，暗暗下决心，要像赵老师一样做人民的科学家。

赵洪璋老师去世半年后，吴兆苏先生也因病离世。接连失去导师的打击，让许为钢悲伤欲绝，情绪低迷，陷入迷茫之中。该吃饭了，他拿起筷子却毫无食欲；坐在实验室，又心不在焉……

月朗星稀的夜里，他常常站在窗口叹息，望着夜幕久久发呆。他觉得心里空空的，像一叶在黑夜中漂流、找不到灯塔的小船。

许为钢的这些表现，被时任南京农大校长的盖钧镒教授（2001 年当选为中国工程院院士）看在眼里。他不能不管，这个大有前途的小麦育种家苗子，不能因为走不出情绪的泥潭停滞不前。盖钧镒教授找到许为钢，让他跟着自己继续修完博士学业，鼓励他把小麦育种研究继续进行下去。

盖钧镒教授是作物遗传育种学家，主要从事大豆遗传育种和数量遗传研究，为中国和世界大豆研究做出了卓越贡献，被世界大豆研究大会授予终身成就奖。虽然他和许为钢研究的农作物品种不同，但很多育种基础理论和方法都是相通的。

在盖钧镒教授的关爱与温暖中，许为钢从低迷、茫然中走出来。他调整好状态，回到陕西杨陵，继续选育赵洪璋教授留下的小麦"西农 881"。

一天，许为钢正在试验田里察看小麦生产情况，突然远处传来熟悉的呼唤。他循着声音看过去，田边的小道上站着一位老者，恍然间他觉得赵洪璋老师又回来了。等他缓过神来才看清楚，那分明是盖钧镒老师。许为钢又惊又喜，他做梦都没想到盖钧镒老师会从南京来陕西杨陵，千里迢迢跑来亲自指导他育种。许为钢跑过去，拉着盖钧镒老师的手久久不肯松开，一声声地叫着："盖老师……盖老师……"

在许为钢心里，盖钧镒老师和赵洪璋老师一样，在生活中慈祥宽厚，在育种科研中严谨精细。

1995 年，许为钢完成了赵洪璋老师培育的最后一个小麦新品种"西农881"的审定，了却了恩师的遗愿。

那年的麦收时节，试验田里金黄一片，沉甸甸的麦穗在风中沙沙作响。许为钢站在麦田中央，眼圈再一次红了。他回想起赵洪璋老师一生的默默奉献与对自己的谆谆教诲，浑身充满了力量，他在心里告诉自己：要做恩师那样的人，培育出更多、更优良的优质小麦品种，为中华人民共和国小麦产业奋斗终生。

从西北农学院到河南农科院

1996 年夏天，许为钢经历了一场人生的重大抉择。

这一年，许为钢的博士学位还没有修完，而河南省农科院却早已注意到这个小麦育种的好苗子。他是赵洪璋院士的得意门生、得力助手，参与了赵洪璋主持培育的"西农881"等多个小麦新品种，在业界已崭露头角。同时，他又是南京农业大学吴兆苏教授与盖钧镒校长的博士研究生，能师从这两位名师，无疑是如虎添翼，未来有着不可估量的发展潜力。

河南小麦播种面积与产量，一直是全国第一，其霸主地位不可替代。如果按行政区划来说，河南也是全世界最大的小麦种植行政区。许为钢在西北农大小麦研究室工作的 11 年间，对全国及全球小麦有很深入的了解，对河南的情况更是特别熟悉——这对每一个从事小麦遗传育种的科技工作者来说，那片热土都有着巨大的吸引力。

在 1994 年的一次引进人才会议上，时任河南省农科院院长的董庆周如是说："我们摆一张八仙桌，请七八位英才来，给他们研究员职称，让他们当研究室主任，让他们住最好的房子！"

许为钢与妻子胡琳，均是河南省农科院摆下的那张"八仙桌"邀请的英才。

面对河南省农科院递过来的"橄榄枝"，许为钢与胡琳既激动又纠结。河南——可以说那里是全世界研究小麦的最佳地域，他们早已心向往之。而西北农学院，则是自己事业开始的地方，在这里，他们不仅接受了恩师赵洪璋的专业教导，更从恩师身上学到了为学之道、做人之道。11 年，这段不短也不长的职业生涯，正式完成了许为钢与胡琳初心与科学精神的塑造。而他们与师长、同事的朝夕相处，更是结下了深情厚谊，加上校领导与小麦研究室领导对他们的重视与关爱，令他们难舍难分。他们向往河南的小麦研究环境，但又纠结于对"老东家"的恋恋不舍。

"这可怎么办？"许为钢左右为难，"从事业上来说，肯定去河南发展空间更大。可校领导对我们这么好，又真心挽留，我们也不能无情啊。"

"为钢，我听你的。你去哪里，我跟到哪里。"关键时候，胡琳表态。

"可是，我们怎么面对领导，面对小麦室的同事们？"许为钢痛苦地说。

"我们去河南，是寻求更大的发展空间，为农业做更大的贡献。要想成为一个优秀的育种家，我们不能被人情所困吧？"胡琳表现出超乎寻常的冷静与理性，"为了我们的小麦育种事业，别犹豫了。再说了，我们离开西北农学院，又不是与他们从此断绝来往，还可以合作嘛。"

"好吧，就这么定了，去河南。"许为钢做出了最终的抉择。

到了工作调动环节，却出现了问题——因为当时的体制问题，受各种条件制约，许为钢与胡琳的种种关系无法顺利转到河南。董庆周大手一挥，做出一个大胆的决定：只要人，不要粮油关系，不要户口，不要档案！

就这样，许为钢与胡琳，带着还未成形的优质小麦新品种材料，来到河南省农科院小麦研究所，开始了他们在中原大地的小麦育种研究。

许为钢来到这片历史悠久的华夏文明的重要发祥地，心中感慨万千。站在这片陌生又熟悉的土地上，他的心情久久不能平静。他的恩师赵洪璋就是河南淇县人，赵老师在世时，除了将育种科研技术对他倾囊相授，更重要的是让他具备了科学家的胸怀和眼界。

那一年，许为钢 38 岁，正是年富力强的时候，不仅在育种理论和实践方面有了一定的积累，而且意识到搞科研一定要有前瞻性的眼光。

他满怀激情地对胡琳说："赵洪璋老师在世时常说，能不能成为一个成功者，就看你能不能谦虚谨慎、集中精力、心无旁骛地刻苦钻研。我想，有你的支持，有农科院这个大平台的支撑，我可以做到全身心地投入科研，一定能干出一番事业，为河南农业，为中国粮食安全贡献自己的一份力量。"

胡琳笑着点点头："嗯，咱们不能辜负赵老师的殷切希望，也不能辜负河南省农科院对我们的深情厚谊。"

经过十几年的改革，我国温饱问题已经得到解决，人们对粮食品质有了更多的需求。结合国内小麦产业发展和国际国内形势，尤其是未来我国加入世贸组织，国外小麦对我国优质专用小麦市场形成的商业冲击日益严峻，在恩师赵洪璋早期开展小麦品质遗传改良研究的基础上，许为钢以超前的发展意识，确立了优质专用小麦品种选育的研究方向。

优质小麦品种选育，此时在我国才刚刚起步，还没有多少成熟经验可循。这无疑为研发带来了更大的困难。正如许为钢在接受央视采访时所说："它是生物体，不像孩子们拼积木，叫它什么样就是什么样，你不能违背某些生物规律，可能你想把这两个优点结合到一块儿，它可能结合得不是很美妙。"

1997 年，在盖钧镒教授的帮助和指导下，许为钢获得博士学位。他的优质小麦育种也如期推进，成功在望。

漫长的研发培育周期，除了要耐得住性子，还要忍得住寂寞。为了攻克小麦赤霉病这一世界难题，在"郑麦 9023"品种选育中，许为钢带领团队经受了多次失败的打击，但他们从没有气馁过，屡败屡战，永不停步。

十年磨一剑。在中国优质小麦育种史上具有里程碑意义的优质强筋小麦品种"郑麦 9023"终于培育成功，为许为钢 40 岁生日奉献了一份"惊世大礼"，更为他日后的优质小麦育种研究打开了成功之门。

我们看到的是许为钢的辉煌成果与风光，却少有人知道他付出了多少心血，历尽了多少艰难困苦。在他主持团队研发的过程中，个中滋味也只有他自己知道。每当遇到困难，或者有了开心事，许为钢就会想念恩师，就会驱车到黄河岸边——按照赵洪璋院士生前要求，将他的骨灰在陕西省宜川县壶口镇撒进了滔滔黄河，随着河水奔流，实现了他魂归故里的心愿。

立于黄河岸边或黄河大桥上，许为钢总是满含深情地看着奔流不息的黄河水，缅怀恩师，重温恩师的教诲嘱托，重温恩师的做人、为学之道……那里成了许为钢排忧解难、恢复能量的加油站。

在许为钢心里，恩师就在黄河的每一个漩涡、每一朵浪花中。恩师在天堂，时时关注着他的研发，时时激励他向着更高的巅峰迈进。

第三章　历尽磨难的郑天存

险闯"生死关"

1944 年 9 月 26 日，在河南省西华县皮营乡东冯营村一个由茅草庵组成的郑家院落里，随着一声微弱的啼哭，一个男婴呱呱坠地。父母为这个男婴起了一个名字：铜星。"铜"代表结实、健康，"星"则表示希望。这也是父母对他一直以来的祈愿吧。

彼时，中国正处于抗日战争末期，战乱带来的沉重灾难与动荡不安，使人们连基本的生命安全都无法保障，更不用奢望能过上温饱生活。

他来到这个世界的第一大考验，就是战胜饥饿，战胜死亡。家里没有一粒粮食，能吃的，只有讨饭要的红薯头（即红薯秧连接地下红薯的部分），全是韧性很强的筋梗。那些筋梗成年人吃都难以嚼断，何况孩子。

和平年代，添丁进口是喜事。但在战乱、饥荒年代，人们常常处在离家逃荒和忍饥挨饿的状态，多个孩子就是多个包袱，根本高兴不起来。小铜星的降生，父母在短暂的喜悦之后，更多的是为他担忧。

"他这么瘦小，我又没奶水，咋养活啊？"母亲忧心忡忡地说。她天天吃野菜、红薯秧、红薯头，还经常吃不饱，根本没有奶水。

"唉，三五十里内，家家户户都没粮食，出去要饭也只能要点红薯头，只能喂他红薯头了。"父亲叹了口气说。

"刚生下来的孩子，哪能吃得了红薯头啊。"母亲的眼睛红了。

"没办法啊，他要吃不下去，就只能饿死了。"父亲无奈地说。

母亲一时泣不成声。

父亲重重地叹了口气，看着眼前这个在母体中发育不良，又因缺少食物而面临夭折威胁的孩子，心里涌起无限的酸楚。

为了让小铜星活下来，父母用人类传统的"哺育"方法，把成年人吃多了还会"烧心"的红薯头放在嘴里反复咀嚼，过滤掉筋梗，然后嘴对嘴地喂他。小铜星的胃能否消化得了，成了决定他生死的关键。

带着父母体温的红薯头糊糊成了小铜星落地后的"美食"，因饥饿，他贪婪地吮吸着，津津有味。

"他能吃红薯头！"母亲惊喜地说，眼睛里闪着激动的泪花。

"嗯嗯，他能吃！"父亲边把咀嚼多时的红薯头糊糊送进儿子嘴里，边欣慰地说。

小铜星很享受地咂巴着小嘴，睁开了眼睛，好奇地看着这个世界。

"他还在咂嘴，好像没吃饱，再喂他点吧。"母亲爱怜地看着小铜星说。

"不敢再让他吃了，红薯吃多了他的胃会受不了。"父亲摇摇头说，"第一次吃，就看他的胃能不能消受。"

"上天保佑我儿铜星好好的，一定能渡过难关……"母亲微闭双眼，喃喃地说道。

"看这样子，他能吃得消。"父亲松了口气。

"会的，他一定会好好的……"母亲使劲点点头。

小铜星第一次吃过用嘴加工的红薯头糊糊之后，在父母担惊受怕的等待中居然安然无恙。父母继续以红薯头"哺育"他，而且逐渐加量，持续三天，他依然反应正常，不吐不泻——他稚嫩的胃经受住了红薯头的考验。小铜星奇迹般地活了下来。

几个月大的小铜星，就开始随着父母外出讨饭。他有时被绑在父母的背上，有时伏在父母的怀抱里。饥荒渐渐好转，战乱却还在持续，生活依然艰难。

讨饭的路没有尽头。走在高低不平、泥泞不堪的路上，从一个村庄到另一个村庄，挨家挨户地乞讨人家给一口吃的。走不动了就在路边席地而坐歇歇脚，渴了便捧着路沟里的水喝几口。

还处于混沌之中的小铜星，因为时时刻刻都能感受到父母的温暖，在父母的怀抱中总是很安静，大多数时候都在酣睡，很少哭闹。每次的"进餐"他都津津有味，吃完了，伸个懒腰打个哈欠，继续睡觉。

这年初冬，他们要饭到了商水。风很大，夹杂着寒气。母亲用自己的破棉袄把小铜星裹在怀里，步履艰难地朝前走着。

小铜星虽然活下来了，但他面如菜色，瘦得皮包骨头。此时，他紧闭着眼睛，眼角还挂着一滴晶莹的泪珠。睡着之前，他以哭声向父母表达了饥饿。

"你坐这儿歇会儿，我去前边村子给铜星要点吃的。"父亲扶母亲坐下，加快步伐朝村子走去。

母亲坐在路边，四周是沙岗、沟壑，枯萎的芦苇与野草在风中瑟瑟作响，显得荒凉而肃杀。母亲黯然神伤，她想："这样的日子什么时候才是个头啊？这样下去，我们都会被饿死的……"

突然，母亲耳边隐约传来了一阵马蹄的声音。她顿时警觉起来，根据经验，只有当兵的人才会骑马。母亲仔细听了听，马蹄声很乱，应该是一支马队。她立即起身,抱着孩子就跑。她要躲起来。无论遇见日军还是国军,都有危险。

母亲抱着小铜星跑了一阵,累得大汗淋漓。后边的马蹄声却越来越近。她停下来喘息了一会儿,继续跑。此时马蹄声更大了,回头一看,马队已经离得很近了。

母亲实在跑不动了,来不及细想,就把小铜星放在路边一丛高深的草窝里。她看了看闭着眼睛的小铜星,又俯下身子在他额头上亲了亲,然后狠狠心,头也不回地朝前跑去。

母亲一边喘着粗气跌跌撞撞地朝前跑,一边回头看藏孩子的草窝,心里默默地祈祷孩子不要被发现。

小铜星突然啼哭起来。母亲忍不住回转身,想去把小铜星抱回来,开始后悔把他一个人撂下。但马队已经相距不远,她只能选择往前走。她边走边在心里默念:“我儿一定会平平安安……”

母亲看见路边一丛高深的草丛,便跑进去藏下身,透过野草的间隙观察着马队——她看见马队最前边的军人在放小铜星的草窝处下了马,端着刺刀刺向草窝。

母亲惊恐地瞪大眼睛,张大了嘴巴——她想哭却不敢哭,只能任眼泪涌流,一时间仿佛什么都看不见、听不见了。

此时,母亲内心撕裂一样痛苦,她强忍住哭声,把脸伏在双臂上不敢抬头看。她懊悔万分,怎么那么糊涂,把小铜星一个人丢在路边呢……

时间仿佛经历了一个世纪,母亲的大脑一片空白。她不知道发生了什么,也不知道小铜星的哭声什么时候停了下来,当马队飞速而过,她发疯般地向小铜星狂奔过去。

母亲边跑边哭喊着："小铜星，是娘害了你，是娘害了你……"

母亲跑到草窝前，被眼前的情景惊呆了：小铜星安详地躺在包裹他的破棉袄上，亮亮的眼睛看向天空，两条小腿在不停地乱蹬。他的周围布满了密密麻麻的马蹄印。

"我的儿啊！"母亲喜极而泣，扑到小铜星身边，一边包裹一边不住地在他脸上亲来亲去。

母亲左看右看，仔细检查，毫发无损。

"谢天谢地，保佑我儿平平安安！"

母亲紧紧地抱着小铜星，一会儿哭一会儿笑。短短的几分钟内，她经历了人生的大悲大喜。

"他娘，你咋跑这儿了？我还以为你出什么事了呢。"父亲回来了，满头大汗。

兵荒马乱之时，随时都会有祸事降临，丈夫不见了妻子，真是心急如焚。

母亲抱着小铜星扑到丈夫怀里，失声痛哭起来。

"铜星不是好好的嘛，你哭啥哩？"父亲问。

母亲好久才止住哭，把事情缘由告诉了父亲。他好久没说话，想想真是后怕。

"这孩子，真是命大。"母亲心有余悸地说。

"是日本兵还是国民党兵？"父亲问。

"我也不知道，穿得都差不多，黄绿色衣裳，也没听见他们说话。"母亲摇摇头说。

在饥一顿饱一顿的颠沛流离中，小铜星顽强地成长着，一天天长高，转眼间就长成一个虽瘦弱却健康的小小少年。童年时代，饥饿是他最刻骨铭心的记忆。到处是水洼，遍野都是沙丘和白花花的盐碱地，以及全村各种样式、高低不一的草庵子、草棚子，这些成为他脑海中最深刻的画面。

新中国成立前，黄泛区内的村庄几乎全是茅草庵，田野是无边无际的沙荒与盐碱地，人烟稀少，走几十里地几乎看不到人影，民不聊生。

"百里不见炊烟起，唯有黄沙扑空城。无径荒草狐兔跑，泽国芦苇蛤蟆鸣。"这首由曾经在黄泛区工作多年的著名作家南豫见创作的《无题》诗作，真实再现了当年黄泛区灾后的悲惨景象，成为多年来黄泛区人们耳熟能详的"名句"。

到了1952年，国家针对直接关系到国民素质提高和国家振兴的基础——教育问题，提出了"整顿巩固、重点发展、提高质量、稳步前进"的方针，全国广大农村兴建学校，动员学龄儿童入学，农村基础教育事业进入大发展时期。东冯营村因为是一个大村，建起了一所接受一、二年级小学生的初级小学，国家调来了公办教师。

这一年，已经过了8岁的小铜星还没有入学。本村小学校的王老师来到他家里做动员工作。父母欣然同意，小铜星也兴高采烈。王老师听说小铜星靠吃红薯头活下来、躲过各种劫难，为他起了一个学名——天存。

母亲感慨地说："天存，这名字好，他的命，真是老天给的。"

王老师当然不会想到，若干年后，郑天存会成为中国乃至世界小麦史上一个光辉的名字。

险度"困难时期"

郑天存小学读得很顺利。在本村小学读完二年级，又在清河驿中心小学读了4年。在本村上学，吃住回家，很方便。到了清河驿，离家5里，夏秋季节回家吃饭，全靠步行，每次上学、放学，都是一次中长跑，弄得满头大汗。冬天住校，条件虽然不好，但温饱问题基本解决。他挺满足的，一心一意学习，不仅学习成绩一直名列前茅，还是一名优秀的学生干部。

那时候，虽然生活很艰苦，但黄泛区的建设已经开始。1950 年 2 月，党中央成立了黄泛区复兴委员会，一个多月后，在河南省当时的省会开封设立了办事机构——黄泛区复兴局，由国家拨出专款，开始了大规模向荒野开战、建设家园、造福子孙的行动。1951 年 1 月，在黄泛区复兴局的基础上正式成立黄泛区农场，以自力更生、艰苦奋斗的农垦精神，铸造出了黄泛区的发展与辉煌。

东冯营村的东边，就是黄泛区农场七分场，西边则是西华县劳改农场。村民们与黄泛区农场员工一起投入黄泛区的垦荒、改造之中。人们的生活也逐渐好转起来。

1958 年夏，郑天存以优异的成绩考上了距家十多公里、设在东下亭公社的县六中。

这一年秋季，全国各地陆续成立人民公社，后来各村开起了"大食堂"。每个生产队设一个大食堂，全队的大人孩子都集中在这里吃饭。很快，生产队的粮食就吃完了，换成了红薯、红薯干面馍。这时候，基本还能填饱肚子。大概半年之后，红薯、红薯干面馍也供应不足，人们开始吃不饱。第二年，全国进入三年困难时期，大食堂最后吃的是碾轧过的没脱绒的棉籽，掺一点红薯面做成面片汤，每家按人口分一份。因为分得少，各家各户打回家再加一些野菜或者红薯、红薯头，但还是不够吃。

到了 1960 年冬季，随着中央下发《关于农村人民公社当前政策问题的紧急指示信》，西华全县农村解散了大食堂，让农民各家独立开小伙，各级干部带领群众生产度荒，人们的生活稍有好转。

郑天存的三年初中，两年多都处在半饥饿状态。刚进入初中，每星期还能带足够的口粮，红薯干面窝窝头里还不掺别的辅料，但随着大食堂的"穷吃海喝"，红薯干面也紧缺起来。

最困难的时候，中学生每天的粮食定量只有三两红薯干面。农民的定量更少，每天只有二两。郑天存与同学们的一日三餐，全是红薯干面加野菜、树叶的窝头。

每星期回家，要带一星期的口粮——红薯干面窝头。说是窝头，其实就是添加了大量野菜或树叶的红薯干面菜团子，连窝头都算不上。一天三两红薯干面，正在长身体的初中生连保命都很勉强。

单程 20 里地，要步行近两个小时，对于天天吃不饱饭的郑天存来说，这无疑是一场很大的体力支出，走一会儿就会大汗淋漓，气喘吁吁，不得不停下来歇一阵。回一次家，路上不知道要歇多少次，累得到家半天都缓不过来劲。

返校更不容易。回家是空着手，返校还有沉重的负担——装口粮、咸菜的篮子。走走歇歇，回到学校也好像干了一场超重的体力活。夏秋时节温度高，带的干粮会发馊。有一次，星期三郑天存的菜团子就发霉了，上面布满了大大小小的霉点。郑天存只能把霉点抠掉，强忍着馊味把菜团子吞下去。主食不够水来凑，灌下去一碗又一碗的凉水，走路时肚子里便响起"咣当咣当"的水声。

天寒地冻的时候，菜团子被冻得像石头一样硬，根本咬不动，只好弄碗热水，把菜团子泡进去。这个过程显得尤其漫长，郑天存早已饿得迫不及待，等到菜团子稍微变软便猛吃起来，外部带着热水的温热、里边还是冰凌碴。吃下去，胃里等于被塞进去一团冰疙瘩，真正的透心凉。

那个阶段，社员们因为吃不饱饭浑身浮肿，面色蜡黄，很多人脚肿得连鞋子都穿不上了。

即使生活如此艰难，郑天存在学校依然保持着积极乐观的精神，一心一意学习。他的学习成绩在班里一直数一数二，尤其是数学，他经常被老师指派到讲台上做解题示范，不少同学经常找他请教数学题。同学们对郑天存这个榜样式的同学，既服气，又敬佩。不论男生女生，都喜欢跟他讨论数学问题，交流学习心得，他与每个同学的关系都很融洽。

有一个邻村的房姓女生，总是找郑天存问数学题，向他请教学习方法。对这个年龄比自己小一两岁的男同学，房同学不仅对他的学习成绩心存羡慕，而且还为他的乐观上进和学习能力暗暗敬佩，平日里对他非常关注，生活上也会有一些力所能及的关照，比如把自己打的热水倒给他，劝他少喝生水。

大约是 1960 年冬季，所有的野菜、树叶都被人们吃完了。为了给郑天存准备上学的口粮，母亲也是费尽了心思——她在村内外转来转去，沟沟坎坎的干树叶都被人们搜集干净了，地里连一棵野菜都找不到。正在绝望之时，她的眼睛突然一亮——她发现了地里碧绿的大麦苗。那个年代，无论是小麦、大麦，人们认为冬季被猪、羊"啃"去叶子后，来年麦子会长得更好。那几年人都吃不饱，谁家还能养起猪、羊，麦苗自然不会被"啃"。母亲决定捋些大麦苗，作为郑天存口粮的辅料。

捋大麦苗的时候，母亲还试吃了一下，带着浓浓青气、尾味有点微甜的叶子在嘴里咀嚼着，起初的口感是脆爽的，慢慢地变得有些腻腻的，但对饥饿的人来说，这也算是美味了。

为了能让儿子在学校吃饱，母亲在红薯干面中尽量多加了些大麦苗，这样就可以多做几个菜团子。刚出锅的菜团子，散发着大麦苗浓浓的清甜气味，很诱人食欲。但母亲和父亲都不舍得吃。他们吃的是加一点红薯干面的稀汤，根本不挡饥。因为好多天挨饿，他们身上已经开始浮肿。

郑天存星期天回到家里，母亲悄悄地告诉他："这星期给你弄的大麦苗窝窝头，可好吃了。"

郑天存兴奋地说："那我先吃一个。"

"去，到学校再吃，先吃家里的。"母亲推开他，疼爱地说，"看你瘦的，光剩骨头架子了。从小就挨饿，这两年又赶上困难，天天吃不饱。"

母亲说着，不禁抹起了眼泪。

"娘，在学校我吃的算是好的，也没怎么挨饿。"郑天存替母亲拭去眼泪，宽慰道。他很清楚，家里供他上初中也很吃力。哥、姐虽然都结婚成家，各自都有几个孩子，日子都不好过，但都非常支持他上学，都会时不时地从自家的口粮中抠出点红薯干面，或攒点好的野菜接济他。他有几个考上初中的小学同学，因为贫困不得不辍学；还有一些中途退学的同学，原因也是家里供不起。

第二天，郑天存回到学校，挂馍篮子的时候还掀开上边的盖布闻了闻，大麦苗与红薯干面混合的甜味让他有点想吃，但他忍住了。菜团子是有数的：一天三顿饭，每顿一个，中间吃一个就会造成到最后一顿没吃的。

星期一早上一放学，郑天存就迫不及待地跑回宿舍，享用他的大麦苗菜团子。他摸出一个硬硬的菜团子，心里还告诫自己：再好吃也只能吃一个，不然后边就会挨饿。

他轻轻地咬了一口。菜团子里放了少许盐，有点淡淡的咸味，加上浓浓的甜味，口感确实不错。他品味着，又连咬两大口，快速地嚼起来，没来得及细品味道便吞咽下去。

但很快，郑天存就被菜团子"腻"住了——一个菜团子吃下去不到三分之一，他就开始干哕。接着，他一向适应性很强的胃开始"抗议"，胃里好像有一浪一浪的波涛在翻腾。当他强忍住干哕再咬下一口的时候，胃里的波涛爆发了，他连忙冲出宿舍，刚到门口就呼呼啦啦吐了一地，不一会儿就把胃里吐了个一干二净。

郑天存靠着一棵树蹲下来，感觉浑身无力。他看着手里的菜团子，心想，这是咋回事啊，吃得太紧了？怎么就吐了呢？他边想着边强忍住反胃又吃了一口。他的胃还没等菜团子下去，再次发起了对抗：刚嚼了几口，又吐了。

他闭上了眼睛，不禁有点害怕，绝望地想：这下完了，这大麦苗窝头吃不下去，一星期还不把人饿死啊。这可咋办啊……

"你怎么了郑天存？"一个声音在他耳边响起。

郑天存睁开眼睛一看，是房同学。

"我娘做的大麦苗窝头，不知道咋了，我一吃就吐。"郑天存少气无力地说。

房同学说："大麦苗窝头？我没吃过，让我尝尝吧。"

郑天存把手里的菜团子递过去，说："我娘专门给我做的，还说好吃呢。谁知道我降不住。"

房同学咬了一小口，慢慢地咀嚼着，接着又咬了一大口，边吃边说："好吃啊，比我的干树叶窝头强多了。"

"你吃完再说吧。我的胃受不了，你的胃能受得了？"郑天存看着她，满眼的疑惑。

"我没事啊，你看，我吃完了，胃里一点动静都没有。"房同学很享受地把大半个大麦苗菜团子吃下去，一点反应都没有。

"再等等看吧，刚吃下去没事，等一会儿要是有事咋办？"郑天存不放心地说。

"不管有事没事，这顿你先吃我的。"房同学说着就朝女生宿舍走去，"你去教室吧，我去给你拿个窝头，总不能饿着肚子上课吧。"

后来，吃了大麦苗菜团子的房同学安然无恙，郑天存吃了她的干树叶窝头也没事，他们就把各自带的窝头交换了一下，解决了郑天存那一星期的吃饭问题。这对他来说，无疑是雪中送炭。

郑天存在数十年后说到这件事还心存感恩："如果不是那个女同学跟我换着吃，那一星期我没吃的，也许就会退学。我要是在学校坚持，肯定会被饿坏。"

天道酬勤，上天眷顾。1961年，郑天存以优异的成绩考上了西华县唯一的高中——西华高中。几代都是农民的郑家，出了一个大"秀才"，当时在三里五村被传为佳话。

郑天存也成了全村第一个高中生。接到通知书的时候，父母欣慰地看着消瘦的小儿子，眼里闪动着激动的泪花。

郑天存年轻时，饥饿时常伴随着他，煎熬着他。但同时也磨炼了他，使他养成了坚韧与吃苦耐劳的品质。

中学时代的郑天存常想，中国古代史上的每一次农民起义、朝代更替，都与饥饿有着直接联系。新中国成立之后，人民生活水平有了很大提高，但一遇到自然灾害，人们就毫无办法。思来想去，他得出结论：我国的农业生产太落后了。于是，他又开始苦思冥想一个更大的问题——如何解决农业生产落后的问题，怎么在遭遇旱涝、蝗虫侵袭等灾害的情况下，还能保证粮食丰收？这个问题太大了，以他的年龄，他的见识，他的思考，还找不到答案。

在大麦苗窝头事件后，他曾与房同学讨论过自己的未来——

"天存，你肯定能考上高中，将来要考大学，你会选啥专业？"

"农业。"郑天存想都没想说道，"我要学农业技术，让咱农民多打粮食，人人都能吃饱饭，吃上白面馍。"

"是吗？你的愿望太远大了。"房同学仰慕地看着他，"可是，咱那儿的沙地、盐碱地，遇见大旱谁也没办法啊。"

"会有办法的，可以用黄河水浇地，还能打井，有蝗虫了还有农药。我们的国家在发展，这些问题肯定都会解决。"郑天存满怀希望地说。

这次对人生的讨论，成为郑天存学农的"起点"。后来，他如愿考上高中，开始为自己的人生目标努力。

高中三年，郑天存继续保持着学习成绩的领先，他的理想更加清晰：报考农业院校，成为一名农业科技工作者。

1964年9月，郑天存如愿成为河南农学院农学系的一名大学生。

沉湖"从军"

郑天存在河南农学院读完4年大学，即将毕业之时，1968年6月15日，党中央下发了《关于分配一部分大专院校毕业生到解放军农场去锻炼的通知》（中发〔68〕93号），通知指出，大学生分配原则要坚持"四个面向"：即面向基层、面向农村、面向工矿、面向边疆。根据当时社会需要，绝大部分学生被分到了军垦农场。

文件还要求，"分配到解放军农场的毕业生一律实行军事管理，过战士生活，按部队组织形式单独编成连队，但非现役军人"，并明确规定："毕业生的工资待遇，仍按国家规定的大专院校毕业生工资标准发放工资。"

这一年的 12 月 21 日，《人民日报》、中央人民广播电台刊发、播出了毛泽东同志的指示："知识青年到农村去，接受贫下中农再教育，很有必要。"

彼时，知识青年"上山下乡"成为社会大趋势。"上山下乡"主要分农场（包括兵团、干校）和插队两大模式。被称作"老五届"的大学生（1966 年至 1970 年毕业的大学生），即"农场"模式，从 1968 年秋天至 1970 年秋天，分批到部队、兵团军垦农场、干校进行劳动锻炼，人数六七十万。而被称作"老三届"的中学毕业生（1966、1967、1968 三届初、高中毕业生），主要是"插队"模式，即安插在农村生产队，和普通社员一样挣工分，分红、分口粮。

郑天存与"老五届"的大多数毕业生一样，按"农场"模式"上山下乡"。河南农学院（今河南农业大学）六八届的男生，与郑州大学、开封师范学院（今河南大学）、新乡师范学院（今河南师范大学）等高校的毕业生，乘坐火车奔赴湖北天门沉湖军垦农场，被编入驻地 154 部队，与指战员集中混编成军训营，按照军队编制设岗、管理，连长、指导员、排长均由现役军人担任，副连长、副排长及各班班长、副班长由大学生担任。郑天存被任命为班长。

坐在火车上，郑天存双手交叉托着下巴，肘部支在茶几上，望着火车窗外的树木、田野快速后移，陷入深深的思考。

郑天存作为班长和农学系文体干事，还是入党积极分子，有着很高的思想觉悟，对去军垦农场接受"再教育"，他充满了期待，期待经历不一样的军人生活，接受军队的洗礼，使自己脱胎换骨，重塑人格与意志。

毕业之际，郑天存想到自己要远离家乡，不知道什么时候能回来，便有点放心不下父母。父母都六七十岁了，特别是大嫂病逝后，母亲一直帮大哥抚养四个孩子，既操心又劳累。

郑天存抽空回了一趟家，想在离开家之前把婚事给办了——自己在农场的锻炼不知道什么时候结束，需要给母亲找个帮手照顾家。

当郑天存向母亲说出自己想法的时候，母亲不甘地说："你上几年大学，没有找个同学，找个乡下媳妇，委屈你了。"

"大学规定不准谈恋爱，我想都没想过，学好功课才是根本。"郑天存安慰着母亲。

对婚姻问题，他不是没想过。那时候，能考上大学的女生，基本都是城市的，如果找这样一个同学结婚成家，自己回家乡搞农业的愿望肯定会受到影响——他的心都在土地上，从来没有想过自己坐在机关办公室看文件。当然，他一心一意学习，更不会去违反学校规定谈恋爱。

那个年代，婚姻虽然已不再被"父母之命"强迫，但"媒妁之言"依然是男女认识、结合的主要方式。经人介绍，郑天存与民办教师陈爱莲相识。

陈爱莲也算是乡村知识分子，人长得俊俏，郑天存与父母都很满意。陈爱莲对郑天存这个大学毕业生更没的说，欣然答应。双方家庭同意，两人互相心仪，这门亲事自然水到渠成，并且很快完婚。那个年代的婚事本来就简单，他们的婚事更是省去了很多环节，没有彩礼，没有嫁妆，双方亲人在一起吃了顿饭，陈爱莲背着裹了几件衣服的包袱就进了郑家的门——按现代流行的说法，他们这算是"闪婚"加"裸婚"了。

接下来，东冯营村郑天存的妻子陈爱莲，又很快从别的学校调到东冯营村小学，继续做民办教师。这样一来，陈爱莲教学、顾家两不误。把父母和侄儿、侄女们交给她，郑天存可以放心地去农场了。

去湖北前，郑天存回家与父母、妻子道别。人生自古伤别离。隔着半个多世纪，笔者想象着郑天存与新婚妻子离别的情景——究竟是如刘长卿的诗句"望君烟水阔，挥手泪沾巾"，还是像欧阳修所言"离愁渐远渐无穷，迢迢不断如春水"……这一切，美好或伤感，都被流逝而去的时间淹没了。

郑天存与同学们来到沉湖的时候，正是第三期工程施工阶段。大家穿上了没有领章的军装和军大衣。军装虽然是旧的，但大家依旧很开心——穿在身上看上去基本与解放军一样，大家相互敬军礼，也是名副其实的军垦战士——他们决心在沉湖"滚一身泥巴，炼一颗红心"。

他们被安排住在附近的民房里，没有席子、垫子，更没有床。只能在地上铺些柴草，人挨人摊开铺盖卷——这就是人们常说的大通铺。

天寒地冻，屋内如同冰窖。这里的寒冷与中原的寒冷不一样，中原的冬天寒冷干燥，雨雪也少。这里的冬天阴冷潮湿，寒风呼啸，天空常常飘着大团大团的阴云，空气中饱含湿漉漉的水汽。好在大学生们青春正盛，火力大，对寒冷并不惧怕。睡觉时，大家都裹紧被子，再把军大衣、衣服都盖在身上。每个人都尽量不乱动，生怕一动弹就把聚集的那点暖和气儿给散出去。

住宿地离沉湖工地有 10 公里远，天不亮大家就要起床，步行赶往工地。大家迎着寒风，唱着《三大纪律八项注意》，怀着报效祖国的豪情，大踏步地行走。歌声响彻云霄，引来当地群众驻足观看。

清晨的沉湖灰蒙蒙的，一团团乳白色的雾气在冰面和草甸上来回滚动。大片干黄的芦苇在寒风中摇曳，几只灰色水鸟鸣叫着从湖边飞走。

这有点破败的景象，与郑天存想象中的沉湖美景大相径庭。进入视野的，除了湖面的冰，全是灰、黑和黄泥色。湖里的寒气翻涌逼近，但大家都精气神十足。

郑天存与同学们被分到 5 号垸围垦工程，第一项任务是挖排水渠，把沼泽里的水引流到长江里。挖泥、运泥没有任何机械设备，完全靠人力。

千年沉湖，水势浩渺，白茫茫一片。一声令下，大学生们来到湖边的斜坡上，拿着铁锹、铁镐、镢头等工具摩拳擦掌，但到了湖边却无从下手。由于温度太低，湖底结了冰，根本挖不动，大家都不知道怎么办。

郑天存搓搓两手，带头扛着铁锹朝下面走去，边走边喊："大家跟上，活动开就不冷了。"

大家顺着湖边的斜坡来到湖面。郑天存用力跺了几脚，冰层纹丝不动，他又拿铁镐用力砸下去，虎口震得麻麻的，冰面崩裂，黑黄的泥水从缺口溢出，带着丝丝寒气。

这里的冰层有十几厘米厚，郑天存与几个同学用铁镐和镢头砸出约一米见方的大冰块，放在冰面上轻轻一推，冰块就滑出很远。他们继续砸冰，一块一块的冰块被砸下来，竟开出了几十平方米的湖面。

郑天存拿铁锹插进湖中试了试说："不是很深。"

接着，郑天存穿着解放鞋试探着踩下去，水刚刚没过小腿肚，满是冰碴儿的泥水浸入鞋子，一股刺骨的冷由脚底进入，瞬间便传遍全身，他打了个冷战，但很快振作精神，腰杆儿挺了起来。

郑天存刚抬脚，一步还没迈出去，就感觉鞋子被泥水吸掉了。他弯腰从刺骨的泥水里把鞋子捞出来，扔到岸上。棉裤腿浸了水，贴在腿上如冰块儿一样冰冷，而且水还慢慢地向上洇。

"干脆把棉裤脱掉吧，穿着太难受了。"郑天存说着就脱下了湿淋淋的棉裤，然后挥动铁锹，挖起湖泥来。

大家纷纷脱掉棉裤，穿着短裤跳进湖中。寒气沦肌浃髓，从脚底板、小腿肚钻进去，如千万根冰针刺入，那种极度寒冷的体验非亲历难以言表。

"好凉！"有同学喊道。

"冷啊！"有同学直呼。

"干起来，一会儿就不冷了。"郑天存高声鼓舞大家。

大家站在冰碴儿淤泥里，挥动双臂，奋力挖泥。不大一会儿，上身热气腾腾，双腿却渐渐麻木，好像不是自己的腿脚了。

"腿麻了，都上去缓一缓吧。"郑天存觉得这样长时间站在冰水里身体会出问题，便让大家赶快出来。

大家出来，双手不停地在腿上揉搓。这时候才发现，腿上伤痕累累，布满血印。原来，湖里还有数不清的干枯荷叶、荷梗，荷梗上的刺非常锋利，他们在泥里踩来踩去时，腿上被划出一道道伤痕。

但还得继续干，同学们再次走进湖中。干着干着，新问题又出来了：湖里的淤泥太稀，他们费老大劲才扔到冰上的淤泥，一大半又顺着冰面流了下来，而且，人站在淤泥里，时间久了还会往下陷。

大家正在讨论如何解决这一问题时，站在湖中的郑天存挪动了一下脚，突然感觉脚上一阵钻心的痛，不禁叫了一声。他从水里摸出一个破损的蚌壳，划破他脚的，正是像刀子一样锋利的蚌壳。紧接着，又有好几个同学连续发出尖叫——他们与郑天存一样，踩到了蚌壳。

这样太危险了，工作效率也太低了。于是，郑天存与几位同学想了个主意：用树枝或废木条制成小木排绑在脚下面，这样既能防止扎脚，又能防止下陷，还能避免腿脚长时间浸泡在泥水里。同时，为避免挖出来的稀泥回流，大家用脸盆直接运到湖边。

除了稀泥，还有大片大片的草甸子，挖起来更艰难。郑天存举起镢头，用力地锛下去，锛头锛在软绵绵的草甸子上，草甸子晃动了一下又恢复了原样。郑天存又连锛了几锛头，草甸子盘根错节，非常结实。他喘了口气，把锛头靠在肩膀上搓了搓手，再接二连三地锛下去。几个同学也跟着郑天存向草甸子"进攻"。

锛头落下，泥水飞溅，打在大家身上、手上、脸上、头发上。在大家共同的"围剿"下，草甸子终于被他们一点点消灭，大家脸上露出了笑容。

郑天存抬起胳膊擦了擦脸，看看大家，人人浑身上下都被"镀"了一层泥，成了"泥人"。大家你看看我，我看看你，除了眼睛和牙齿，全被泥遮盖住，只能靠声音分辨彼此。大家都被彼此的模样逗乐了，不禁大笑起来。

一周的工夫，大家脚上、手上都生了冻疮，又红又肿，疼痒难耐。周末飘起了雪花，大家一阵欢喜，心想终于可以休息了。但他们想错了——迫于工期紧张和军令，踏冰卧雪也得干。

于是，郑天存与同学们如往日一样上工，排着队，喊着口号，顶风冒雪走向冰封雪盖的沉湖。

在白茫茫的旷野中，参与沉湖工程的解放军、大学生队伍迈着齐刷刷的步伐行军，口号声、唱歌声此起彼伏，打破了寒冬雪天的宁静……

进入夏天，沉湖濡湿闷热，屋里屋外都如蒸笼一样，没有电扇，更没有空调。热得实在受不了就起来用凉水冲洗一下。同学们白天劳累了一天，夜里热得无法入睡，蚊子也来欺负他们，在他们身边如轰炸机一样盘旋，伺机下嘴。

这里的蚊子有多大？看民谣怎么形容："干驿田二河，蚊子大似鹅。打它一桨板，还能飞过河。"

沉湖的千年淤泥，长年散发着难闻的臭味，夏季更严重。水中不仅滋生蚊子，还有蚂蟥等。湖区有顺口溜说："蚊子大，蚂蟥多，老鼠窝连窝。"

同学们晚上跟蚊子斗争，白天跟蚂蟥战斗。夏天劳动时，大家隔一会儿就要停下来拍蚂蟥。

郑天存不怕烈日，不惧风雪，唯独对这长相丑陋的软体动物有一种说不出来的畏惧和厌恶。他第一次看见吸附在腿上黑乎乎的蚂蟥，猛地跳了起来，强忍着恶心，闭着眼睛抓住蚂蟥用力地往下拽，可蚂蟥紧紧地吸附在皮肤上，根本拽不掉。正在他急得满脸通红时，一个当地民工走过来，伸手在他腿上"啪"地拍了一掌，蚂蟥应声落地，蜷缩成一个圆滚滚的球体。

"这个不能拽，得拍，轻轻拍打蚂蟥叮咬的上方，蚂蟥就会自动掉下来。"民工说着又拍下来一只。

大家都学着拍起来，大大小小的蚂蟥在拍打中离开人体。泥水里的蚂蟥太多了，整个夏秋季节，噼里啪啦的拍打声在工地上此起彼伏，不绝于耳。

后来，郑天存对蚂蟥也没有最初的那种惧怕了，身上哪里一疼，看都不看，举起巴掌就用力拍下去。

郑天存的良好表现与稳重成熟得到了军队干部与同学们的认可，他很快被任命为副排长，带领全排同学全力奋战，协助排长把管理工作做得有条不紊。

1969年夏，一场暴风雨袭击了军垦战士用汗水、血水和泪水围垦起来的稻田，不少稻田被洪水冲毁，损失严重。但大部分稻田都保住了，而且迎来了丰收，他们吃上了自己种的新米。

郑天存所在连队因措施得力，排水及时，稻田完好无损，大家特别高兴。

郑天存还记得与连队干部一起押着船去干驿镇交公粮的那天，风和日丽，两岸树木青翠，河中碧波激滟。他坐在船头，丰收的喜悦让他心中洋溢着一种从未有过的幸福感。受的那些惊、那些苦、那些累，流的那些汗、那些泪、那些血，此时都变得微不足道了。

郑天存眯起眼睛，享受着河中泛舟的惬意，感受着江南水乡的美好，不觉心旷神怡，雄心万丈。

1970 年春节后，在沉湖军垦农场锻炼的大学生，突然接到锻炼结束的通知，各地大学生返回原籍分配工作。一年多的训练，郑天存变得身强力壮，皮肤黝黑，再不是当年那个白白净净、刚放下笔杆子的大学生了。

突然要离开，大家反而留恋起来。沉湖——这个让大家流汗又流泪，又爱又恨的刻骨铭心之地，已经由最初的茫茫水面、沼泽与草甸子，变成了一望无际、阡陌相连的稻田。

以郑天存的条件，分到省直科研单位或留校都有可能，但他还是更愿意回到周口地区的农业科研单位，踏踏实实地做科研工作，为家乡的农业尽自己的微薄之力。

顺其自然吧，郑天存在心里对自己说："我是农民的儿子，就应该回到家乡，在土地上耕耘。"

大学生们回到河南，又接到省里的通知：要求大学生再到农村插队锻炼两年。于是，郑天存被任命为从沉湖军垦农场锻炼回到周口农村插队大学生的领队，大家被分到周口地区不同的农村。

郑天存去了商水县平店公社东邓店大队。在那里,他成了"驻队干部",带领全大队社员科学种田，提高粮食产量，与大队科研站的农业技术员，把农业科研搞得风生水起：帮助大队引进"百农 7203""石家庄 54"等优良小麦品种，让全大队的 500 多亩滩地小麦亩产从不到 200 斤提高到 500 多斤；从商水农场找来"维尔 156"玉米杂交品种和它的"双亲"育种材料（父母本），还有流行的农家综合玉米品种"白马牙"、自然杂交老玉米品种"金黄后"，在村头开始搞起了玉米杂交品种选育，同时开始做杂交高粱的选育试验；他还把在军垦农场学到的种植水稻技术用到生产中，开辟水田、引种水稻，让乡亲们吃上了自己种的大米。

郑天存在商水县平店公社东邓店大队有声有色地做了两年农业科研，顺利完成了"插队"任务。

结缘育种

1972 年 3 月，大学毕业 4 年后，28 岁的郑天存正式入职河南省周口地区农业科学研究所（简称周口农科所），正式走上了农业科研的道路。

彼时，周口农科所还是成立只有六七年、周口地区农业局下属的一个二级机构，而且处于"一穷二白"的起步阶段，办公条件非常简陋，仅在农业局办公楼一楼西边有两间办公室。

没有实验室，没有科研地，更没有实验仪器，所里的科研人员都在淮阳县白楼人民公社从庄大队蹲点，在农村搞科研和农业技术推广，还帮助大队科研站培养农业技术员。

到周口农科所办完工作手续后，郑天存立即被派往从庄大队。大学毕业后的"军垦"锻炼与乡村"插队"，不仅让他学会了思考和更多应对生活、工作的方法，也让他多了一些稳重和韧性，基本具备了一个成熟科研工作者的素质。

在从庄，郑天存认识了日后成为他育种研究的得力助手，并成长为优秀小麦育种专家的孙以信。

郑天存这个农学专业的高才生，在从庄蹲点不久，就被周口农科所委以重任：负责杂交高粱研究。目标是引进、推广"粮秆兼优"的高粱。他在商水县农村搞科研的事情曾在周口农业科技系统被传为佳话，农科所领导不仅对他"高看一眼"，还对他寄予厚望。

黄淮海平原，尤其是沙荒、盐碱和旱涝灾害非常严重的黄泛区，人们从生产实践中发现，高粱不仅高产、稳收，适应性强，还耐涝、耐旱、耐盐碱、耐瘠薄。尤其在干旱、水涝灾害年景，谷子、玉米、红薯等作物绝收的情况下，高粱能有不低的收成，真正成了人们的"救命粮"，被誉为"铁杆庄稼"。

在周口的粮食生产中，高粱的优势更加凸显，新中国成立的前20多年中，周口区域内的主要秋作物一直是高粱，平均每年种植面积在140万亩以上。

进入20世纪70年代，全国开始推广产量较高的杂交高粱，农家高秆高粱品种被"排挤"，而豫东地区农村对高秆高粱的需求非常大，乡亲们织箔、编席、盖房子等，亟须"粮秆兼优"的高粱品种。

经过多方调查研究，郑天存才知道，适宜豫东平原麦茬后播种、具有"粮秆兼优、耐旱耐涝、高产稳产"性状的优良高粱品种，当时在省内外都少有。

郑天存决定自己动手选育高粱品种，并开始为选育高粱品种做准备：一方面在社会上征集高粱杂交种在从庄大队试种，另一方面寻找农家高秆高粱品种，筛选选育材料。

为了寻找更多的高粱品种材料，郑天存完成了本地区的寻访之后，又把搜索的"网"撒向全国。他先跑到河南省农科院，找到高粱专家郭省三老先生，详细询问了全国各地高粱品种资源分布情况后，便踏上了艰辛而漫长的寻种征途，到北京去中国农科院，到太原去山西省农科院，寻求优秀高粱品种，先后引进了 100 多个品种的种子材料。

找来育种材料，郑天存一头扎进田地间，在地头搭起了帐篷，把床铺、锅灶都搬到了这里。他亲自带领大队科研站的小伙子们在试验田里耕作，一丝不苟。

作物育种是一项复杂而又系统的工程，没有扎实的理论支撑不行，没有一定的专业技术不行，没有丰富的实践经验也不行，没有吃苦耐劳的精神更不行。做一个育种家，不仅需要理论与实践的有机结合，还必须有踏实"泡"在田间的韧性。任何作物育种，都是一场考验育种家的"马拉松"赛。

高粱育种把郑天存"拴"在了田间。从早到晚，他不是"泡"在试验田里进行配对杂交，就是在周边县乡的高粱地里寻找"奇穗异株"，或者是走在去高粱地的路上。

从种子钻出地面开始，郑天存就开始观察、记录。他看着那些似火柴头粗细的一根根嫩芽，几天之间变成一棵棵叶片葱绿的小苗，之后一天天长高、长大，茎秆底部开始发虬曲的次生根，向上的层层叶片也越来越长，交织在一起，构成了辽阔平原的"青纱帐"。

郑天存穿梭于"青纱帐"中观察或进行套袋、授粉等作业的时候，正是盛夏季节。上午八九点钟就热到三十六七摄氏度，上午 10 点到下午五六点之间，气温升高到 40℃。其间，即使坐在树荫下不动，也会汗流浃背。他却拿着记录本从早到晚待在高粱地里，渴了就跑帐篷里猛灌一气凉水，饿了就随便啃个窝窝头，顾不上做饭。高粱地里密不透风，毒辣辣的太阳如火烤一般，衣服早已如水洗一样，汗水顺着衬衣、裤子往下淌，地上的脚印都被汗水洇湿了。如一把把长剑一样的高粱叶片，从脸部、脖子、胳膊上掠过，毛孔被汗液打开的皮肤上便留下一道一道的血印，又蜇又疼。尤其是授粉时期，正是三伏天最热的季节，作业的时候花粉到处飘飞，脸上、脖子上及全身上下都是汗水与花粉的混合物，不光肮脏，还黏糊糊的，又痒又扎。但郑天存顾不了这些，他的心思都在高粱上。这时候草帽是戴不住的。高粱个子长到齐腰高之后，就不再戴草帽了——弯腰时，草帽碍事。

在地里，育种家与农民没有什么区别，承受风吹日晒是日常功课。郑天存白皙的皮肤，早在大学毕业后的锻炼中就接受过阳光的洗礼，变成暗红色了。这个过程，经历了皮肤晒伤、脱皮，由一个"白面书生"变成了面部黝黑的庄稼汉。

1972 年秋后，收完高粱，郑天存就与孙以信带着高粱育种材料踏上了南下的长途——他们追随着阳光与温暖，到海南岛进行加代繁育，业界称为"南繁"。

我国最早实现"南繁加代"的作物是玉米，创始人是中国玉米育种奠基人之一、河南农学院教授吴绍骙先生。对母校这位闻名全国的玉米专家吴先生，郑天存虽然未能成为他的亲授学生，但非常仰慕他在玉米育种方面取得的卓越成就。

如今，海南三亚已建成了被称作"南繁硅谷"的国家南繁科研育种基地，打造了中国农业科技、国家种业界集科研、生产、销售、科技交流、成果转化为一体，服务全国的科研平台。每年，来自全国的六七百家育种单位的七八千名科研工作者，都会像候鸟一样跟随季节的步伐会聚于此，从事品种选育、种子鉴定、生产推广及农业基础研究等活动。

凌晨 5 点多，天还未亮，郑天存与孙以信便出发了。

深秋的凌晨，空气湿漉漉的，有了些许的凉意。郑天存与孙以信背着沉重的行李，除生活用品、换洗衣服、路上吃的干粮之外，最重要的是 130

多种育种材料、四五十斤重的高粱种子——对他们来说,这就是"命根子"。接下来在海南岛的日子里,这些种子将在郑天存的"撮合"下组合、配对,繁衍出新的高粱材料,再回到中原进行繁育。

去海南岛的路,曲折而遥远。要乘坐汽车、火车、轮船等交通工具,加上步行,近 3000 公里的路程,在那个经济落后、交通不便的时代,全程需要七八天。

他们在海南的繁育工作,要持续 5 个月时间,正好跨越了我们传统的春节、元宵节。在中原,进入阴历腊月即启动过年的生活模式,玩与吃成为最主要的事情,一直到过完正月才画上句号。这段日子,可以说是人们最轻松、最惬意的时光。而在海南"南繁"育种的科技工作者,却在试验田里忙碌,承受着炎热与辛苦。

郑天存带着孙以信,在海南岛试验田里再把中原夏季在高粱田的管理复制一遍,等待着高粱的成熟。

时光荏苒,寒暑交替。郑天存在周口与海南两地的试验田里辛勤耕耘,每年在周口工作 7 个月,在海南 5 个月,一年经历两个夏天,全年不停地奔波、忙碌。天道酬勤,经过 4 年的加代、新组合组配和优异组合的选育,1976 年终于实现了不育系、保持系、恢复系的配套成功,郑天存迎来了他的育种"处女作"——高粱新品种"周粱 1 号"选育成功。

"周粱 1 号"育成两年后,郑天存以"民权大青节"为母本,以"山西忻粱 52"做父本杂交,经过"南繁"加代和多次选择育成的"周粱 2 号"也脱颖而出。

1984 年,郑天存 40 岁,他从青春正盛进入不惑之年。这一年,"周粱 1 号"斩获河南省农科系统成果二等奖。

1978 年春，正当郑天存在高粱育种上势头强劲之时，却被领导"叫停"——随着改革开放的深入，人们生活水平的提高，人们对小麦的需求越来越大——这就是郑天存由高粱育种转为小麦育种的主要原因。

郑天存欣然答应。一个育种家，能够从事大宗作物的育种研究，无疑会对农业生产有更大的贡献与影响。领导让他"放弃"高粱搞小麦育种，也是对他有更高的期望，他有什么理由"对抗"呢？

第四章 从部队"拽"回来的育种家

迟到的"通知书"

春末夏初，村口大槐树的枝叶逐渐繁茂，绿莹莹的。茹振钢坐在树下，靠在树干上，透过密密匝匝的枝叶看着逐渐黯淡的天光，略有失望的内心滋生出些许烦躁。几只灰色的麻雀在他不远处蹦蹦跳跳，叽叽喳喳。他望着殷红色的夕阳，重重地叹了口气。

看来是没希望了。茹振钢想着，鼻子一酸，眼圈红了。

这是 1978 年，茹振钢参加了春季高考。作为班上的尖子生，他得知恢复高考的消息后，雄心万丈，一心想跳出"农门"。可很多学习成绩不如他的同学都陆续收到了录取通知书，他望眼欲穿盼望的那纸决定他命运的通知书，却一直杳无音信。

太阳一点点地隐没，霞光也暗淡下来。又一天过去了，茹振钢垂头丧气地朝学校走去，面对班主任老师，他低头嗫嚅着："老师，看来我是落榜了。"

老师拍拍他的肩膀，安慰他说："别着急，现在只有 11 名同学拿到了通知书，你学习成绩好，应该没问题。"

茹振钢勉强笑了一下，心里依旧沉甸甸的。当最后一丝霞光被地平线吞没，天色暗下来，茹振钢边走边思索自己的出路。实在不行就去当兵，反正不能留在家继续过这穷日子。

茹振钢 1958 年 12 月出生在河南省沁阳县（现为沁阳市）南关一户农民家里。沁阳县是古代怀庆府所在地，北靠太行山，南临黄河，是历史上兵家必争之地，也是自然灾害频发地。从清朝乾隆年间到新中国成立前，就发生自然灾害 100 多次，素有"十年九灾"的说法。

从记事起，茹振钢最深刻的感受就是吃不饱，总是摸着咕咕叫的肚子喊饿。在那个年代，粮食尤为稀缺，口粮和活命成了最大的奢求。记忆中，穷人家的孩子一会走路就会挖野菜。刚刚七岁，他就挎着篮子和小伙伴一起去挖野苋菜、灰灰菜、面条菜、扫帚苗子、刺儿菜等五花八门的野菜。最艰难的日子，地里的野菜被挖完了，就开始捋树叶、扒树皮，反正只要能啃得动的都吃。饿得走不动了，就坐在田边，耷拉着脑袋发呆。耀眼的阳光下，他仿佛看到了金灿灿的麦穗随风摇曳，他站起来就往麦穗上扑，由于站得太猛，眼前一黑栽倒在地。等他睁开眼一看，哭了，地里什么都没有，连植物的根茎都被扒光了，只剩下大大小小的洞，像一个个伤疤。

1962 年 4 月，正是麦苗返青拔节的季节。茹振钢懵懵懂懂地听见大人谈论"麦苗""年景""粮食"等，他从父母脸上看到了希望。可几天后，天降灾难，睡梦中，大家被噼里啪啦的声音惊醒，推门一看，透明的冰雹蛋子从天上往下砸。

人们惊慌地喊叫着冲向麦地，麦苗已经被砸得秆折叶掉，一片狼藉。茹振钢的母亲沈荣枝从地里回来，丢了魂似的，整整一上午都不说话，红着眼睛，满脸悲伤。接下去又是干旱、蝗虫、洪水，最后粮食颗粒无收，房屋也被冲毁。

沈荣枝饿得面黄肌瘦，走路都打趔趄，孩子们都被饿得直不起脖子。每天晨光微露，沈荣枝便挎着篮子，跑十几里路去挖野菜。半篮野菜，孩子们眨眼间便"一扫而光"，可肚子依旧扁扁的。茹振钢孱弱，蹲在地上，看着奶奶用拇指在腿上按，一按皮肤就塌陷下去一个小坑，半天起不来。茹振钢也伸手去按，奶奶摸着他的头，不停地叹气。

"奶奶，我饿。"茹振钢仰起头说。

奶奶摸摸她的脸，潸然泪下，却无可奈何。

茹振钢兄妹6人，他排行老五，有两个哥哥、两个姐姐和一个弟弟。大哥3岁时就饿死了。那是1942年，茹振钢的大哥3岁，饿得就剩一口气了，奶奶抱着他直哭。他用尽最后的力气说："奶奶，我饿。"

可那时家里连口野菜都没有，奶奶从口袋里摸了半天，摸出几粒硬邦邦的玉米粒。这几颗玉米粒，大哥临死的时候还紧紧地攥在手里。

奶奶想着忍不住抽噎起来。这时沈荣枝回来了，茹振钢从奶奶怀里挣脱，一摇一摆地朝母亲跑去，刚跑了几步，腿一软就栽倒了，他趴在地上边哭边喊饿。

沈荣枝把他扶起来，心疼地拍拍他身上的土，拉着他从厨房的篮子底下摸出一块红薯干面窝窝。茹振钢狼吞虎咽地吃下去，噎得说不出话来。母亲连忙喂他喝水。

"还想吃。"茹振钢少气无力地说。

沈荣枝摇摇头说："吃完了，没有了。"

茹振钢不知道，这一块窝窝头也是从哥哥姐姐的口粮中抠出来的。

茹振钢的二哥茹振升天天扒榆树皮，吃黄干土、野菜，吃得肚子鼓鼓的，却拉不出来，他捂着肚子哭得声嘶力竭。沈荣枝就给他揉，他还是疼，疼得满地打滚。沈荣枝就用手帮他抠，但没有丝毫好转。茹振升发起了高烧，他躺在床上，眼窝深陷，眼睛紧紧地闭着，干瘦苍白的脸上满是冷汗。他肚子圆鼓鼓的，四肢却细得像麻秆，让人感觉一碰就会折。

茹振升得了急性脑膜炎，抢救了 3 天，虽然脱离了生命危险，但由于他体质虚弱，再加上当时医疗条件有限，茹振升的耳朵再也听不见声音，腿再也没有站起来。

那时，不谙世事的茹振钢，懵懂中意识到了"饥饿"就是魔鬼，"粮食"就是生命，"吃"就是活着。

过去的回忆，使茹振钢情绪更加低落。在等待通知书的煎熬中挨过了炎热的夏天，走过了萧瑟的秋天，最终也没有盼到通往大学的"通行证"。看着同学们纷纷离开，他彻底绝望了。1978 年 12 月 22 日，在冬日清冷的阳光中，他穿上军装，登上北上的列车，来到了内蒙古军区，成了一名军人。

刚下火车，一股寒风迎面扑来，他不禁打了个寒战。眼前的世界，是一望无际的茫茫白色。茹振钢揉揉眼睛，房屋上、树上、地上，全都覆盖着厚厚的冰雪。屋檐上挂着冰挂，晶莹剔透。

茹振钢跟随大家，深一脚浅一脚地朝前走，积雪一尺多厚，没走几步，身上就开始冒汗。一阵寒风吹来，犹如无数个细针，瞬间又把他扎了个通透。茹振钢心里掠过一丝失望——北方的寒冷超出了他的想象。但他很快就适应了恶劣的气候。农村出来的孩子，什么苦都能忍受。军营的生活虽然紧张艰苦，但令人精神振作，茹振钢也逐渐走出落榜的沮丧，投入部队这个火热的大熔炉。他喜欢叠得像豆腐块一样的被子，喜欢甩开臂膀走路，喜欢出操时候雄壮的口号……

茹振钢手上、脚上都长了冻疮，但他依旧坚持训练，从没有喊过苦、累。训练完，其他人都在休息的时候，他就拿出带来的书阅读。有时候，一读书就忘记了时间，常常读到深夜。

一天，连长找到他，说团政委让他去一趟。茹振钢心里一惊："团政委找我会有什么事呢？我可没有犯错误啊。"

一头雾水的茹振钢来到政委门前，忐忑地敬了个军礼，大声说："报告首长，新兵连茹振钢前来报到。"

政委看了看眼前这个憨厚质朴的年轻人，见他明显有一些紧张。政委笑了笑，和蔼地说："你是哪里人啊？什么学校毕业？"

"报告政委，我老家在河南沁阳，今年高考落榜参了军。"茹振钢答道。

政委点点头，拿出一个信封递给他。

茹振钢接过来一看，蒙了——居然是河南省中牟农业学校（今河南农业职业学院）的录取通知书。他拿着那张通知书，手有点儿微微地抖，一时百感交集，嘴唇翕动了几下，却说不出话来。

"你是怎么想的？"政委问。

"我，我不知道。"茹振钢大脑里一片空白。

政委温和地拍拍他的肩膀，说："你好好想想，按照部队的规定，你现在还不算严格意义上的军人，还有选择的机会。"

茹振钢想了一会儿说："我有点舍不得离开部队，可又不想失去上学的机会，我……"

"我听说你很喜欢读书，是一个积极上进、能吃苦的好同志。现在，我们国家正在发展阶段，需要更多高文化水平的人才，你可以回去上大学。"政委温和地说。

走出政委办公室，茹振钢拿着录取通知书，脚底软软的，感觉像在做梦。

这个决定茹振钢命运的通知书，至今他也没弄清楚为什么会迟到三四个月，成了他人生中的一个"谜"——也许是工作人员下发通知书时把他的遗漏了，后来发现又补发了；也许是补录时把他漏掉，后来查出来重新录取了；或许是通知书在邮寄过程中哪个环节出了问题，被耽误了……茹振钢曾多次想过通知书迟到的原因，也侧面打听过，但一直没有得到确定的答案。可无论什么原因，对他来说都无所谓了。

拿到通知书的那天晚上，茹振钢彻夜未眠，反反复复想了一夜，直到天空泛起鱼肚白的时候，他才最终下了决心：回去上学。

团里派车把他送到火车站。这天刚好是农历除夕，到处洋溢着新年的热闹与喜庆。茹振钢怀揣着对未来的憧憬，踏上了归途。

1979 年 2 月的一天，天气晴好，云卷云舒。茹振钢走进了自己梦寐以求的河南省中牟农业学校。他穿着绿军装，迈着准军人的步伐走在校园里，看着旁边来来往往的同学，心里乐滋滋的。

这个时期，我国农业科技人员正青黄不接，农作物良种培育更是后继乏人，历史性的重任落在了他们这一代青年学子身上。

同学们看着穿着军装的茹振钢，议论纷纷，说："瞧，来了个当兵的。"

"你是来上学的吗？"有同学问他。

茹振钢点点头。在同学的指引下，他来到老师办公室，声音洪亮地喊道："报告，茹振钢前来报到！"

王芳忠老师扑哧一声笑了："这里不是部队，不用喊报告了。"

茹振钢笑着挠挠头。

"部队的函我们收到了，你在部队里只待了一个月，但这英姿飒爽的样子，还真像个军人。"王芳忠老师说完，马上给他安排宿舍，让他尽快去上课。

50 多岁的王芳忠老师，热爱农业，热爱育种，更热爱他的学生。

茹振钢被分到了农学专业。他一边补习落下的功课，一边在心里嘀咕，学农业能有出息吗？说实话，他内心还是一片迷茫。

茹振钢想起自己从部队回到家时，家里人惊愕的表情。家人在得知他回来上大学的消息后，别提多高兴了——尽管他上的学校只是一所"大中专"（招收初中毕业生的中专学校称作"小中专"），但在乡村，这就算是大学。茹振钢清楚，中牟农校培养的都是农业技术员，说到底还是种地。

茹振钢入校后，王芳忠老师与他进行过一次深谈。

"在我们国家，农业科技非常重要，你想一想，如果能把沙漠变成绿洲，绿洲里长满庄稼，那就了不起了！"王芳忠老师语重心长地说，"振钢啊，你如果让中国人都能吃饱饭，就是对国家、对人民做出的最大贡献。"

"吃饱饭"这三个字，让茹振钢猛地打了个激灵，思绪飘飞，回想起亲爱的奶奶。

他刚上高中的那个夏天，奶奶去世了。

那天刚下课，豆大的雨点噼里啪啦地砸下来。茹振钢坐在教室里做功课，突然一个同村的同学捎来信儿：他奶奶病重，让他明天回去一趟。

茹振钢心里咯噔一下，一种不祥的预感瞬间袭来。他匆忙收拾了一下书包，冲出了教室。雨越下越大，雨点连成了雨线，密密麻麻地把他罩起来，雨水顺着他的头、脸往下淌，眼前的树木、村庄模糊一片，他边跑边抹眼睛。

奶奶一直是这个家的主心骨。在茹振钢心里，奶奶慈祥、坚强、乐观。每次拉着奶奶的手，他就觉得踏实、温暖。而这次回到家，奶奶的手如枯干的树枝，没有水分、没有生机。茹振钢一阵悲伤，眼泪汹涌而下。

奶奶把一家人喊到床前，用目光把每个人的脸都摩挲一遍，然后用最后的力气，拿出一串钥匙，放进母亲沈荣枝的手里。

钥匙，奶奶日日随身带着，有3把，用红绳系着。茹振钢听奶奶讲过，一把是木箱上的钥匙，里面装着粮食种子，这是全家人来年的希望，再难也不能动。当时豫北有句谚语——饿死爹娘，不吃种粮。第二把钥匙是一个大柜子上的，里面锁着粮食，通常有小麦、小米、玉米。粮食少，得计划着吃，省着吃。第三把钥匙锁着粮票、布票、糖票，还有几块钱。

奶奶用微弱的声音对母亲说："粮食每月吃多少，你心里有个数，再难也不能吃粮食种。"

茹振钢想着，眼眶温热。他下定决心，一定要好好学习，培育出高产的小麦品种，让人人都能吃饱、吃好，再也不用害怕饿肚子。

从那天起，"农业"从学业变成了茹振钢的爱好。当时王芳忠在培育一种名为"035-4"的小麦品种，茹振钢经常去帮忙，一有空就跑到中牟县城郊的小麦育种基地，蹲在试验田里思考研究。

茹振钢平时不爱说话，每天穿着他那套没有领章的军装，在教室和图书馆之间忙碌。

王芳忠看到茹振钢的勤奋很欣慰，但觉得他融不到大集体中，于是又把他叫到办公室谈心。

"我没时间和同学玩，我得把落下的课补上。"茹振钢认真地说。

王芳忠赞赏地看看他，然后拿过稿纸，列了一张书单递给他。

"这些书，图书馆都有，对你学业有帮助，专业上有什么不懂的，随时来找我。"

"谢谢老师。"茹振钢拿着书单如获至宝。

茹振钢还向同学借了课堂笔记，一页一页地抄，认认真真地补。每天图书馆关门，他才恋恋不舍地离开。天一亮，他就拿着干馒头直奔自习室。遇到不懂的就去找老师请教。有时候王老师也会主动过问他的学习。

"你还有什么困难吗？"王芳忠老师问。

茹振钢摇摇头。这时，他的肚子和胃都空空的，像一个空荡荡的房间，空得让人难受。他在心里嘀咕："总不能说我饿，天天吃不饱吧。"

茹振钢那时正是能装饭的年龄，学校每月有20多斤粮票的补助，但根本不够吃。他抠着省着才能勉强维持一个月，饥饿如随行的影子。

上午，上完两节课，他脑海中就浮现出白软的馒头。他朝自己胳膊上猛掐一下，把注意力从馒头拽回到黑板上。

放学铃声一响，茹振钢快步冲向食堂。他太饿了，长期的饥饿在他身体里挖了一个洞，无底的黑洞。洞里伸出无数的触角，舐食着他的五脏六腑。他委屈、难过，但他心里清楚，自己每顿饭只能买一个馒头。他曾经无数次幻想过吃饱后的那种幸福感，现实却让他这个朴素的愿望变得遥远。他看看手里的饭票，咽了口唾液，馒头的香气直往他鼻子里钻。他咬咬牙把手里的饭票都递过去，心想："不管了，先吃顿饱饭再说。"

"8个馒头！"茹振钢舐着嘴唇说。

馒头一拿到手，茹振钢就迫不及待地往嘴里塞，狼吞虎咽地吃完8个馒头，他一脸的满足。

可是第二天，他就后悔了，接下来的日子吃什么，总不能去扒学校的树皮吃吧。

茹振钢没了饭票，就在食堂倒点开水，加一点盐，摇晃一下喝下去。没过几天，他的脸就因为营养不良，浮肿起来。

茹振钢皱着眉头，整个人都蔫了。他不知道自己还能坚持几天，无精打采地翻开书本，几张零钱跃入他的眼帘，他惊讶地拿起钱数了数，整整22元，一个月的生活费。与钱叠在一起的还有一张纸条，上边写着——

别问钱是谁给的，吃好饭，身体重要。

茹振钢心头一热，眼睛湿润了。从那时候起，他渐渐和同学们亲近起来，一起聊农业、聊育种、聊未来。也是从那时起，他有了一个强烈的愿望：培育出一种"无敌"小麦，风、雨、病、虫，它啥都不怕，好管理、产量高，小麦丰收了，白馒头可以敞开吃。

遇见恩师

阳春四月，茹振钢蹲在试验田里，嗅着泥土的气息，手扶翠绿的麦株，像老中医诊病那般望、闻、问、切。累了，他就闭上眼睛，在脑海中想象着金黄色的麦浪和诱人的麦香。

"茹振钢。"猛然间传来的喊声吓得他一激灵，睁开眼睛一看，王芳忠老师笑容满面地朝这边走来，身边还跟着一位老师，看起来精瘦、硬朗，穿着朴素，一副农民打扮。

茹振钢不好意思地挠挠头说："王老师好，我在观察呢，观察小麦分蘖拔节。"

他说话的时候，眼睛一直盯着旁边的那位老师，只见他脸色黑红，双目炯炯有神，笑容随和。茹振钢觉得很面熟，好像在哪里见过，一时间却又想不起来。

"这是黄光正教授，国内著名的小麦育种家、农业科学家。你不是天天念叨着要找黄教授请教嘛。"王芳忠老师说。

茹振钢愣了一下，连忙站起来，不好意思地笑笑，声音洪亮地喊了一声：

"黄教授好！"

茹振钢对黄光正老师有似曾相识的感觉，是因为以前在报纸上、书本上多次看到过他的照片。黄老师是他特别敬重的农业专家，对他在小麦育种方面取得的成就可以说了如指掌。今天，黄光正老师站在面前，自己却没认出来。他一边埋怨自己眼拙，一边迫不及待地向黄老师请教育种中发现的问题。

面对黄光正教授，茹振钢激动不已。黄光正仔细询问了茹振钢的家庭状况和学业，问得很仔细。黄光正教授对茹振钢如此关心，既令他感动又有些疑惑——他总觉得有些不正常。

在试验田里，他们谈了一个多小时，直到太阳一点点接近地平线，黄光正教授才从试验田里走出来。

王芳忠问黄光正："你怎么不告诉他，你是来选助手的？"

"不急，还有一个考验呢。"黄光正笑笑，冲麦田里的茹振钢摆摆手，离开了。

后来，茹振钢才从王芳忠老师那里知悉了黄光正教授此行的目的。王芳忠认为，茹振钢踏实、肯学、不服输、爱钻研，还能吃苦，这是搞科研必备的品质，于是就向黄光正推荐了他。

茹振钢见到黄光正教授后，心情久久不能平静，期待再有机会向这位老专家请教。

一天，王芳忠老师把茹振钢叫到办公室，对他说："给你透露点儿消息，马上毕业了，你有两个选择，一是去河南农牧厅机关做职员，再一个就是去百泉农专搞小麦育种。"

茹振钢思索了片刻，果断地说："我一个学农的，去机关坐办公室没什么意思，我愿意去百泉农专。"

"就等你这句话了。"王芳忠老师爽朗地笑起来，把黄光正想找他做助手的事情告诉了他。

1981年，茹振钢来到位于新乡地区（今新乡市）辉县（今辉县市）百泉湖附近的百泉农专，正式成为黄光正团队的一员。

一到百泉农专，茹振钢就跟着黄正光教授在试验田里忙碌。当时，黄光正已经培育出"百农221""百农3217"等优良小麦新品种，正在寻求新的突破。为了寻找合适的小麦"母系伴侣"，他带着茹振钢在河南、山西、湖北、安徽等地奔波。一次次的失败，一年年的寻觅，茹振钢跟随黄光正老师，耳濡目染了他的执着、严谨和吃苦耐劳，为日后取得丰硕的科研成果打下了基础。

做黄光正老师的助手，茹振钢最大的感受就是忙。每天在试验田或实验室忙碌，天天累得腰酸背痛，浑身散了架似的，一沾床就呼呼大睡。第二天一睁眼，就有安排得满满当当的工作等着他去做。茹振钢承担着黄老师的科研助手、育种实验员、图书馆管理员、资料员四份工作，真正成了与时间赛跑的人。

这天，茹振钢吃过晚饭，拖着疲惫的身体来到图书馆。图书馆最近新采购了一批图书，当天晚上他要完成新采购图书的编号抄录，然后入库，摆放到相应的位置。

茹振钢翻着书，飞快地抄录着，不一会儿就觉得脖子、胳膊酸痛，他忍不住打了个哈欠。这时他有点儿不明白，自己已经够忙了，黄光正老师为什么还要再给他争取一份图书馆的工作。

"我都忙活一整天了，还得干这活，图书馆又不是没人干，干吗……"正在茹振钢不满地嘟囔时，图书馆馆长悄悄地来到他的身后。

馆长拍拍茹振钢的肩膀说："振钢，这是黄教授让我给你的书单。小伙子好好干吧，可别辜负了黄教授的心意。"

茹振钢点点头，整理完图书，他甩甩酸痛的胳膊，按照书单逐一取书。

茹振钢把书放在床头，打着哈欠，随手拿起一本一翻，眼睛猛地一亮，这不正是他天天想要找的那本书嘛，他之前跑了好几家书店都没买到。茹振钢不禁心头一喜，也来了精神，迫不及待地读起来。

在协助黄光正育种的过程中，茹振钢明显感觉到自己所学的知识不够用。他就有针对性地去恶补，一有时间就去旁听生物、化学、生物统计学等课程，但很多知识还是一知半解。现在他按照黄光正老师开的书单拿到了书，才明白黄教授的苦心。

"科研助手让我熟悉了黄老师的工作流程，育种实验员让我熟悉了解田地，图书馆管理员让我沉浸在知识的海洋，而资料员的工作则帮我积累了很多人脉。"茹振钢想着，更加感谢黄老师。

那时候，茹振钢是真的忙，白天没时间，晚上也没时间，他跟陀螺一样从早转到晚。但也正是那几年高强度的锻炼，为他打下了坚实的育种基础。在那段时间，他把国内外有关小麦育种方面的资料和书籍翻了个遍，在无形中为未来的科研铺平了道路。

1984 年，茹振钢在黄光正老师的介绍下，成为一名中国共产党党员。

黄光正是一个工作、科研态度严谨，容不得丝毫差错的严师，但在生活中却乐观、大度，待人平易。

业界的规矩，茹振钢知道，助手就是帮助专家干活的，必须得听话，不能有太多自己的想法。但茹振钢就喜欢想，天马行空地想，还经常说出来和黄光正老师分享。

黄光正不但不生气，还一脸兴奋地说："搞科研的人，就得有自己的想法，敢想才敢干。"

在育种科研中，黄光正每次都会留给茹振钢实践操作的机会，他的本事不怕学生学。每次的工作黄光正自己完成70%，把剩下的30%交给茹振钢，让他按照自己的想法去大胆实践。

黄光正对茹振钢说："搞我们这项工作，没有一点傻子精神，是干不好的，对于不会说话的小麦，要产生感情，能够跟它们交流。"

小麦又不会说话，怎么交流？茹振钢有点疑惑。

茹振钢蹲在试验田里，抚摸着绿茵茵的麦苗，轻声问："小麦，你好啊，你最喜欢什么样的土壤、温度、光照？还有，你最害怕什么？"

回答茹振钢的，除了鸟、虫发出的鸣叫，没有其他的任何声音。

茹振钢摇摇头，失望地走出试验田，直奔图书馆，找了一大堆书抱回宿舍。

国内外的小麦育种理论书籍他挨个阅读，想从中找出专家们和小麦"对话"的蛛丝马迹。可看了很多，却一直没有发现他们的"秘密"。他多次跑到小麦试验田里，轻声细语、深情地发问，小麦却依然无动于衷，对他的问话置之不理。

黄老师让茹振钢与小麦对话这件事，令他满心苦恼，整个人仿佛被掏空了一样，浑身没劲。

黄光正发现他状态不佳，就请他到家里吃饭。

师徒二人对坐于一张老旧木餐桌。4个家常小菜、一瓶地方老酒——这在当时可是很丰盛了。他们边饮边聊。

"振钢啊，你能吃苦，人聪明，但光靠这是培养不出好品种的，你还得能耐住寂寞,不怕清贫,做事不能急躁,还要有韧劲。"黄光正语气很舒缓,"你要清楚, 好的小麦品种都是在时光中熬出来的, 可不是一朝一夕的事情。"

"老师,这些我都知道。可我就是怎么也学不会跟小麦对话,我……"茹振钢眉头紧锁着。

"麦子是有生命的,有感情的,要想与它对话,你得用心,你得真心爱它。"黄光正笑笑说。

茹振钢想了一会儿,点点头说:"老师,我这段时间确实有点急躁,以后,我知道怎么做了。"

1985年6月初,太阳火辣辣地炙烤着大地。几十亩试验田里一片金黄,微风吹过,麦香阵阵。茹振钢戴着草帽、挽着袖子蹲在试验田里,筛选小麦单株。这是经过优化试验的各组"百农62"小麦新品种,为确保数据的准确性和完整性,黄光正和茹振钢整天蹲在试验田里,精心筛选成熟较快、籽粒饱满的麦穗,用来进行下一代繁育。

他们一个品种一个品种地筛选,一株一株地手工脱粒,一干就是一个多月。

茹振钢黑红的脸上,汗珠不停地滴落。他抓起衣角擦擦脸上的汗,站起来捶着酸痛的腰,打了一个哈欠。他往前走了一步,浑身松软无力,头晕晕的,身体像被抽空了一般。他只好在田埂上坐下来歇息。

茹振钢知道老师身体不好,就抢着、偷着多干活,连续这么多天的起早贪黑,谁都会被累垮。

黄光正在试验田里忙活了大半天,也是腰酸背痛,站起来揉着胳膊,却发现茹振钢不见了。

"这个小茹,人去哪儿了,说好了这几天趁着天气好多采一些麦种。"黄光正自言自语地说着，四下看了看，不见茹振钢的身影，就大声喊起来："小茹，小茹……"

黄光正边找边喊，心想，这孩子平时又勤快又能吃苦，从来不偷懒，今天是咋回事，关键时候怎么掉链子了。

黄光正想着，沿着麦垄往前走，突然听到不远处传来打呼噜的声音。黄光正循着声音走过去，只见茹振钢仰面躺在田埂上睡得正酣，他乱糟糟的头发上沾满了麦芒，古铜色的脸上挂着汗珠和晒脱的皮屑，手里紧紧地攥着一把麦穗。

"这孩子，看来是累坏了。"黄光正心疼地拍拍他，"小茹，小茹，回去到宿舍好好睡会儿吧，在地里睡会出毛病的。"

茹振钢一个激灵，爬起来，不好意思地说："对不起老师，我有点儿困，不知道怎么就睡着了。"

"没事，困了就回宿舍去好好睡一觉吧，睡好了再回来干。"黄光正说着帮他拍掉身上的土。

"我眯了一会儿，这会儿不困了。"茹振钢说着就又钻进麦地去干活。

黄光正怜爱地看着他，动情地说："小茹，辛苦你了。有你这种干劲，咱们就没有攻克不了的小麦育种难题。"

那天晚上，茹振钢与恩师聊了很久，也聊了很多。从生活到育种，从理想信仰到名利财富，他们做了一次深入的人生、事业大交流。他们是师生，也是知己。

茹振钢一直都勤奋用功，每天不是蹲在试验田，就是钻进书堆里研读专业理论。黄光正看在眼里，非常欣慰。他坚信，茹振钢一定会成为他小麦育种的后继之人。这些年来，他一直处在日复一日、年复一年的高强度工作中，自己的身体自己清楚，身体状态每况愈下，关节疼痛不说，肠胃、消化等问题也日益突出，不断地折磨他。而黄光正却一心扑在小麦育种上，想趁自己能干得动尽可能多出成果，去医院看病的事便一直拖着。

茹振钢担心老师的身体，常常劝他注意休息。

“黄老师，您回去躺会儿，我自己守在这儿就行，保证不会有事的。”

黄光正却不肯回去，摆摆手说：“我这都是老毛病，没那么娇气，坐这儿休息一会儿就好了。”

在茹振钢的记忆中，1987 年是无比艰难的一年。就在那一年，恩师病重，茹振钢的身体也状况百出。但育种事业容不得有丝毫懈怠，小麦生长期如果出一点儿差错，有可能一年的努力就会前功尽弃，再等上一年甚至更久。

茹振钢常常强忍着病痛，蹲在试验田里，一株一株地察看麦苗。大片的青绿，微风一吹，绿浪层层，香气阵阵。茹振钢捡起树枝在地上画了两个字——坚持。成功路上，必有考验。他告诉自己唯有坚持走下去，才是最好的出路。

茹振钢捂着胸口咳嗽了两声，在田埂上坐下，看着开始返青的麦苗壮实、健康，心中不禁一阵喜悦，一时豪情万丈，在观察记录本上写下了一首打油诗《梅花迎春》——

荒野只身浴冰霜，

手捧心物暖肝肠。

一眺送去大天亮，

春来冬隐万花香。

试验田里的麦苗从返青、拔节、孕穗、抽穗、扬花……直到成熟，茹振钢几乎每天都陪在它们身边。当他把金灿灿的麦穗送到黄光正老师面前，看着恩师欣慰的表情，一年的艰辛、煎熬和酸楚，刹那间烟消云散，化作了他脸上的一抹笑颜。

第二年春天，黄光正老师的病情稍有好转，又回到了小麦新品种"百农62"的试验田里。这天，黄光正正在记录麦子的生长情况，突然打了一个趔趄，差点摔倒。茹振钢连忙扶着他在田埂上坐下来。

"您没事吧，老师？我看您的脸色不对，送您回去休息吧？"茹振钢关切地说。

黄光正摆摆手说："我没事，休息会儿就好了。人老了，身子一天不如一天。"

这一年，黄光正才56岁。他自己清楚，吃得越来越少，身体越来越瘦，本来黝黑的脸庞干巴巴的，毫无血色，还泛着微微的黄。茹振钢也知道，老师的身体一定出了大问题。

"老师，您去医院看看吧，这天天忍着，时间长了肯定吃不消啊。"茹振钢劝解道。

"现在正是育种的关键时期，可不能含糊。我这都是老毛病，等有机会再去看吧。"黄老师轻描淡写地说。

后来，茹振钢得知黄老师要去北京开会，就劝他去北京的大医院做个检查。在家人和茹振钢的一再叮嘱下，黄光正抽时间去北京协和医院做了检查。

检查结果一出来，无论是对黄光正本人还是他的家属、学校领导和同事来说，简直就是晴天霹雳——肝癌晚期。在那个时代，这样的诊断对任何人来说都没有治愈的可能。

消息传来，茹振钢头"轰"一下就蒙了。在他的意识中，这辈子会一直跟着黄光正老师做助手，好好地协助老师，培育出更多的小麦优良新品种。可是，他的恩师，他的榜样、标杆与大山——黄光正老师即将倒下。这让他如何不伤心欲绝。

"怎么会这样？怎么会这样？……"茹振钢痛苦地闭上眼睛，两行热泪汹涌而下。

1988 年 4 月 28 日，茹振钢赶到了北京协和医院。病床上的黄光正挂着点滴。他毫无血色的脸上犹如涂了一层黄蜡，人瘦得皮包骨头。由于疼痛，睡梦中的他压抑地呻吟了几声，豆大的汗珠爬满了额头。茹振钢看了一眼老师，禁不住抽噎起来。

黄光正缓缓地睁开眼睛，抬起瘦骨嶙峋的手，颤巍巍地抹掉茹振钢脸上的泪珠，问道："小茹，你什么时候来的，吃饭了没？"

"老师，我吃过了，吃过了。"茹振钢握着黄光正的手，哭着说。

"你别哭，我没事。这个时候你怎么来了？现在正是咱们小麦科研的关键时期，你该守在试验田里，'百农 62'这个新品种怎么样了？开始抽穗了吗？"黄光正喘了口气，停顿了一会儿，接着说道，"我可能没有机会再在这个战场上'拼杀'了。以后，你的担子会更重，科研道路更艰难，你得有决心有信心啊。可不能因为我生病，把小麦育种停下来，你赶快回去吧，这里有医生、护士呢，你放心吧。"

茹振钢抹着泪点点头。

"你快回去吧。"黄光正催促道。

茹振钢只能咬咬牙离开病房。踏出病房那一刻，他知道这可能就是与恩师的最后一面，便蹲在走廊上失声痛哭。良久，他才从悲痛中回过神来，抹了一把眼泪，对自己说："听老师的话，回到岗位上，好好育种，把老师的育种事业延续下去。"

茹振钢回到实验室，连夜把新品种"百农 64"的小麦育种方案拟定出来，然后就一头扎进试验田，详细记录"百农 62"的生长情况。

他想把这些情况尽量详细地汇报给黄老师，让他放心，让他安心养病。

这一天，茹振钢很晚才踏着夜色回到宿舍。一天的劳作，他浑身酸痛，顾不上洗漱，倒在床上就呼呼大睡。第二天，天刚蒙蒙亮，就传来了急促的敲门声，副校长一脸凝重地说："黄教授病危，我们立即动身去北京。"

茹振钢一边往身上套衣服一边询问老师的病情。一路上，茹振钢的心提到了嗓子眼，他无心看窗外的风景，只想让车开得快点，再快点。

病床上，黄光正显得更加瘦弱，双眼紧闭。茹振钢轻唤了几声，但他依旧昏迷不醒。茹振钢流着泪，与同行的校领导找了辆车，护送老师回郑州。

阳光透过车窗，照在老师蜡黄的脸上。茹振钢禁不住去抚摸老师深陷的脸颊，心里涌起一阵阵酸楚。黄光正缓缓地睁开眼睛，看清楚是茹振钢，强挤出一丝微笑。

他拉住茹振钢的手，用尽力气说："小茹，我的时间恐怕不多了，最大的遗憾就是'百农 62'还没育成，你一定要接着把这个课题研究下去。"

黄光正说着话，一阵咳嗽令他上气不接下气，只得停下。茹振钢赶紧去拍他的后背。黄老师喘了几分钟，又说："你要坚持下去，不管多难，都要搞出名堂。记住，不要放弃。"

"老师，您放心，我记住了。"茹振钢哽咽着回答。

黄光正舒了口气，手颤抖着伸进口袋里，摸出一张皱巴巴的纸塞给茹振钢。

茹振钢含泪把那张纸打开，上面用圆珠笔写的字，歪歪扭扭。那是老师对他的殷殷嘱托：

1. 小麦育种很艰难，你一定要注意身体，身体是革命的本钱。

2. 遇到困难要学会依靠组织，找领导解决问题。

3. 你年轻有为，但缺乏经验，要多向老教授请教学习。

4. "百农62"在抗倒伏、病虫害方面有缺陷，需要改良。

......

这年的5月5日，黄光正呼吸逐渐微弱，像闪耀的烛火，燃尽最后一点烛油，然后熄灭——他的生命定格在56岁。

茹振钢悲痛之余，拿出老师列的八条嘱托，逐字逐句地抄在自己的笔记本上。他写着，眼泪啪啪地往下掉，他边擦眼泪边抄写，生怕眼泪落在纸页上模糊了字迹。

遵从恩师的遗愿，茹振钢把他的骨灰一半葬在了学校后面的太行山山坡上，一半撒在了他的小麦试验田里。

那些天，每当夜幕降临，茹振钢便一个人去试验田，看着天上的星星，双眼含泪。风一吹过，麦苗沙沙作响，像呜咽，像低诉。

"你们也想黄老师了吧，他在这儿陪着咱们呢。"茹振钢吸吸鼻子，悲伤地说，"黄老师走了，以后我会按照他老人家的嘱托，一直陪伴你们。黄老师说得对，育种是老百姓需要的事业，科研不能停……"

"我知道你们怕虫子、怕大风、怕大雨，没事，我会想办法改进，让你们更壮实、更强大。"

茹振钢在麦地里蹲下来，深吸一口气，泥土和麦香扑鼻而来。他静静地听着，听着麦粒一颗颗膨胀的声音。

恍然间，茹振钢看见黄光正老师正挽着裤腿，弓着背，小心地察看麦苗。他使劲揉揉眼，眼前空荡荡的，什么都没有。

月亮升起来了，忽而被乌云遮掩，四周一片黑暗，孤独、无助萦绕着茹振钢。夜深了，大地、鸟虫都睡着了，人们也睡着了，他却醒着。他孤零零地遥望着夜空，心里揣着不可知的未来和无数的问号。

"黄老师，我知道怎么跟麦子对话了。黄老师，我一个人接下去该怎么办？……"

回到宿舍，茹振钢拿出笔和本，写下了《祭恩师》——

您犹如一颗流星

画出了一道最美的彩虹

您没看够麦苗的成长

您没看够农民的微笑

然而

您却早早走向了天堂

国家失去了一个栋梁

我失去了一位恩师

天塌了

麦苗为您悲伤

黑暗里

麦穗为您哭泣

……

黑夜将尽，天色亮起来。转眼，阳光温暖明媚，一切如常。茹振钢兴冲冲地推开黄老师办公室的门，大声喊道："黄老师，我今天发现……"

茹振钢愣在那里，屋子里空荡荡的，灰尘在光束中翻飞。

"黄老师……"茹振钢喃喃地叫了一声，突然胸口一阵疼痛。他这才清醒过来，他的恩师已经不在了。

他吸吸鼻子，找了块抹布，把桌子、茶几、书柜擦了一遍，然后冲了一杯浓浓的绿茶，坐了下来。

茹振钢头发凌乱，神情疲惫。他一遍遍地在心里喊着：茹振钢，老师的嘱托难道你都忘了吗？茹振钢，你要振作起来！茹振钢，你必须振作起来！茹振钢，"百农62"尚未定型，育种必须按计划继续下去……

茹振钢在老师的办公室坐了一下午，回忆着和老师在一起的点点滴滴，反复想着老师的嘱托，努力让自己振作起来。

第二天，茹振钢理了发，刮了胡子，大步地走进实验室。他取出收获的"百农62"小麦种子，放在显微镜下，仔细观察细胞构成情况，探寻它的新机理、新规律，把发现的规律和问题记录下来。按照黄老师的嘱托，他收拾好行囊，到中国农业大学、河南省农科院、河南省种子公司等，向一些专家请教后，又奔赴山东、安徽、江苏等省，拜访业界的老专家、老学者——他们曾经与黄光正老师长时间合作，关系密切，听到他离世的噩耗，不禁哀伤、惋惜。茹振钢就"百农62"培育过程中遇到的问题，虚心向大家请教，并详细地讲解自己的想法和计划，请专家们提建议、多指导。

茹振钢奔忙了一个多月，带着记得满满当当的笔记本风尘仆仆地回到百泉农专。他回家匆忙换了身衣服，来不及陪伴妻子、女儿片刻，更顾不上休息，就一头扎进了实验室。那段时间，他不分昼夜地泡在实验室和试验田。

1990年，具备高产、抗旱、分蘖速度快、耐晚播、早熟、灌浆高峰早、颗粒饱满等特点的"百农62"，终于尘埃落定。

麦收时节，百泉农专的小麦试验田里满目金黄。茹振钢看着试验田里金灿灿、沉甸甸的麦穗，嗅着沁人心脾的麦香，眼眶温热，仿佛看到了黄光正老师正慈祥地看着他微笑。

茹振钢精心挑选了 56 株小麦扎成一束，一口气跑到恩师的墓前，把麦束放在墓碑前——那麦子，在老师眼里一定是世界上最美丽、最灿烂的花。茹振钢磕了四个头，双手举起麦束，动情地说："老师，咱们的'百农 62'成功了，您看看，麦子长得多好，穗长、秆粗、籽粒饱满，老师您看……"

不知不觉间，茹振钢已经满脸泪水。他拂去墓碑上的尘土，在墓前坐了很久很久，向老师诉说了很多很多。

经实打测产，茹振钢试验田的"百农 62"亩产达 530 多公斤，河南、安徽、河北等地的 12 个试验点，测产结果每亩产量在 450 公斤至 550 公斤。

在培育"百农 62"的时候，茹振钢也开始寻求新的突破，之后育成的"百农 64"，几乎与"百农 62"同时启动。那时黄老师还在，"百农 64"的育种目标很明确，就是选育出适合黄淮海地区种植的小麦，与洋种子抗衡，打造"中国小麦"。

彼时，茹振钢来到百泉农专不久，对小麦育种还不熟悉。一天，他吃过早饭就朝试验田走去，远远地看到黄光正老师站在田埂上，望着满地的麦苗发呆。

"黄老师，黄老师。"茹振钢叫了两声，黄光正才回过神来。

"你来看看，这试验田里播种的阿夫、矮粒等小麦品种，都是从美国、澳大利亚、法国、意大利引进过来的。"黄光正眉头紧锁，摇了摇头说，"我是搞小麦育种的，看着这满地的外国品种，心里不是滋味啊。这里头只有'百农 3217'是我自主研发的，可是它还有很多缺陷，不能与那些洋种子抗衡……"

茹振钢听着，心中升起一团火，却又像被什么压着燃烧不起来，令人憋闷。

20 世纪 80 年代，中国科学技术落后，小麦主要靠洋种子，意大利、墨西哥等国家的品种占据着国内小麦种子市场的 80%。中原地区曾经红极一时的"郑引 1 号"，就是来自意大利的洋品种。

茹振钢攥紧拳头说："黄老师，我们一定要好好研究培育咱们自己的小麦品种，让老百姓的地里种上中国麦。"

时间在一次次的试验、一代代的更迭中一晃而过。黄老师离开了，茹振钢肩负起老师留下的事业。

转眼又到了麦收时节。天空湛蓝，没有一丝云彩，阳光开始释放热情。中原大地再次泛起金黄的麦浪。茹振钢在"百农 64"试验田的田埂上蹲着，一筹莫展。他盯着手里的一株小麦，嘴里发出一声无奈的叹息。这株小麦无精打采，卷曲的叶子软塌塌地垂在两边，叶片上面有黄色铁锈般的印子；麦穗又短又瘪，上面还有白色、粉红色的霉——这是赤霉病。茹振钢想不明白，黄光正老师去世后，自己又对"百农 64"进行了十几次试种，每次都很成功，为什么在产品定型后出现了这样的问题？

茹振钢从包里掏出放大镜，仔细观察生病的麦株。几个学生围在他旁边，都是满脸焦虑与苦楚。茹振钢一株一株地仔细察看，转眼间已是赤日高悬。"茹老师，您先回去歇会儿吧。出了问题，我们可以从头再来，您别难过。"一个学生安慰他说。

"我没事，我没那么脆弱。"茹振钢说着从地上捡起一株干枯的小麦说，"从理论到构造原理上，'百农 64'肯定没问题。它的父母本基因也都很优秀，麦粒样本也没问题。那么造成这次育种失败的原因可能就在操作和气候的因素上。"

茹振钢仔细分析着原因，表面上镇定自若，内心里却五味杂陈。他带着几个学生蹲在试验田，像剥玉米一样，一层层分析造成赤霉病的原因。小麦生长过程中，最怕的是"三虫三病"，即红蜘蛛虫、小麦蚜虫、吸浆虫和赤霉病、条锈病、白粉病。尤其在分蘖期、扬花期、灌浆期，最容易出这些问题。

茹振钢仔细查阅了试验田里所有的现场记录和气候资料后说："从这些资料看，今年3月小麦返青的时候，幼苗叶片上有多层轮状的鲜黄色夏孢子堆，叶片发病初期，夏孢子堆为小长条状，像缝纫机轧过的针脚，后期表面破裂，出现锈褐色粉状物。"

"可是，茹老师，我们当时打过农药啊。"一个学生说。

"是打了农药，但是没有清理彻底。再加上今年气温明显高于往年，又下了几场雨，气候湿润，就引起了赤霉病。"茹振钢分析。

几个学生点点头，认真地做记录。

茹振钢伸手拾起地上的小剪刀，小心翼翼地把麦穗剪开，再用镊子将一粒粒麦粒夹出来，接着把麦粒剖开。干瘪的麦粒上，内外壳呈现出不规则的白色、粉红色霉斑。

学生纷纷凑过去，边听茹振钢讲解，边仔细观察。

"现在，我们一株株检查，有赤霉病的都拔掉。"茹振钢带着学生，在50亩试验田里一株株地筛选。他在麦地里一待就是几个小时，水都顾不上喝一口。晚上，学生都回宿舍了，他还打着手电筒察看麦株。

第一年，他们把麦子种在高肥水的试验田；第二年，又把麦子种在旱地试验……

茹振钢带领团队不懈努力，历经四个春秋，终于在 1998 年培育出了分蘖力强，抗倒、抗冻，对条锈病免疫，高抗叶锈、白粉病，高产稳产的"百农 64"小麦新品种。

茹振钢捧着颗粒饱满、色泽金黄的麦粒，黝黑的脸上绽开了笑容。他开始手工脱粒，先数了数分层，然后用卡尺测量麦穗的长度，最后把麦穗放在簸箕里，用手轻轻地揉搓，麦粒呼呼地蹦出来，像一群调皮的孩子。

茹振钢爱抚地拨弄着它们，一粒粒地查点、记录，然后给它们贴上标签，放在种子箱里。

这年，"百农 64"被农业部列为跨省区重点推广品种，在河南各地，山东聊城，湖北枣阳、老河口，安徽淮河以北，以及江苏长江以北等地区大面积推广，累计种植面积 1 亿多亩。2002 年，"百农 64"荣获河南省科技进步奖一等奖。

其间，许为钢的优质小麦育种，郑天存的高产小麦育种，以及全国各地的小麦育种家都取得了重大成就，中国小麦品种逐渐成为绝对主流，"洋种子"退出了历史舞台。

第五章　许为钢的巅峰之路

十年磨一剑

2001 年夏收时节，田野里金黄的麦浪随风起伏，这是许为钢用 10 年时间刻苦攻关培育的"郑麦 9023"。天气炎热，火辣辣的太阳炙烤着大地，汗珠不断地从许为钢脸上滴落，他却毫不在意。在他热切的期待中，"郑麦 9023"成功通过河南省审定。

许为钢悬着的心落了下来，脸上露出欣慰的笑意。10 年的刻苦攻关，10 年的风吹雨打，终于收获了丰硕的成果。他伸手抹掉脸上的水，分不清是激动的泪水还是汗水。

许为钢在接受媒体记者采访时激动地说："'郑麦 9023'就是我的孩子，这是我独立培育出的第一个小麦品种，是我的处女作。"

当一位记者问到许为钢培育成功后的心情时，他爽朗地一笑，说："高兴，能不高兴吗？当这个品种完成省生产试验通过审定，就和当初我儿子出生时的心情一样激动。儿子，那是血脉亲情的关系，'郑麦 9023'是我和胡琳事业上的孩子，都是孩子，一样重要。"

当有记者提到培育"郑麦 9023"的艰辛时，许为钢微微一笑，风趣地说："育种本身就是一项枯燥漫长的工作。你问我辛苦不辛苦，我只能说，搞育种的人就是高端农民，我们和农民兄弟一样在土地上劳作，一样对收获充满了渴望。你要干一件事，不辛苦、不奋斗也干不成啊。"

麦田边，考察"郑麦9023"的专家组正在仔细地察看即将收获的麦子。

许为钢随手拔掉一株麦子递给身边的一位专家说："您看它表现怎么样？"

专家接过麦株，端详了一下，答道："株型紧凑，通风透光性好，株高80厘米左右，茎秆粗壮，弹性好，抗倒伏能力强；长芒，穗纺锤形，麦粒饱满光滑，穗层整齐，每穗30粒到35粒，晚播早熟，后期熟相也好……"

专家们考察结束后，对"郑麦9023"如此评价：兼具优质强筋、早熟、抗多种病害、高产稳产等特性，是我国优质小麦育种技术取得显著进步的标志性品种，积极推动我国小麦产业科技进步，对河南小麦育种事业意义重大。

20世纪80年代末，我国粮食产量开始迅速提高，生活水平也日益改善，人们的需求慢慢由吃得饱变为吃得好。而在我国加入世界贸易组织以后，将会面临国外优质小麦对我国小麦生产的冲击。在这种情况下，我国小麦生产计划很快就会由产量数量型向质量效益型转化，优质小麦将成为我国小麦育种及小麦生产的发展方向。

许为钢很早就认识到这一点，并开始投入精力培育优质、早熟、抗赤霉病这3个性状兼具的优质小麦品种，而且有了清晰的育种目标：在技术上要实现优质、高产、早熟、多抗、广适性的聚合和抗赤霉病、叶锈病等抗病性的聚合。

许为钢的优质小麦育种研究，受到了河南省有关部门的高度重视，被河南省科技厅列入省重大科技攻关项目，获得100万元的科研经费。

那时候，中国黄河以南的广大小麦种植区域，特别是长江流域及其以南地区，优质、早熟、抗赤霉病一直是小麦育种的重要目标。但当时却没有一个小麦品种能同时具备这三种特性。

从1990年起，许为钢就开始了强筋优质小麦品种的培育。这也是后来"郑麦9023"品种中"90"编号的来源。

许为钢每天的生活，都跟育种分不开。无论严寒酷暑，还是刮风下雨，他不是在实验室里苦干，就是泡在试验田里争分夺秒地工作。

夜幕低垂，许为钢顶着满天的繁星回家。天色曚昽，他又在熹微的晨光中出门。在育种过程中，为了解决抗赤霉病这一世界难题，他昼思夜想，费尽周折。

赤霉病有小麦"癌症"之称，在农业领域是世界性难题，因其严重威胁粮食生产和食品安全，成为农业科学家亟待解决的重大农业问题。

许为钢和胡琳查阅了大量的资料，深入探寻解决赤霉病的理论依据。同时，他们把技术理论付诸实践，在实验室与试验田反复地进行尝试。但要找到关键基因和解释抗病机理尤其困难。在漫长的研究过程中，他们面对一次次的试验失败，不急不躁，认真地总结试验的每一个细节，思考哪个环节有问题，然后继续投入下一次试验。那时，许为钢顶着巨大的压力，与胡琳一起赴母校西北农业大学，请教小麦抗病育种专家宁毓华老师。

宁毓华对小麦赤霉病颇有研究，她热情地接待了许为钢与胡琳。在宁毓华的帮助下，许为钢从建立病圃、繁殖菌种、探索接种方法等方面，一步步精心研究并筛选，最终有了突破性进展。

春夏复始，日升日落。许为钢和胡琳几乎天天都在试验田里忙碌。

春天，艳阳高照，暖风和煦，麦地里泛起一汪汪绿意。胡琳高兴得像个孩子，她拉着许为钢的胳膊，开心地说："麦苗返青了，我觉得今年的麦苗长得特别好。"

许为钢笑笑，每一株麦苗他都宝贝似的仔细察看、记录。麦苗长在地里，他也天天守在地里，像呵护幼小的婴儿。麦苗的每一点生长变化，他都看在眼里，记在心上。

那些年，许为钢与胡琳的工作把节假日都挤占了。

一个周末的清晨，许为钢从睡梦中醒来，还没睁开眼，就听到窗外有雨声。他猛地坐起来，拉开窗帘一看，雨下得正大。他一时睡意全消，动作麻利地套上衣服，箭一般冲出去。

胡琳听到动静，看丈夫向外跑，立即明白怎么回事，赶紧抓起雨伞，紧随许为钢跑到试验田。两个人冒着雨在试验田里待了半天，后来干脆把雨伞扔到了一边。雨水早已淋透了他们全身，顺着脸颊、衣服往下淌，但谁也不在意雨水的"侵袭"，他们观察着试验田里的麦株，担心发生倒伏。整个上午，两个人都在雨中站着。

他们对正在培育的这个优质小麦新品种，不敢有半点马虎，生怕稍有闪失就会导致上年的努力付之东流。

省农科院的员工们都会看到这样的情景——

实验室里，许为钢穿着白大褂趴在显微镜前，一丝不苟地观察。团队其他人员都在忙碌着。良久，许为钢从忙碌中抬起头，揉着酸疼的脖颈，还不失幽默地说："路漫漫其修远兮，吾将上下而求索……"

他是在给自己鼓劲，也是给团队的同事们鼓劲。

许为钢扭着酸疼的腰，看看表，早已过了饭点。他连忙催促大家去吃饭，自己却又趴到了显微镜前。

他们每年做的几百个组合实验中，虽然大部分都是失败的，但许为钢从未气馁过。他对自己说，不管做什么事情，想要做出点成绩都不容易，坚信杂交组合实验的每一次失败，都会离成功更近一步。科研总是与失败相伴相随，研究的过程充满失败与挫折才是常态。就像尼采所说，一切美好的事物都是曲折地接近自己的目标。

在优质小麦品种选育初期，因为没有测定小麦品质指标的仪器，许为钢就带着课题组的同事用"嘴"来测定，一份份样品摆在面前，许为钢带头捏起麦粒放进嘴里，慢慢地咀嚼、品味，然后记录。漫长而短暂的 10 年里，每一个小麦收获季节，他们都要咀嚼上万份样品，写下上万份小麦品质记录。大家的嘴常常被磨出血泡，牙齿也被干硬的麦粒磨得生疼，但没有一个人抱怨过。

许为钢带着团队，晴天头顶烈日，雨天撑着雨伞、穿着雨衣，没日没夜地工作，一干又是 6 个小麦生长周期，终于把"苏麦 3 号"的赤霉病抗扩展特性通过杂交、单小花接种选择等技术，转入到"郑麦 9023"之中。

河南是小麦的天堂，小麦被祖辈们孕育成中原大地的主要农作物，并逐渐成为河南的主要经济产业，一代代育种家为了小麦在科研上有所突破、品种不断改良付出了毕生的心血。

来到河南之后，许为钢在办公室最醒目的位置摆上了恩师赵洪璋院士的照片——画面中，赵洪璋老师在阳光下的麦田里幸福地笑着。

每每在育种过程中遇到困难或挫折，许为钢都会站在办公室，长久地凝视恩师的照片，喃喃地诉说着自己在育种中遇到的拦路虎，说着说着，对恩师的思念愈加浓烈，禁不住眼眶一热，声音也哽咽起来。对于许为钢来说，老师虽不在了，但他的精神依旧激励着他前行。

育种是"慢工出细活"的工作，急不得，也没有捷径可走。种子播下了，一年不成功,就要等到来年才能重新开始。对于"郑麦9023"的每个生长阶段,许为钢都倾注了大量的心血。

"在试验田里常常累得腰酸腿痛,汗水啪啪地往下掉,可是只要想起自己的目标与理想,所有的苦都不算什么。理想会让你忘我,渴望成功会让你全身心地投入。"一次谈话中,许为钢如此诠释自己能"吃苦"的原因,"反正地球要转,人要上班,干的又是自己热爱的小麦育种。"

当"郑麦9023"历经多重考验冲出重围,取得了巨大成功,在全国农业领域如一声春雷般炸响,许为钢终于松了口气——他在优质小麦育种上取得了跨越性成功,使他对自己未来的研究方向更加有信心。

成功的光环笼罩着许为钢,各种荣誉纷至沓来,赞誉之声不绝于耳。许为钢却非常冷静、清醒,思路明晰,他谦逊地说:"'郑麦9023'也不是十全十美的。"

许为钢认为,小麦育种是一门遗憾的艺术,很难达到完美。这与小麦复杂的基因组有很大关系。我们熟悉的主粮小麦和水稻虽然看起来差别不大,但二者的基因组却大有不同。小麦的基因组有 16 个 GB,大约是人类基因组的 5 倍多、水稻基因组的 40 倍,也是目前已经完成全部测序中最复杂的基因组之一。

许为钢对自己的第一个小麦品种充满了期许,常常为自己完美的设计和计划激动不已。但实践过程和预期经常会存在差异,育种过程更是一波三折,常常计划好的路径却走不通,不得不改变路径,反复试验。他的情绪也会随着育种的进程变化在期盼、兴奋、失望之中来回反复。

许为钢说:"在育种选择时,人们所期望赋予的性状有时候未必能结合在一起,就像我想把抗锈病和白粉病这两个抗性结合在一起,结果杂交基因不能组合。育种中好多性状都是相互矛盾的，比如说穗粒数多、籽粒大了穗数就相对少了。你在育种过程中采用的技术和方法不够完美就会导致遗憾发生，就像'郑麦9023'，如果耐寒性、抗倒伏性再好一点，那就更好了……所以我觉得育种是门遗憾的艺术。"

许为钢把育种比成导演拍电影：拍片子时，满是憧憬和信心，片子拍好了一看，才发现自己认为设计很完美的地方，依旧存在着某种缺陷和不足。但这并不会让我们气馁，我们会总结经验，力求下次做得更好。世上本来就没有绝对的完美，完美都是相对的。"郑麦9023"虽然存在这样或那样的遗憾，但从整体上来说，它的综合性状还是比较完美的。

"郑麦9023"通过审定后，河南省农业厅、科技厅、发改委等部门立即联手大力推广，让这一科技成果迅速转化为生产力。在每年的农作物新品种（系）展示交流会上，"郑麦9023"都被作为主推品种重点推介，并申报了农业部"农业科技跨越计划"，获得了充足的示范推广资金。

在"郑麦9023"的推广中，许为钢也亲自做了很多细致有效的工作，他制订了一套综合立体的科技成果转化方案，依靠各地、各级行政主管及职能部门，以品质稳定性、适应性、配套栽培技术研究为支撑，以高质量种子作保障等，调动一切积极因素，共同推进"郑麦9023"的示范推广。

为了加快"郑麦9023"的推广，许为钢邀请了几位老专家组成专家组，在全省广泛建立种子繁育基地、示范基地。5年时间里，他开车跑遍了河南省内的21个试验点。同时，许为钢还亲赴安徽、江苏、陕西、浙江等地，对种植"郑麦9023"的农民进行无偿技术指导，让栽培"良法"主推良种落地。

"郑麦9023"为中国小麦带来了巨大的国际市场竞争力，被农业部列为农业科技跨越计划项目核心技术，被科技部列为国家农业科技成果转化资金重点资助品种，连续多年被农业部推荐为全国小麦生产主导品种。

2006 年，"郑麦 9023" 在豫、鄂、皖、苏、陕 5 省的收获面积为 3000 多万亩。5 年时间，"郑麦 9023" 在全国累计收获面积达 1.15 亿亩，增产 24.5 亿公斤，新增产值 34.3 亿元。

许为钢在一次接受记者采访时，被问起 "郑麦 9023" 最初推广那段时间的感受，他表情复杂地说："这中间，有时候我是种业博士，有时候我是技术员；有时候我又像商贩一样和别人讨价还价。我还做过策划，策划推广麦种的电视广告和报纸广告。我天天从早到晚开着车东西南北地跑，中间还出过两次车祸……" 许为钢说到这里戛然而止，眼眶有些润湿，他把目光转向窗外，笑了笑，又说起了我国粮食安全的问题。

"郑麦 9023" 也为许为钢带来了诸多褒奖与荣誉——

2006 年 12 月 16 日，许为钢被授予 "全国杰出专业技术人才" 荣誉称号。这是此前十几年来河南省第三位获得这项荣誉的专家。

"全国杰出专业技术人才" 事迹材料如此评价许为钢：

多年来，他始终面向农业经济发展的实际需求开展科学研究，追踪学科的最新发展，组织学术攻关，在小麦品种的遗传改良、小麦产量育种优化模式、小麦品质改良、作物育种原理研究等方面取得了多项具有重要科学价值的研究成果。进入 21 世纪后，以分子生物学为先导的现代生命科学使得作物育种学正在由 "经验育种" 向 "精确育种" 跨越。分子标记育种技术目前已开始在小麦育种中得到了实际应用。

在 "全国杰出专业技术人才" 奖颁奖典礼上，许为钢见到了自己的另一位 "偶像" 袁隆平先生，他和袁先生握手、交谈，并合影留念。这张照片一直摆在许为钢的办公室里，激励着他在育种路上一往无前。有人出于对 "郑麦 9023" 的首肯，把许为钢与袁隆平画上 "等号"，称 "水田和旱地都一样，水稻有袁隆平，杂交水稻遍五洲。小麦出了许为钢，9023 达三江"。

许为钢听后摆摆手，郑重地说："可不敢这么说，我怎么能和袁老师相提并论呢，人家对国家和世界的贡献，我坐飞机也赶不上。"

在许为钢心里，袁隆平一直是他的榜样和航标。他曾在日记本上写道——

父亲在我们国家急需钢铁的时候，给你取名 "为钢"，就是期望着你能为祖国做点贡献。今天，老百姓又把你和袁隆平相提并论，那是高举你啊。你应该更加努力，争取早日把水稻和小麦这个方程式画上等号，为国家多做贡献。

2007 年，许为钢荣获首届 "河南省科学技术杰出贡献奖"。在颁奖典礼上，许为钢深情地说："河南有着适宜小麦生长的沃土，在祖辈们一代代的努力下，小麦成了这方土地上的优势农作物。这里有一片引起全世界关注的小麦主产区，在这里，我深深地感受到了美好和希望。我会努力，努力去攀登新的科技高峰，为国家、为河南美好的明天去努力奋斗。"

2009 年，许为钢获得年度 "何梁何利基金科学与技术进步奖"，成为受到表彰的 46 位中国科学家之一。这一年的 "何梁何利基金科学与技术进步奖"，侧重科技成果的原创性，其中 90% 的成果达到国际先进水平，70% 居于国际领先水平。

许为钢并没有因为 "郑麦 9023" 的辉煌而自满，他的育种研究更没有停滞不前。对自己这个阶段性成果，他有清醒的认识。在我国耕地有限的前提下，要提高产量，就要尽快培育出具备优质专用、产量达到 700 公斤以上的 "超级麦"。再者，河南育种技术虽然已经达到全国一流水平，但与世界先进水平还有差距，要尽快构建河南省的现代小麦育种技术平台，提升育种技术。

夜幕降临，窗外霓虹闪烁。许为钢坐在书房，正在埋头制订新的优质小麦品种育种方案。

在一次电视采访中，许为钢这样说："河南这片沃土成就了我热爱的事业，给了我莫大的荣誉。所以，我必须得用实际行动感谢这片土地和这片土地上的人们。"

科研夫妻档

2022 年 6 月 3 日上午，在河南省方城县赵河镇中封村的小麦百亩示范方，由省科技厅组织的专家组对"郑麦 1860" 小麦品种进行实打测产。当专家组报出测产结果"亩产 856.5 公斤"的时候，"郑麦 1860" 育种团队成员之一、河南省农科院研究员胡琳激动地说："又破纪录了。"

2021 年，南阳市小麦亩产最高纪录就是由"郑麦 1860" 在这一地块创下的，亩产实打 788.7 公斤，今年再次打破纪录，比上年每亩净增 67.8 公斤，创下了 11 年来的新高。

"850 公斤都突破了，真是超出了我们的预料。"年过六旬的胡琳抑制不住自己的兴奋，感慨地说："这个品种就像我们的孩子一样，我们用了 10 多年时间才选育出来，基本达到了我们的预期目标，应该说是我们里程碑的一个品种之一。"

胡琳是许为钢的夫人，1961 年出生，农学博士、二级研究员，研究生导师，曾任河南省麦类种质资源创新与改良重点实验室主任、中国农学会植物种质资源分会理事等职。

许为钢和胡琳是大学同学，两个"聪明人"，有着相同的爱好，共同的话题，惺惺相惜。大学毕业后，他们又一同读硕士、读博士。胡琳是赵洪璋院士招收的最后一位硕士生。来到河南省农科院以后，胡琳一直在许为钢的团队。这对小麦育种界的夫妻搭档，一直携手奋战在小麦试验田里，共同创造了优质小麦育种的现代"神话"，在农科领域被传为佳话。

弹指间，许为钢与胡琳来河南已经26年，他们也从青壮年步入到中老年。

胡琳的思绪不知不觉回到10多年前的那个秋天——2011年10月中旬。秋日温馨恬静的阳光照在中原大地辽阔的田野上。此时正是小麦播种的季节，土黄色的大地替代了主宰一时的青纱帐。新乡市原阳县的田野里大型、中型、小型等拖拉机，搭载着犁、耙或播种机来回穿行。人们在刚刚收获了秋庄稼的田地里，深耕、细耙、打畦，织就了一幅幅镶嵌着横竖条格的大毯子。空气中，滋养万物的土壤气息弥漫、席卷着乡村大地。

试验田里，许为钢正带着科研人员播种。他把竹竿在田垄放好，脚踩在另外的田垄上，然后按照竹竿上黑点的位置，一粒一粒地把麦种塞入松软的土壤中。

在秋日纯净的阳光中，他直起身子，裤管被风吹着，像充满气的布袋，哗哗作响。他认真察看科研人员的播种情况，手把手地做示范指导。

不远处，衣着朴素的胡琳正挽着袖子和一帮工作人员一起铲土。当她停下来为来访者写下三个高光效基因的名称时，手微微有些颤抖。

"这两天太累了，这手都有些不听使唤了。"胡琳笑着说。

自从与许为钢牵手，胡琳就和他一起南北辗转，既要给他做"助手"，与他一起搞科研育种，又要照顾孩子与生活中的柴米油盐。

说起胡琳，许为钢眼里满是幸福和感激，他说，遇到胡琳是他今生最大的幸运——因为他们是真正的志同道合。当然，他也清楚，自己这辈子对妻子亏欠太多。

普通夫妻谈论柴米油盐，他们在一起谈论科研育种。

许为钢在接受记者采访时说："我们上班谈工作，下班时间也常常被工作占据，话题常常离不开研究。"

有时候两个人会开玩笑说，他们的结合就是工作效益最大化，不仅上班的时间工作，下班时间、节假日在家，照样不耽误工作。

几十年如一日，实验室、麦田或者在路上，这是他们生活的常态，平淡却不简单，育种艰难却不失快乐。

作为许为钢的人生伴侣和事业上的助手，胡琳在事业上也取得了不凡的成就——国务院政府特殊津贴专家、河南省三八红旗手、河南省十大女杰、河南省优秀专家、河南省粮食生产先进个人等，她获得的这些荣誉、头衔，佐证了她为事业所做的努力与付出。

胡琳是个善良、有爱心的人。作为省妇联联谊会的成员，她经常组织、参加一些活动，走访、帮助一些困难户。有一年冬天，胡琳到一个贫困户家里慰问，屋子里冷得令人打战，一家老老小小都裹着厚厚的衣服。胡琳一问，原来是他们家没钱交暖气费，她什么话也没说，出门就找到小区物业，帮他们把暖气费交了。

许为钢办公室里放着一面卷着的锦旗，他拿出来打开，左上角是"赠给：省农科院小麦研究所胡琳研究员"，正中间是金灿灿的八个大字："扶困济残、无私爱心"。

"她喜欢做善事，很多事情我都是后来才知道的。当然，我也支持她。"许为钢说着笑着，语气与表情都带着对妻子的赞赏与爱意。

"郑麦1860"通过审定后，许为钢高兴地请胡琳一起下馆子庆祝。

在一家小饭馆里，几盘精致的小菜摆上来，许为钢为妻子倒了一杯果汁。他看着妻子，发现她双眸明亮、笑容温润的脸上有了不少岁月的痕迹。

"胡琳，这些年来辛苦你了，虽说我们两个人一直在一个单位、一个课题组工作，但你还要照顾我的生活，照顾孩子，你比我付出得更多。"许为钢边给妻子夹菜，边说，"其实我心里一直清楚，有时候搞科研你的工作量比我还大，但你从来没有埋怨过我。"

胡琳笑看着丈夫，没有说话。

许为钢继续说："咱们的老师赵洪璋院士和盖钧镒院士，那时候对你的评价可是比我高，都说你有搞科研的天赋。你跟着我，总是躲在我的身后……"

"别说了，我是你的妻子。"胡琳笑了，笑得眼里泛起了泪花。许为钢又拿起筷子给妻子夹菜。窗外传来梁静茹纯净和极具磁性的声音，唱的是《无条件为你》——

"爱你等于拥有一片天空，任何风吹草动，都有你存在其中。自然而然地轻松，一路到夏天的尾声。无所谓到过于激动……"

许为钢在梁静茹的歌声中情绪和声音都变得更加柔和，他想起了和胡琳生活的点点滴滴。

有一次胡琳生病了，许为钢把她送到医院。她斜躺在病床上，无力地靠着白色的枕头，闭着眼，眉头微微地皱着。许为钢握着妻子的手，不停地安慰她，直到护士拿着输液瓶走过来，他才站了起来，看着护士熟练地把针头扎进胡琳手上的血管里。

时间一分一秒过去，许为钢看着透明的药液一点点地滴落，心里犯了急。他满脑子都是试验田里的小麦，那些摇摇摆摆的绿色麦株，像是在不停地呼唤着他。他凑到胡琳床边，用商量的语气说:"这水得输一会儿呢，要不我先去试验田里看看？一会儿我就回来。"

胡琳有气无力地点点头。

许为钢又找到护士交代了几句，就离开医院，径直去了试验田。

晴空烈日下，许为钢弯着腰，拉着小麦细长的叶子和麦穗一株株地仔细观察。小麦成熟前的这段时间是决定产量的关键时期，也是最容易发生病害的时候。许为钢一会儿蹲，一会儿站，被太阳晒得通红的脸颊，贴着麦株缓缓移动，脸上和身上汗珠直往下淌。直到他觉得累了，站起来，眼前却猛地一黑，什么都看不见了。他只能站在原地，等着绿色的麦田、小路、太阳，重新一点点浮现在眼前。

这时他才发现，已经过了下午2点。他揉揉咕咕乱叫的肚子，自言自语地说:"矫情，原来是饿了。"

许为钢回到家，屋子里静悄悄的，往常总是摆着饭菜的餐桌也空荡荡的。

"怎么没人呢？"他正纳闷，猛地一拍额头，想起来胡琳还在医院呢。

许为钢一路小跑赶到病房，看到8岁的儿子正趴在胡琳旁边，绘声绘色地讲学校里的趣事。

许为钢脸上带着歉意的笑，解释说:"我一直在地里观察小麦抗病性呢，一不小心忘记时间了……"

胡琳狠狠地瞪了他一眼，故作生气地说:"我就知道你一到地里就把我忘了，所以就在这儿买了点儿吃的，自己吃得饱饱的，才不管你吃不吃饭呢。"

许为钢不好意思地说:"对不起啊。"

"别自责了，我可没那么娇气，更不愿意看着你在这儿坐卧不安。"胡琳嗔怪道，"是不是还没吃饭呢？赶紧去吃点儿吧。"

许为钢这才想起自己还没吃饭，饥饿的感觉特别强烈，便说："你跟儿子吃了吗，我给你们捎点儿啥？"

胡琳故作生气地说："都几点了？等着你送午饭，我们还不饿坏啊。"

许为钢尴尬地笑笑，说："下回我一定保证给你做好服务。"

"还下回呢，快去吃吧。一会儿又该吃晚饭了。"胡琳看着许为钢的背影，无奈地摇摇头，又对儿子说，"你爸爸心里装的全是小麦育种，妈妈不怪他，等你长大就懂了。"

儿子说："我懂，他是个一心扑在工作上的人，但不是个好爸爸。"

胡琳抚摸了一下儿子的头说，"儿子啊，可不能那么说，你爸是个好爸爸，只是他的心里装了太多的事，有时候顾不上我们。"

"好吧，我同意妈妈的话，爸爸是个好爸爸……"

许为钢和胡琳的工作时间，从来都不局限于 8 小时。他们聊得最多的话题，就是科研、育种，有时候许为钢一个人忙不过来，胡琳就会立刻顶上去，成为丈夫最得力的助手。两个人常常忙到深夜。为了节省时间，两个人中午常常在实验室吃盒饭。在"郑麦 9023"的育种过程中，胡琳做了大量的基础性工作。

2017 年 6 月，在全省高层次人才表彰会议上，许为钢获得奖励资金 30 万元；同年 7 月 19 日，他又荣获"河南省科学技术杰出贡献奖"，获得奖金 100 万元。

许为钢按照规定将获得的 100 万元奖金中的 90％用于科研，剩下的 10％用来奖励课题组的成员。另外的 30 万元奖金，他思来想去觉得也应该拿出来做点有意义的事情。

"咱们把这 30 万奖金拿出来，捐给院里，设立一个奖学金，用来奖励成绩优异的学生。"许为钢和妻子胡琳商量。

"好啊，学农的学生大多来自农村，家里经济条件不太好，奖学金也是对他们努力学习的鼓励和认可。"胡琳毫不犹豫地支持丈夫的想法。

许为钢得到了妻子的支持，心里美滋滋的，但他还是觉得应该给儿子打个电话，毕竟儿子也是家里的一分子，也应该问问儿子的意见。儿子已经长大，成了一个高大帅气的小伙子，正在北京航空航天大学读书。许为钢夫妇没有干预儿子，他自主选择了与父母截然不同的专业。

许为钢拨通电话时，儿子正在澳大利亚接受培训，现在他更能理解父亲，也更支持父亲了。儿子很快就给了一个十分爽快的答复——同意。

在儿子的成长过程中，许为钢总是缺席的那一方，他不是在实验室就是在试验田，很少接送儿子上下学。在他的记忆中，儿子总是脖子上挂着家里的钥匙，上学、放学、写作业都是自己完成。他觉得自己好像从来没有管过儿子。儿子也很懂事，知道他忙，很少来"麻烦"他。

许为钢记忆最深刻也一直内疚的一件事，发生在儿子 4 岁的时候。那天他在地里忙了一天，浑身酸疼，又累又困。

回到家，许为钢吃了几口饭，就倒在床上呼呼大睡。

睡到半夜，耳边传来了儿子的哭声。他闭着眼睛，不想说话也不想动，努力屏蔽着影响他睡眠的声音。可是儿子的哭声越来越大，他翻了个身，用枕头捂住耳朵。

"孩子耳朵疼，要不带他去医院看看吧？"胡琳推推许为钢说。

"这大半夜的，明天再去吧。"许为钢闭着眼睛吼道。

儿子被他的声音吓到了，哭得更厉害。许为钢烦躁地坐起来，朝儿子的屁股上甩了两巴掌，呵斥道："你再哭！不许哭了！"

凌晨5点，天刚蒙蒙亮，胡琳看着儿子捂着耳朵，眼里满是泪水，她心疼地摸摸儿子的头，又看看呼呼大睡的许为钢，坐起来一边给儿子穿衣服，一边说："走，妈妈带你去医院。"

胡琳背着儿子，踏着晨露去了医院。检查的结果是：儿子患了严重的中耳炎，耳膜已经穿孔。

许为钢、胡琳这对博士夫妻，在事业上取得了很大的成就，但并不是"书呆子"，他们的家庭生活可是充满诗意与浪漫，可谓多姿多彩。

2007年，许为钢担任河南省政协常委、农业部小麦综合生产能力科技提升行动首席专家、科技入户工程小麦首席专家等职务，工作更忙了。胡琳也是"巾帼不让须眉"，成为业内的先进典型。两个大忙人常常各忙各的，见不着面。"但不管谁外出，我们都要通电话。"许为钢在一次接受记者采访时说。

许为钢津津乐道地向记者讲起了一天晚上的事情：吃过晚饭，许为钢靠在沙发上看电视连续剧《又见一帘幽梦》，他看到剧中的人吵架，说他们的昨天、今天、明天都是痛苦。

许为钢不赞同，想了一会儿，拿起手机给胡琳发了一条短信：我们的昨天、今天、明天都是温馨灿烂的。

胡琳收到信息，幸福地一笑，将许为钢的短信复制粘贴，又在后面加了两个字：同意！许为钢收到信息，开心地笑着。

工作忙的时候，两个人常常一起在食堂吃盒饭。但下班后，只要有时间，两个人就一起散步、打乒乓球、看电影。他们平均一个月要看一次电影，只要有大片上映就不愿错过。

许为钢从小就喜欢运动，小学时就加入了校乒乓球队，初中加入了篮球队，高中在排球队，大学参加田径队，还曾入选过四川省游泳队。后来许为钢参加工作，把时间和精力都放在了育种上，能打球的时间就很少了，但他还是喜欢体育，只要有足球赛，熬夜也要看。

他看足球赛的时候，胡琳在书房读小说，有兴致了也会写首小诗。

胡琳说："等我退休了，我就在家写书，我也出本长篇小说什么的。"许为钢笑着说："好啊，我等着做你的读者。"

许为钢说："我们两人过得很好，虽是老头老婆儿，也吵架，但相互理解、尊重，相互依附、依赖。"

每隔一段时间，胡琳总会对许为钢说："你可是很长时间没陪我去逛商场了啊。"

许为钢马上回应："这段太忙了，等忙过这阵我陪你去买件衣服啊。"

胡琳点点头，会心地笑了。

许为钢用"志同道合"形容他们的夫妻关系。"我们上班谈工作，下班时间也常常被工作占据，话题常常离不开小麦育种。"许为钢打趣道，"育种是我们共同的爱好。"

许为钢还有许多"与众不同"的地方，作为农业科学家，他经常穿西装、打领带、穿皮鞋下地。

"这在省农科院，我是第一个。"许为钢说，"谁也没规定搞农业的就不能穿西装打领带，我穿得整齐干净，心里就舒服，干活更有劲。我就是一个穿皮鞋的农民。"

许为钢带头买房、买车，还曾经计划在省农科院成立一个以博士为主的沙龙。

"现代的知识分子就要有现代意识。"许为钢如是说。忙碌一天回到家，两个人晚饭后会一起出去散步。在傍晚的霞光里，两个人走在林荫道上，迎着晚霞并肩而行，聊着永远说不完的话题，共同的事业将他们紧紧地联系在一起。

如今，许为钢团队成为支撑全国优质专用小麦育种的排头兵，胡琳则是团队独当一面的不二骨干人员，她常常带着团队下乡，指导农民科学种田，小麦亩产一次次破纪录。在炽烈的阳光下，胡琳与大家一起劳作，她的脸早已被太阳晒得黑中泛红，衣服上也常常沾满泥土。

曾有一位记者有感而发，用一首诗描绘了许为钢和胡琳的生活：

他们把青春献给了青青的麦田

看着它们发芽、生长、抽穗直至变成金黄

把汗水挥洒在这片养育着他们的土地

弯下腰去，拾捡十年前的梦想

把爱情和事业融进了农民眼中的每一粒阳光

他们是尘世上最幸福的人

他们高唱着无悔的曲子为我们掀开了新的篇章

生活因他们而灿烂，因他们而更美好

……

"冲顶"小麦院士

2021年11月18日，中原的初冬，阳光在法桐结实挺拔的树干上流动，鸟雀喳喳地鸣叫着。河南省农业科学院种业创新中心的办公室里，许为钢身穿白衬衣、深蓝色羊毛衫，外面罩着一件灰色西装外套。他头发灰白，神情和悦，面对记者侃侃而谈。

对于许为钢来说，这一定是特别的一天——中国工程院刚刚公布 2021 年院士增选结果，63 岁的许为钢成功当选中国工程院院士。消息一出，就如同电火行空，迅速传遍了河南农业界，引起一片沸腾。河南广大科技工作者也深受鼓舞。自此，河南省院士人数达到 25 名，其中中国工程院院士 19 人、中国科学院院士 6 人，涵盖电子信息、能源矿业、土木水利、农业、医药卫生、化学、物理学等 10 多个领域。而许为钢，成了河南第一位"小麦院士"。

中国工程院院士设立于 1994 年 6 月，是中国工程科学技术方面的最高学术称号，为终身荣誉，具有很高的工程科学技术水平，在国际上享有良好的声誉。

许为钢一边招呼记者，一边在心里思考着：一周前我省的小麦已经全部播种完毕，种子的"力量"将在明年秋收的时候显现，可是不能有一点松懈，继续培育好的品种是我的责任和使命。海南是一个天然大温室，农作物的生长周期被大大缩短，育种年限也会缩短很多，这次去……

许为钢是个"大忙人"，他前天才从安阳小麦示范基地赶回郑州，第二天又要飞去海南繁育基地。对于记者的采访要求，他只能"忙里偷闲"挤时间。

面对记者的各种提问，许为钢温和地笑笑，做出不同的回答——

"院士在我看来应该是一个岗位，而不是把它当成荣誉。院士不是我人生的停靠点，而是我的一个加油站。"

"我就是从事小麦遗传育种工作的，在获得院士之后，我依旧要继续努力搞好我的育种工作，这是不会变的，我还会和团队的同志们一起，为我国的粮食安全尽一份微薄之力。"

许为钢还津津乐道地说起 2021 年 10 月底召开的河南省第十一届党代会："会上提出要着力建设国家创新高地。我是这么理解的，我们河南农业在全国的分量是比较重的，我们应该把我们的发展、追求与国家战略紧密联系起来。也就是说，科研要满足国家和社会的需求。"

此时的许为钢，满头银发，脸上挂着温和的笑意，语速平缓。他接着说，在小麦遗传育种方面，我国的整体水平在世界上是一流的。多少年来，我国小麦平均产量均高于世界水平。但河南在这方面做得还不够好，还停留在应用研究领域。以后我们要抓短板，提升整体水平，实现种业的新突破，为国家粮食安全提供保障。

当谈到未来小麦产业的发展趋势和小麦的科研方向时，许为钢略做沉思后说："我认为有两个需求，一个是要符合我国现代化生产方式升级后的品种改良需求。第二个需求就是要发展优质小麦，满足人民群众对美好生活的向往。同时，我们要在继续提高产量的同时节约资源，做到降灾保产。"

许为钢进一步解释道："小农经济时代，小麦种植由于面积小，一般不会过于在乎化肥浪费问题。但面对规模化的现代农业，我们就必须'精打细算'，做到水、肥等资源高效利用，增强自然灾害的综合抵抗能力。"

"比如制作蛋糕、饼干用的面粉，在 10 年前，哪个是国产的哪个是进口的，很好分辨，但现在已经分辨不出来了。以后我们还要做出更美味的馒头、面条、饺子。"许为钢说，"不久前河南为了进一步推动科技创新改革、建设全国科技创新高地，成立了神农种业实验室，这让我们看到了河南在这方面的决心。"

采访结束后，许为钢匆匆进了实验室，准备带去海南的小麦种子。在别人还在为他当选院士欢呼时，他已经踏上了南下育种的路……

在许为钢办公室最显眼的地方，摆放着赵洪璋老师的照片。他每每看到恩师的照片，就会提醒自己：要不畏困难、有创新和探索精神，勇攀高峰。

2010 年，许为钢担任农科院小麦研究中心主任。当时他在会议室墙上镶嵌了四句话——科学至上，人才宝贵，奉献光荣，创造伟大。

许为钢认为，必须把科学摆到一个崇高的地位，并使之成为科研人员追求科学真理和创新的一种氛围。同时要尊重、爱护科研人员，充分发挥科研人员的主观能动性，以国家意志和人民利益为追求，为国家和人民创造科研成果，做人民的科学家。

多年来，许为钢专攻小麦遗传育种，带领团队在小麦育种的道路上不断创新、突破。

2011 年，许为钢培育的优质强筋小麦品种"郑麦 7698"，引领我国优质强筋小麦品种产量迈上亩产 700 公斤的台阶。

许为钢说，国家要求中国饭碗要装中国粮，这就要求种源自主可控。

2019 年，许为钢主持育成的高产优质节肥高效小麦新品种"郑麦 1860"通过品种审定，解决了节肥与高产、优质特性同步改良的难题。2022 年，"郑麦 1860"机收实打测产均超过 800 公斤，被中国农学会评为 2021 年中国农业农村重大新产品，许为钢的小麦育种工作又迈上了新台阶。

十几年前，当一位记者问到许为钢退休后的打算时，他曾这样说："我都计划好了，等我们退休了，就去周游世界，这一直是我们夫妻最大的愿望。"

如今，许为钢更加忙碌了，退休因当选院士而变得遥遥无期，那个曾经期待"周游世界"的愿望，也许早就被他遗忘了。

第六章　郑天存的高产"秘诀"

育种"加速器"

从"周麦"到"存麦"，被业内同行誉为"高产育种家"的郑天存，育成小麦新品种有 40 多个，其中审定品种即有 32 个，另外还育成了审定玉米新品种 6 个、高粱新品种 2 个。这个育成品种数量，近 30 年来在国内、国际上都是毫无悬念的第一。

郑天存为什么能成为出品种快而多的"高产育种家"，他又有什么秘诀呢？

众所周知，要想尽快选育出新品种，缩短育种时间是最直接的办法。如何缩短时间，在当时已有现成的路子，即借鉴玉米、高粱"南繁"加代方法，采用"异地加代繁育"。河南小麦育种加代，最初选在了云南昆明等地。

郑天存却打破常规，另辟蹊径：他开始对小麦就地加代繁育技术进行攻关，即在 6 月初本地（周口）小麦收获后就地播种，到 10 月再收获一次，实现一年两代。

冬、春性小麦的种子，在土壤里萌动以后，必须经过一定时间的低温条件，才能拔节发育形成结实器官。这段时间叫作小麦的春化阶段。根据小麦育种理论，这个阶段冬性、半冬性品种要求的温度一般在 0℃ 至 7℃，时间为 15 至 50 天。

郑天存的研究目标,主要是为黄淮海麦区培育冬性、半冬性小麦品种,而他工作的周口市又属暖温带与北亚热带过渡性气候,夏季高温明显,7 至 8 月份日平均气温在 26℃ 至 28℃,极端高温达 40℃ 上下,正是周口一年中气温最高的时段。入秋后降温较快,10 月份日平均气温降至 15℃ 左右。按照自然气温条件,无论冬性、半冬性小麦品种,这个时段根本无法完成春化,抽不了穗、结不了籽。如何在本地让冬性、半冬性小麦完成春化阶段,是这项技术的核心。

在大学期间,郑天存了解到美国 1949 年就建造了世界上第一个人工气候室,为生物学领域实验带来了一次重大革命,大大加快了生物研究的进程。但人工气候室造价非常昂贵,不仅周口农科所无力实现,即使是河南省农学院、河南省农科院等高校和省级科研机构,也是遥不可及的事情。

建造人工气候室不现实,但研究方向却是相同的,那就是通过人为干预,为小麦幼苗制造一个完成低温春化的空间。

春化处理的第一步,就是制造一个低温空间,郑天存首先想到了冰箱——冰箱的冷藏室,把温度控制在 0℃ 至 7℃ 不在话下。于是,他"征用"了所里的一台旧冰箱。虽然低温的空间有了,但还需要有光照,否则幼苗不能进行光合作用。郑天存便自己动手,在冰箱里加了灯光。

一切就绪,试验正式开始:他找来培养皿,铺上滤纸,把过氧化氢浸泡过的小麦种子(打破种子休眠)放在培养皿的滤纸上,然后放进冰箱里。

小麦种子在冰箱中要经历四五十天的时间,从一粒种子变成一棵幼苗。这中间,除了控制温度,对光照、湿度等也有严格要求。只有保证足够的光照,才能进行充分的光合作用,否则麦苗会因为缺少叶绿素黄化。适宜的湿度也很重要，湿度过大，不仅会导致缺氧，影响根系生长发育，还会导致幼苗发生病害；湿度过小，又会造成幼苗蔫萎，影响生长。

在无数个闷热难耐的日夜，冰箱成了郑天存的"亲密战友"。他常常守在冰箱旁，在压缩机"嗡嗡嗡"的低鸣声中入眠，醒来时衣服被汗水浸得湿透。

有同事跟他开玩笑说："别人用冰箱做冰块降温，你是守着冰箱取暖哩。"

郑天存笑笑说："我热点没事，里面的麦苗凉快就行。"

冰箱冷藏室空间狭小，观察、记录时需要动作快，以免影响温度、湿度。这个过程，烦琐又需严谨，都是郑天存亲自动手。他要攻克这一技术难题，就得掌握其中的每一个环节与细节。

在冰箱中做春化的同时，郑天存也在试验田中对冬性、半冬性、春性不同的小麦组合进行同步试验，浸种处理、播种、管理、观察、记录，掌握了不同小麦品种夏播后自然状态下的生长情况：除了春性品种可以抽穗、少量结实外，冬性、半冬性品种均不能抽穗结实——没有人工干预，自然条件下实现夏繁加代是不可能的。

时间一天一天地过去，冰箱中的小麦苗逐渐变大。时间到了，小麦苗将要移栽到田间的时候，郑天存才发现，麦苗弱小，叶子"黄化"，根系"老化""生锈"。移栽后绝大部分麦苗死亡，只留下极少数被保护好的幼苗。

第一次试验，以失败而告终。

郑天存的助手孙以信有点沮丧："郑老师，看来冰箱不行啊，低温解决了，可一出冰箱麦苗都死完了，那可是好几百颗种子啊。"

繁育的材料种子非常有限，在失败中被浪费掉，他们怎么不心疼。

郑天存平静地说："这才刚刚开始，搞科研哪能那么容易成功！我们一定要有耐心，不能怕失败，科学研究就是在一次次失败中出成果的，每次失败，我们都会发现新的问题，这就是收获。"

孙以信点点头说："知道了，继续搞。"

郑天存自信地笑道："我相信，每失败一次，我们就离成功近一步。"

这次失败让郑天存意识到，在就地夏繁中，能否满足加代材料的春化生理要求及春化处理后的芽苗素质，对能否加代成功是一个关键环节。

郑天存对失败原因进行了细致而认真的分析——

麦苗弱小，是营养不足造成的。麦苗要在冰箱里生长四五十天，前半个月种子自身的养分就消耗完了，剩下的一个月左右时间必须解决营养问题。

叶子"黄化"，主要是光照不足导致的。

根系老化、生锈，与冰箱内湿度、营养不足等多种因素有关。

郑天存又开始了他的实验。这天，他突然想到，既然用水培不行，能不能换成肥沃的土壤呢？他把培养皿中的水换成了田间的肥沃泥土，在保持泥土良好墒情时将小麦种子播下，既便于控制湿度，又保障了"春化"期间的生长养分，同时也解决了根系老化、生锈的问题。

解决幼苗"黄化"，必须保证不少于500勒克斯的光照度。勒克斯是光照度的计量单位，1勒克斯等于1流明/平方米，也就是被照主体每平方米的面积上，受距离1米、发光强度为1坎德垃的光源，垂直均匀照射的光通量。郑天存计算出了在冰箱内加多大瓦数的白炽灯，可以保证光照度，满足种苗光合作用，实现"绿体春化"。

解决幼苗弱化、根系老化等问题，则需要保障"春化"期间的营养供应与适宜湿度。幼苗移栽到田间的时间如果使小麦穗发育过程和高温时间相吻合，会出现小麦白化（指在正常的环境条件下，植物由于遗传性等某些内在因素不能形成叶绿素的现象），即高温败育，导致加代小麦不结籽。

移栽到田间之后，一方面要预防蝼蛄等害虫，另一方面，还要避免大雨积水和强光照射造成麦苗死亡。

郑天存通过 200 多份加代材料的实验发现，对冬性、半冬性材料，采取营养土加光照绿体春化措施，基本可以保证根好苗壮，对促进春化、提高冬性类型加代成功率有明显作用。

根据多次实验结果，郑天存最终找到了夏繁加代小麦的适宜播种期：7 月上旬播种，9 月上、中旬抽穗，花粉正常，穗较大，结实率高，能在 10 月收到种子，并能赶上正常秋播。播种期提前或后移，均收不到种子。

在管理上，郑天存摸索出一套行之有效的两大具体措施：盛夏遮阴喷水降温，入秋盖膜加温、加光。

"绿体营养春化法"研究成功之初，一直在冰箱里做"春化"处理。但冰箱空间太小，播种数量实在有限，加快育种进度受到很大限制。为了扩大就地夏繁加代规模，郑天存又经过反复琢磨，决定建一座"冷库"——经过对两间旧房子的改造与整修，再装上压缩机，一个十几平方米的低温春化室就算竣工了。

盛夏酷暑，室外温度在 35℃ 以上，从试验田回来，大汗淋漓，郑天存连脸都顾不上洗，就直接进入冷库观察、记录。试验田与冷库，可以说是冰火两重天，外边的空气火热，而冷库里只有 3℃ 左右，飘着白色的雾气，一进去别提多凉爽了。过不了几分钟，凉爽就变成了寒冷，接连打上十几个甚至更多的喷嚏，身体禁不住哆嗦起来。但要观察、记录，即使冻得发抖，也要等观察完再出去。郑天存一把注意力集中到麦苗上，寒冷的感觉早就被忘到九霄云外，等到出来才发现，浑身全是鸡皮疙瘩，鼻涕也开始止不住地流，感冒就这么得上了。每年的夏繁加代时候，郑天存的感冒就没好过，几乎天天鼻子不透气。有时候发展到重感冒，发热、咳嗽，咽喉乃至扁桃体发炎，浑身无力，难以工作，他才不得不去找医生开药。

在 1978 至 1981 年的 4 年间，郑天存利用就地夏繁加代技术共加代 F1（杂交一代）229 个组合，收获 197 个组合，成功率为 86%（比周口农科所 1976 和 1978 年在云南异地加代成功率 66.2% 高出 19.8 个百分点），其中春性与春性、冬性与春性组合共 179 个，加代成功率达 93.5%；半冬性与半冬性、冬性与冬性（半冬性）组合 50 个，加代成功率达 76%。F2（杂交二代）以上优株优系的加代繁殖也取得良好效果。

这套技术等于把小麦育种周期缩短了一半。郑天存 1980 年所做的小麦杂交组合，仅 3 年就获得了五代或六代稳定系，到 1983 年就选育出 3 个冬性、半冬性的抗病、丰产优秀新品系，实现了小麦育种的"加倍"提速，成为郑天存育种研究的"加速器"，为他日后打开小麦育种大门，让"周麦"系列新品种"遍地开花"提供了技术支撑，由此开启了"周麦"火遍黄淮海平原的"郑天存时代"。

1980 年 12 月，已经是周口农科所小麦研究课题组负责人的郑天存，带着他的"冬小麦就地夏繁加代技术"研究成果，参加了全国小麦育种方法研讨会，迅速在业界引起轰动，全国各地不少同行都到周口参观、取经。3 年后，该成果获得河南省科技成果三等奖。

一年繁育两代，而且解决了异地长途奔波的问题，郑天存又开始思考"小麦育种能不能再快点"这个问题。他查阅了大量的专业理论之后，结合之前在云南昆明异地加代的经验，借鉴玉米、水稻等作物南繁加代方法，开始大胆探索小麦在海南的繁育加代技术。经过多年的研究终于获得成功并投入生产，开创了全国小麦海南繁育加代之先河，与他的就地夏繁加代技术形成一套完整的"自然条件下冬小麦南繁北育一年三代育种加代技术"——

第一次夏繁加代收获的种子，10月中旬在郑州当地播种，通过自然春化，在12月初移苗到海南三亚，到2月中、下旬收获，实现第二次加代。海南加代的种子，3月初带回河南当地田间播种，利用黄淮麦区初春低温完成小麦田间自然春化，6月中旬成熟，完成小麦第三次加代。

2019年2月16日，河南省农科院、河南农业大学、国家小麦研究技术工程中心等科研单位的有关专家在海南三亚对"自然条件下冬小麦南繁北育一年三代育种加代技术"中第二次南繁育种加代进行了现场考察，给予了如是评价——

一、在冬小麦南繁北育加代育种实践的基础上，于2018年12月8日和17日分两次从郑州移苗至海南育种中心，至2019年2月16日种植的142份材料已全部成熟。经专家现场观察，抽穗结实率达100%，为河南春播第三次加代奠定了良好基础。

二、该技术依据冬小麦对低温春化和日照条件的特殊生理要求，充分利用河南夏秋温光和初冬、早春两阶段低温及海南冬季光热资源，实现了冬小麦在自然条件下一年三代育种。

三、该研究提出的冬小麦南繁北育一年三代育种加代技术，是在自然环境下实现的，可进行农艺性状和抗性异地异境选择。郑天存利用本技术已选育出性状稳定的新品系6个。

郑天存首创的自然条件下冬小麦一年三代育种加代技术，改变了冬小麦育种一年只能选择一代的现状，加快了育种进程，提高了育种效率，整体技术达国内领先水平，应用前景广阔。

"周麦" 传奇

1978 年，是郑天存小麦育种的起始之年，更是中国改革开放新时期的元年。

就在郑天存埋头钻研"绿体营养春化"法的时候，我们的国家也在悄然发生着一场中国历史上堪称重大转折的变革——家庭联产承包责任制的推行。

这一年 3 月，全国科学大会召开，迎来了"科学的春天"；12 月，党的十一届三中全会召开，开启了改革开放和社会主义现代化的伟大征程。随着家庭联产承包责任制在全国的大力推行，广大农村发生了翻天覆地的变化。

随着农村改革的不断深入，农民生产积极性空前高涨，但周口地区种植小麦品种全是从外地及国外引进的，很多品种已达 10 年以上，品种混杂，严重退化，平均单产仅有 100 多公斤。周口市急需高产、抗倒伏小麦品种，周口农科所把这个担子压给了郑天存。

20 世纪 80 年代初，河南省内相继培育出"百农 3217""豫麦 2 号"等高产小麦新品种，与 70 年代推广的品种相比表现突出，但仍然存在着易倒伏、多种病害、不抗干热风和早衰等问题。比如黄光正主持育成的"百农3217"，20 世纪 80 年代初投入生产，到 1984 年，该品种占到河南全省小麦种植面积的三分之一，个别地区、县占到 50% 以上，甚至占到 90%。这一年河南小麦获得大丰收。但 1985 年，"百农 3217"因赤霉病与锈病新小种条中 23 号大流行导致大幅度减产，河南小麦产量当年受到严重影响。

郑天存认真分析了小麦品种现状和自身已有的育种基础，大胆提出了"矮秆、高产、多抗为一体的育种目标"。

1980 年 7 月初，郑天存利用夏繁加代，开始以"偃师 4 号"与"盘江 3 号"正交、反交两对杂交组合进行选育。

以"偃师 4 号"作母本、"盘江 3 号"作父本的这对组合，第二代(F2)就选出了"鹤立鸡群"的好苗子，表现出"丰产""抗病""早熟"等优秀特征。这就是周口农科所育成的第一个小麦新品种、郑天存"周麦"系列的"皇长子""周麦 8048"——从 1975 年开始小麦育种研究的周口农科所，终于打破沉寂，打响了"第一枪"。

"周麦 8048"在周口地区的推广、示范中，最高产量突破 400 公斤，直逼千斤。在 1985 至 1989 年，"周麦 8048"在周口地区累计推广近 60 万亩。接着，郑天存又连续选育出"周麦 8826""周麦 8833"，在丰产、抗病、早熟等方面均表现良好，亩产均达到 400 公斤以上。

另一对以"偃师 4 号"作父本、"盘江 3 号"作母本的组合，第二代(F2)秋播之后，次年的 F2 分离类型十分丰富，出现了在矮秆、大穗、早熟等方面超双亲的类型。郑天存对 1180 个单株进行了综合分析，从中选出 38 株。在 1982 至 1984 年间，再进行继代选优，到 1984 年稳定。同时夏繁种子，于 1985 年和 1986 年参加周口地区区试，1986 年至 1989 年先后参加河南省区试、黄淮海区试和省生产试验。

历经 4 年 8 代，"周麦 8846"(系谱号为"8088-S-26-46-1") 小麦新品种终于诞生。它堪称是郑天存小麦育种第一阶段 4 个品种中的"皇太子"，各种特性均按郑天存的精心"设计"——矮秆抗倒、大穗、早熟、抗条锈和吸浆虫，既高产又稳产，同时耐晚播。尤其是当时豫东地区秋季大量种植棉花等晚茬作物，收获较晚，正需要这样的品种，加上对肥水条件要求较宽，适应性强，颇受农民群众欢迎。

1984 至 1987 年，"周麦 8846"参加周口地区区试，经 3 年 27 点次试验，平均亩产 394.5 公斤，两年居第一位，一年居第二位，产量远超对照品种。

1986 至 1988 年，"周麦 8846"分别参加河南省北中部和黄淮（南片）春水组区试。两年 6 组 47 点次试验，平均亩产 413.8 公斤，一次居第一位，4 次居第二位，一次居第三位，比对照品种平均增产 14%。

在大面积生产中，"周麦 8846"也出现了许多高产典型，最低亩产 415 公斤，最高亩产达 550 公斤。

1989 年，"周麦 8846"通过河南省农作物品种审定，并命名为"豫麦 15"。审定当年，"豫麦 15"仅在周口地区播种面积就有 200 余万亩，全省推广 2000 万亩，平均每亩增产 30 多公斤，开创了高产与早熟相结合的小麦育种技术。

郑天存主持育成的以"豫麦 15"为代表的"周麦"系列第一批新品种"周麦 8048""周麦 8826""周麦 8833"，可谓生逢其时，在周口地区、河南省"闪亮登场"后即"一鸣惊人"，它们把单产从每亩一二百公斤提高到三四百公斤，为周口地区小麦增产实现历史性突破发挥了重大作用。尤其是"豫麦 15"，成为黄淮（南片）麦区农民多年内选择小麦品种的"宠儿"。

在"偃师 4 号""盘江 3 号"开始进行正反交组合的第二年，郑天存又大胆创新，以缜密的逻辑思维，选择遗传背景不同、优势性状互补的 9 个来自国内外材料组成的 4 个亲本，分别组成单交组合进行繁育筛选。为确保后代在黄淮片区的适应性，4 个亲本"百农 791""豫麦 2 号""鲁麦 1 号""偃师 4 号"，9 个来自国内外的材料中，除两个抗原外，其余 7 个均来自河南省、陕西省等生态条件相似地区。这 4 个亲本中有 3 个是试推广品种，丰产性有保证，其中两个抗病性过硬，两个早熟，两个矮秆，一个中秆，两个半冬性，两个多亲本不早衰，许多优良性状的比重都占二分之一以上，组合总体性状水平较高。

1982年，郑天存又用两个单交有性杂交成双交，收获种子401粒，为性状重组打下了基础。第二年，郑天存从第一代播种的10行中，选了9株，进行加代繁育。第二代秋季播种38行，600株，初选32株，增选44株，加大了群体，以便发现最优秀的后备植株。

小麦锈病是全球分布最广并最具破坏性的小麦病害之一。郑天存为了解决这个让小麦育种家普遍"头疼"的问题，采用了逐年诱发锈病的办法。在选择后代时，按照"田间重选形"（高产株型）、"室内重考粒"（饱满度、千粒重、经济参数等）的原则。为了利于矮秆形状和高产潜力的发挥，第三代采用在"高地水"条件下选拔。第五代开始混收繁殖，第六代植株进行繁殖原种。

经过连续6年定向选育，郑天存终于在1988年育成了综合性状全面的小麦新品种"周麦9号"（豫麦21）：它矮秆（株高75厘米左右）、高产（亩产500至600公斤），具有抗条锈、叶锈、白粉、赤霉、散黑穗等病害，耐寒、耐干热风，播期弹性大、生育期适中，籽粒品质好等诸多特点。

作为我国首次将矮秆、高产、多抗结合于一体的半冬性小麦新品种，"周麦9号"的优良特性与高产稳产性，很快在黄淮海麦区传开，受到农民朋友的青睐，成为红极一时的"明星"品种。

"周麦9号"的良好口碑，不仅为周口带来了第一个通过国审的优良小麦品种，也使周口农科所小麦育种技术跨入河南省先进行列。自此，郑天存带领团队不断培育出连续性强的"周麦"系列优良品种，"周麦11号""周麦12号""周麦16号""周麦18号""周麦22号""周麦26号""周麦27号"

等十几个小麦新品种的问世，不仅在河南省不同时期小麦品种更新换代中成为主导品种，而且成为引领黄淮海麦区小麦品种高产方向的"领头羊"，对小麦育种发挥了带动性作用。20 世纪后 20 年至 21 世纪初，"周麦"系列品种成为河南省内良种补贴供种面积最大的系列品种。郑天存也被业界誉为"周麦之父"。

根据农业部（后改为农业农村部）统计结果，2004 至 2020 年的 17 年中，年种植超过 500 万亩的重大品种共有 43 个，并按推广面积进行了排名，其中"周麦"占 4 个：第 7 名"周麦 22 号"，在 2011—2016 年间推广 500 万亩以上，累计推广 8656 万亩；第 17 名"周麦 18 号"，在 2004 至 2007 的 4 年推广 500 万亩以上，累计推广 2954 万亩；第 26 名"周麦 27 号"，2016、2017 两年推广 500 万亩以上，累计推广 1759 万亩；第 41 名"周麦 16 号"，2010 年推广 500 万亩以上，累计推广 566 万亩。

从主持周口农科所小麦育种至退休，郑天存育成的 25 个品种中，有 15 个通过国家与省级审定——他在职三十多个春秋的育种研究画上了句号。离任之前，郑天存还主持、参与培育了没有定型的"周麦 24 号"至"周麦 33 号"新品种，为周口农科所留下了科研的"种子"。

高产"密码"

优异种质资源的创新和利用，是实现育种突破的关键。这是所有育种专家的共识。

对种质的专业解释是这么说的：遗传学上"指生物体亲代传递给子代的遗传物质""存在于生殖细胞的染色体上"。"种质有时又称基因"，所以"种质资源又称遗传资源"。种质往往存在于特定品种之中，比如古老的地方品种，新培育的推广品种，重要的遗传材料，以及野生近缘植物等，这都属于种质资源。

农业上经常利用优良的野生种质资源进行杂交育种，以获得性状更优秀的新品种。比如，第一次"绿色革命"中墨西哥小麦产量的成倍增长，说到底就是勃劳格对小麦种质资源中几个矮秆基因的开发与利用。

我国小麦种质资源非常丰富，包括野生和栽培的小麦属各个种类及其亲缘属的植物，古老地方品种、育成品种和引入品种，以及具特殊优良性状的品系、突变体、雄性不育材料与非整倍体等。

1978 至 1987 年，郑天存在选择组配矮秆、大穗、多抗基因遗传的过程中，创育了一个被列入国家种质库的优异小麦新种质——"周8425B"。小麦育种界都知道，"周8425B"就是郑天存培育良种的"金钥匙"，不光帮助他培育出一大批优秀的小麦新品种，而且因其在丰产和高产方面表现出很强的拉动性，被全国众多育种家屡屡做育种"亲本"利用，衍生出数百个小麦品种——"周8425B"在河南省的衍生新品种达192个，几乎支撑起河南小麦生产的全部；在黄淮麦区七省衍生品种达405个，加快了近20年黄淮麦区新品种的更新换代，为促进黄淮海平原小麦生产的快速发展和保障我国粮食安全做出了重要贡献。

2017 至 2019 年的 3 年时间，全国小麦种植面积 10 亿亩左右，"周8425B"衍生品种累计种植 2.15 亿亩，面积占比达 21.5%，总产量占比达25% 左右。毫不夸张地说，"周8425B"新种质的创制与应用，为我国小麦遗传育种提供了重要的骨干亲本和基因资源，已成为我国近 30 年来具有首创性的小麦新种质。

1978 年，郑天存初涉小麦育种时，小麦生产水平虽然有了提高，但推广的小麦品种产量还比较低，而且绝大部分品种麦秆高、不抗倒伏，水肥稍稍提高，便会出现大面积倒伏致使大幅度减产，更不抗病、抗冻，病害、冻害屡屡发生。

郑天存查阅了大量国内外育种家文献，对小麦育种材料进行了深入研究，又对近年全国推广的各种小麦品种与当地小麦生产情况做了一个全面的了解，然后开始设计自己的育种目标。按照他的理念，高产是小麦育种的终极目标。那么，高产的小麦应该是什么样子呢？他先设计了一个大致轮廓：大穗大粒，麦秆不能高，要抗倒伏，还得抗病、抗冻。

有了这样一个明确的目标，郑天存开始寻找育种材料。在遴选大穗大粒母本的时候，他在众多的育种材料中，最终锁定了小黑麦"广麦74"，它的穗比普通小麦长一倍，而且还抗病耐旱。

小黑麦是小麦和黑麦的杂种后代，它的"祖先"是小麦和黑麦。小麦与黑麦是同科（禾本科）不同属的两个物种，通过远缘杂交的方式，把它们的特征特性结合在杂种的后代，成为一个新的物种，所以命名为小黑麦。

我国1962年就制造出2300多个小黑麦品系，后来又制造出4700多个品系，为全国小麦育种提供了丰富的品种资源。

郑天存选中的小黑麦"广麦74"，优点是穗大粒多、籽实较重，抗逆性和抗病性强，根系发达，茎秆坚韧，分蘖力强，耐干旱、寒冷、盐碱和清薄，抗干热风，在不良环境中也能生长；还对白粉病免疫，对条锈、叶锈、秆锈"三锈病"高抗。它的缺点也很明显，偏晚熟，麦秆高，在130厘米以上，生殖系统不够健全，常出现异源染色体配对困难、雄花败育问题。

给"广麦74"找一个什么样的"配偶"，决定着它们后代的表现。郑天存也是慎之又慎，反复筛选，最后决定用"练丰1号"——这是个有着中国名字、在中国育种家手里培育而成的"洋"品种，它的父母"阿夫"与"郑引1号"均来自意大利，特点是早熟、中矮秆。

郑天存让"广麦74"与"练丰1号"结合，就能"生"出矮秆大穗、早熟、多抗的"孩子"。

小黑麦与普通小麦属于不同的物种，让它们"结合"，算是远缘杂交。远缘杂交有三大难题：一是杂交不亲和，也就是不受精，不繁育下一代。再就是杂种夭折或不育，因为远缘亲本存在遗传、生理等巨大差异，在克服受精过程的障碍后，还可能出现败育而夭折，或者有了杂种却不育。三是疯狂分离，也就是杂交的后代形成多种多样的性状变异。这些问题，小黑麦与普通小麦的杂交都存在。

"郑老师，您怎么能确定'广麦74'跟'练丰1号'在一起就能结籽，还能把它们的优点都遗传下去啊？"播种时，助手问他。

"这就是远缘杂交嘛。同一物种间的杂交叫亲缘交配，就不是远缘杂交了。"郑天存耐心地给助手解释，"造这个计划时，我们心里有这个目标，但也不知道它会有什么结果，可能有符合育种目标的植株，也可能没有符合目标的植株，最坏的结果就是授粉不成功，不结籽。"

在创育过程中，郑天存带着团队天天泡在地里，身上汗流不断，衣服上沾满泥土。播种时，他们赤着脚，或蹲着或弯腰，累了就坐在地里喘口气。冬天，郑天存蹲在雪地里观察、记录各个品种和后代的抗寒性；春天，进行病菌的人工接种；夏天，进行杂交授粉，风雨天气还要观察、记录抗倒性。麦收时节，要一棵棵地连根拔掉小麦，再进行考种……

"广麦74"与"练丰1号"这对"远亲"的结合究竟怎么样呢？郑天存对每一个杂交种穗都仔细观察，甚至哪一穗结了几颗籽他都烂熟于心。他将那些结实的种穗一个一个脱粒之后，仔细数几遍，比黄金都珍贵。

远缘杂交结实率很低，郑天存通过重复授粉，最终收获零代种子28粒——首战成功。

零代种子再繁育，分离很厉害，有的像"爹"，有的像"娘"，有的谁也不像，有的比"爹娘"好，有的比"爹娘"差，正常情况下，要经过5到10年的选育，一个品种才能稳定下来。郑天存运用夏繁加代技术，时间会减少一半。

接下来，郑天存用"广麦74"与"练丰1号"的杂交第一代，与苏联的山前麦进行杂交。为了扩大变异，他还对山前麦的干种子进行了钴60辐射。然后进行第二轮小麦回交。这一年，收获了212粒种子。

1980年，212粒种子精细点播，采取回交与辐射第一代，成熟116株全部收获。

1981至1983年，第二代至第四代（第三代即采用夏繁加代），采取不同梯度水肥交替种植，培育大群体，选出了中间亲本"周78A"。

1984年，第三轮杂交改良，"周78A"与"安农7959"组合。

经过逐代繁育，接种病菌，对农艺性状及抗病抗逆表型进行选择。

1987年，这时候郑天存已经育成了"周麦8846"（"豫麦15"）、"周麦9号"（"豫麦21"）等在全国产生巨大影响的"大"品种，带着矮秆、大穗、多抗的"周麦"走向辉煌了。可郑天存要创育的优异种质还没有什么突出表现——"周8425B"在他的育种小区里，还只是一个不太显眼的育种材料。

就在这一年的春夏之交，黄淮海小麦锈病新的菌种发生大流行，郑天存的小麦试验田里85%的育种材料、新品种（系）都染病枯萎了。在河南省，所有的育种家都遭遇了相同的情况，这些材料与稳定的品种对锈病新的菌种失去了抗性，就意味着前期的杂交组合繁育基本作废，需要重新考虑新的育种方案，这对每一位育种家来说都是一个不小的挫折。

郑天存情绪也有点低落。下一步要重新寻找新的抗原，做抗锈病新菌种品种的选育。

这一天，郑天存的助手孙以信一路小跑到他办公室，气喘吁吁地说："郑老师，有一个——材料，没完。"

"你慢慢说，啥没完？"郑天存满脸疑惑。

"'周8425B'，没感染锈病。"孙以信兴奋地说。

"是吗？走，去看看。"郑天存兴奋地站起来，快步走向试验田。未到试验田，郑天存远远地就看见，在大片枯黄的小麦中间，有一小片青翠碧绿的麦子——那就是对锈病新菌种免疫的"周8425B"。

"它真是争气，要不我们的材料就全完蛋了。"郑天存激动地跑到那片麦子前，怜爱地抚摸着它们的叶片与穗子，眼中不禁涌出了泪水。

"这是个好的种质资源，有了它我们以后就有好抗原了。"郑天存激动得声音都有点颤抖了。

几天后，著名小麦育种家、河南省农科院小麦研究所遗传资源室主任林作楫，到周口农科所去察看他们育种小区的小麦锈病感染情况，看到了几乎是"一枝独秀"的"周8425B"。

"天存，你选育出一个好东西啊。"林作楫兴奋地说，"再选育一代，稳定下来，这个好种质就成功了。"

1988年，历经8年，运用大群体回交、辐射诱变、阶梯式杂交、夏繁加代和染色体检测等多项技术，这个红遍全国小麦界的"明星"——具有原创性的小麦新种质"周8425B"终于尘埃落定。它与"周麦"系列小麦新品种一样，秉承着矮秆、大穗、多抗等优秀农艺性状。

之后，在 1988 至 2020 年，周口农科所利用"周8425B"育成了"周麦"系列，郑天存退休后又以它做亲本育出了"存麦"系列。

2003 年小麦成熟前，"中国小麦远缘杂交之父"、中国科学院院士李振声亲赴周口考察"周8425B"，给予了很高的评价。

1998 至 2022 年，中国农业科学院等合作单位对"周8425B"开展了新基因定位、遗传规律解析等研究，并开始在全国小麦育种中做骨干亲本利用。

有人说，郑天存运气真好。的确，他的"运气"是真好。但为何是他运气好，而不是别的人呢？

赵洪璋院士说过，育种家要有孙悟空的火眼金睛，特别要注重育种原始材料选择，在小麦苗期、中期、拔节期乃至成熟期，应有不同标准选择，只有选好原材料，才能站在前人的肩膀上，培育出优良品种。

在育种的理论研究与实践中，郑天存练成了一对"火眼金睛"，凭着自己对小麦的悟性，做到了选择育种材料的精准——这大概就是人们常说的天赋吧。

一个育种家这样评价郑天存："他就是该吃小麦育种这碗饭，在小麦育种上，他就没怎么走过弯路。"无疑，这是郑天存人生的一个奇迹。

开启"存麦时代"

2022 年 6 月 8 日早 6 时许，央视 13 频道《朝闻天下》栏目《在希望的田野上·"三夏时节"》正在播出一条关于小麦的新闻——

一望无际的金色麦田中，一台收割机正在作业，几位工作人员拿着卷尺蹲在收过的麦田中测量土地面积。播音员声情并茂的声音响起来："在河南延津'小麦千亩高产示范方'，由农业农村部组织的测产正在进行，五亩多小麦经过实收称重，平均亩产高达 1814.24 斤。"

这次实打验收测产的小麦品种，正是郑天存育成的"丰德存麦 20 号"。中国农科院作物所研究员赵广才面对镜头说："创造了一个全国千亩方的记录，对全国的小麦生产起到了一个示范引领的作用，一个是品种好，另外是配套技术好。"

主持人介绍道："而在全国，今年中央加大投入，选择 200 多个县开展小麦绿色高质高效行动，推广了一批高产主导品种，示范片平均亩产在 1000 斤以上……"

这次实打验收现场会，是 6 月 6 日上午在延津县塔铺街道办事处通郭村的"丰德存麦 20 号"千亩丰产方进行的。

"丰德存麦 20 号"是郑天存退休之后主持育成审定的 18 个小麦新品种之一。包括"丰德存麦 1 号""丰德存麦 2 号""丰德存麦 5 号"等在内被种植户广泛认可的"存麦"系列，撑起了郑天存小麦育种的"第二个春天"。

退休之后，62 岁的郑天存不甘享受安逸清闲，说到底是心里放不下小麦育种。

2006 年 10 月，郑天存带着夫人与子女们（两个儿子、两个女儿及他们的爱人），拿出全部积蓄，在郑州市高新区沟赵办事处流转耕地 60 多亩，建起了他的个人育种站，播下了他半辈子积累的两三千种小麦育种材料。

郑天存又回归到他的小麦育种轨道上来。为了尽快培育出有突破性的小麦新品种，他除了拼命三郎般地天天带着子女们起早贪黑地在试验田劳作，又开始琢磨新的加代技术——小麦南繁技术，并很快获得成功。

长子郑继东、次子郑继周成为他的得力助手，跟随他在郑州、三亚来回奔波。

2008年12月，为便于合作和对外交流、科研成果申报等工作，郑天存以试验田为依托，成立了河南省天存小麦改良技术研究所。因为郑天存的名气，研究所很快在全国小麦育种界闻名，不少企事业单位与他洽谈合作。

其间，应该是郑天存全家人最苦最累的时候，六七十亩试验田，加上海南省繁育，大家基本上就没休息的时候。郑继东因为没有经过田间长时间工作的训练，多次累得头晕目眩，只能在地头稍事休息，再继续劳作。

那段岁月虽然艰苦，但郑天存有了属于自己的舞台与战场，有了施展自己才能和智慧的空间，最关键的是，除了保持品种的高产方向外，他把更多的注意力放在小麦优质的开发上。

2011年11月18日，农业部第1674号公告发布，"丰德存麦1号"通过国家审定。这个破格参加区试、生产试验的小麦新品种，因实现了小麦高产与优质、多抗有机结合的新突破，而连续"闯"过河南省与国家品种审定大关，成为全国小麦种业界的一个重磅新闻，引来众多关注的"目光"。

"丰德存麦1号"，是郑天存在"周麦"系列品种之后的一个新起点。年过六旬的郑天存，依然保持着锐意不减的创新精神，继续活跃在中国小麦种业的发展前沿。

在小麦生产落后的时代，产量是他育种的第一个目标，在实现高产之后，小麦优质方面一直存在差距。他后期主持培育的"周麦"系列品种，已经开始把优质作为育种目标的主要方向，在"高产不优质，优质不高产"的困境中有所突破，品质也有所提高，但大多数都属于中筋品种，面粉白度、加工食品口感等比早期品种均提升不少，却还达不到真正意义上"营养品质和加工品质均能达到较高水平的"优质专业小麦标准。

如何培育出高产与优质相结合的小麦新品种，成为郑天存科研"第二个春天"中新的"制高点"。

在"丰德存麦1号"的选育中，郑天存以新的技术思路，采取品种改良措施，利用"周9811"作母本，"矮抗58"作父本进行杂交，运用一年3代加代繁育技术和系谱法，经过3年时间的定向选育，结合抗性鉴定和品质筛选，终于选育出高产、多抗、优质、广适的小麦新品种。

"丰德存麦1号"的优质特征非常突出，容重、角质率、蛋白质、湿面筋、面团稳定时间等全部达到国家强筋优质小麦标准。经农业部农作物品质检测中心测定，"丰德存麦1号"面包品质评分91.3，馒头评分88.7，面条评分84，食品加工品质评分均达到国家优质食品标准。

"丰德存麦1号"在区域试验和生产试验期间，中国农科院、中国农业大学、全国小麦专家组、河南农业大学、国家小麦工程技术研究中心、河南省农科院小麦研究所、山东农业大学等单位的专家对"丰德存麦1号"进行过多次考察，都给予了高度评价，一致认为："丰德存麦1号"达到了国内领先水平，是"我国小麦高产优质多抗育种的新突破"。

2015年冬季，河南省大部分地区出现极端低温天气，不少小麦品种因为抗冻性不够，造成严重冻害，大幅减产，甚至有的品种近乎绝收。"丰德存麦1号"却不负众望，平安经受住"大寒"的考验，产量没受到丝毫影响。

在"丰德存麦1号"强势推广之时，年逾古稀的郑天存再创"存麦"辉煌：2015年3月，强筋优质小麦新品种"丰德存麦5号""存麦8号"同时通过国家审定。郑天存创造了一次通过两个国审小麦新品种的佳绩——这在河南省乃至全国种业界都是史无前例的奇迹，一时被传为业界佳话。

"丰德存麦5号"甫一推广，就深受粮农、粮食收购企业、面粉企业、食品加工企业的欢迎。

2017年6月6日，央视1套《朝闻天下》播出：由全国农业技术推广服务中心组织，农业部、中国农科院、河南省农科院、河南农业大学等单位小麦专家组成的验收组，在河南省漯河市"丰德存麦5号"千亩示范方中进行实打测产验收。验收组组长郭天财宣布：按照农业部小麦高产创建实打验收办法，现场抽取4个样点，当场测产结果平均亩产704.8公斤——"丰德存麦5号"创造了全国优质高产强筋小麦的高产纪录，创造了小麦育种的又一个"神话"。

郑天存在"第二个春天"的十几年间，育成了"丰德存麦1号""丰德存麦5号""存麦11号""丰德存麦12号""存麦16号""丰德存麦20号""丰德存麦22号""丰德存麦23号""存麦608号""存麦633号""艾麦24号""艾麦180号"等18个先后通过国审、省审的优良小麦新品种，不仅延续了他一贯出品种多、稳产、高产小麦的特点，又"加持"了优质特性，他育成的种子从而成为雄霸黄淮海麦区的当家品种，对黄淮海麦区小麦产业和农民增收意义重大。

高产、丰产曾经是"周麦"系列最突出的特点。而"存麦"系列品种，则实现了高产与优质的结合。尤其是强筋优质小麦品种，产量不断刷新纪录，成为小麦育种界近年来屡屡关注的亮点。

第七章　茹振钢的"农科之家"

初夏的雨说下就下，茹振钢刚从试验田回到宿舍，脚还没站稳，雨点就噼里啪啦地落下来，瞬间铺满了整个天幕。看着门外的雨，茹振钢皱了皱眉头，还是放心不下，就从门后扯起雨衣，折回小麦试验田。

麦株在雨水的冲刷下左摇右晃。茹振钢看看这个，扶扶那个，恨不得自己变成一把大伞，把整块麦田都罩住。正是小麦授粉的最佳时机，遇见这样的阴雨天，他真是心急如焚。雨越下越大，麦田里水越积越多，茹振钢心里不是个滋味。他踩着泥泞的田埂，深一脚浅一脚地去试验田里检查排水系统。哪里堵了，他就用手和树枝去疏通；哪株麦子被雨水冲歪了，就连忙去扶正。就这样，他一直忙到晚上10点多，雨停了，才拖着满身泥水朝宿舍走去。

打开宿舍门，他猛地愣在那里，只见妻子原连庄斜靠在他破旧的单人床上看书。

"你什么时候来的？"茹振钢开心地问。

"下午，快到时下雨了，来这儿一看，你的门都没关，屋里也没人，就知道你去试验田了。"原连庄说着把书放下。

"可能走得急，门忘关了。"茹振钢边拿着毛巾擦身上的泥水边说。

原连庄快走两步夺下他手里的毛巾，说："哎呀，别擦了，满身都是泥水，去换身衣服，我给你洗洗。"

茹振钢咧嘴笑道："有媳妇在身边就是好。"

他洗了把脸，换好衣服，拉着妻子在床边坐下，笑嘻嘻地说："你先别急着洗衣服，咱俩先商量个事。"

"啥事？你说吧，还神神秘秘的。这衣服都是泥，得赶快洗洗。"原连庄说。

"衣服明天再洗，先说正事。"茹振钢拉着妻子的手，摩挲着，"你看看我，天天这么忙，饥一顿饱一顿的，你心疼不？"

"你说你，这么大个人咋不会照顾自己……"原连庄念叨着生活中的琐碎，看着他眼里满是爱意，"你总让我操心，你看看你又黑了，又瘦了。"

茹振钢往原连庄身边凑了凑，揽住她的腰，温柔地说："要不你就来这边吧，以后咱们有了孩子，照顾着也方便。"

"来这儿？那我的白菜育种怎么办？"原连庄瞪大眼睛问。

"你就别想那么多了，以后你在家相夫教子，外面的事有我呢……"茹振钢拍着胸脯说。

原连庄噌地站了起来，甩开他的手，严肃地说道："茹老师，你咋能这么自私呢！你有事业，我也有啊，你的小麦重要，我的白菜就不重要了？"

茹振钢蒙了，妻子平时贤惠温和，从未见过她发这么大火。

"你别生气啊，这不是商量嘛。"茹振钢解释道。

"商量，这事怎么商量？你知不知道，现在新乡的白菜研究几乎是空白。我正在研究两个白菜新品种。你就知道你喜欢小麦育种，你付出了，难道我就没有喜好，没有付出……"原连庄说着眼泪就下来了。

"现在我要是让你放弃小麦育种，你愿意吗？"茹振钢扪心自问，不由低下头。

他再次凑到妻子身边小声说:"对不起,这事是我没考虑周全,我保证,以后支持你搞白菜研究。"

"茹老师,你可得说话算话啊。"原连庄看到他那个样子,气也消了一半。

"嗯,嗯。"茹振钢使劲点点头。

"这样吧茹老师,我们定个10年约定,10年内谁要是没研究出新品种,说明谁不行,谁以后就在家负责后勤,带孩子。"原连庄掷地有声地说,"我要是输了我就回家伺候你。"

"好好好,就这么说定了。"茹振钢满口答应,"你别生气了,我要是10年出不来成果,回来伺候你。"

茹振钢的妻子原连庄,是新乡农科所研究员、河南省大宗蔬菜产业体系岗位专家,被当地群众亲切地称为 "菜妈"。她选育的20多个大白菜系列品种,高产稳产、品质优良,在全国各地推广生产,丰富了亿万国人的"菜篮子"。其中"豫白菜五号"填补了河南省白菜早熟品种的空白。"新乡小包23" 申报国家专利5项,口感好、抗病性强、稳产性好。在中原地区,每两棵大白菜中,就有一棵是"新乡小包23"。原连庄先后被授予全国三八红旗手、全国优秀农业科技工作者、全国农工党社会服务先进个人、河南省劳动模范等荣誉称号。

茹振钢提起妻子,满脸的幸福和自豪。他们是同学,他清晰地记得在中牟农校第一次见面时的情景——

那年,茹振钢从部队回到中牟农校,由于落下的功课太多,他就天天趴在图书馆看书、学习,想尽快赶上。

有一天,他正在书架上找书,碰到一个女孩也在找书。女孩转过头,一双水灵灵的大眼睛看着他。

"你是茹振钢？"女孩小声问道。

茹振钢一心都在学习上，女孩的声音又太小，他根本没听见。他从书架抽出一本书，认认真真地阅读起来。

女孩往他身边移了移，略微提高了声音："茹振钢？"

"啊？"茹振钢一脸疑惑地看着女孩。

"你不是去内蒙古当兵了吗？"女孩问道。

"是啊，后来学校把通知发到了部队，我就回来了。"茹振钢点点头。

"你不认识我了？"女孩笑道，"我是原连庄啊，在沁阳一中时，咱们一起上过课。"

茹振钢挠挠头，又点点头，不好意思地笑笑，说："记得，记得。"

他们拿着书从图书馆出来，坐在台阶上聊了起来。茹振钢详细讲述了自己从部队回到学校的经过。

原连庄听后哈哈大笑，说："太好了，圆了你的上学梦。对了，我在果蔬系，你呢？"

"我在农学系。"茹振钢回答。

那次见面之后，茹振钢常常想起那个阳光明媚的午后，还有原连庄青春洋溢的面庞与银铃般的笑声。

那个年代，大学生的思想相对保守，他们作为恢复高考后的第二批大学生，对来之不易的学习机会十分珍惜。茹振钢一如既往地沉浸在知识的海洋，从未想过去找原连庄。偶尔在校园里碰到了，他们就打个招呼，随便聊上几句。

似水流年，转眼间茹振钢即将毕业。这天，他像往常一样步履匆匆地朝图书馆走去，半道被一个老乡师妹拦住，师妹神秘兮兮地把他拽到路边，冲他眨眨眼说："你知道吗，有人喜欢你？"

茹振钢听后轻描淡写地一笑，说："你别逗我了，我这么一个穷小子，哪会有姑娘看上我。别闹了，我还有事。"

茹振钢说着就要走，师妹连忙紧跑几步拽住他，着急地说："我说的是真的，你知道原连庄吧，她经常打听你的事情。"

师妹说完，意味深长地离开了，茹振钢愣了半天。他放慢脚步，边走边想，心里充满了激动和开心，忍不住笑出声来。此时，他突然想马上见到原连庄。于是，他毫不犹豫地朝她宿舍的方向跑去。

学校的林荫道郁郁葱葱，阳光透过枝叶的缝隙洒下来，在路上碎成一地金色的光斑。茹振钢和原连庄并排走着。他低着头，脸微微有些涨红，他越急越不知道说什么，只是紧张地绞着双手。

"你找我有什么事吗？"原连庄热情地问。

"没，没啥事，就是快毕业了，问问你分配到哪了。"茹振钢听到原连庄问他，立刻舒了口气，连忙回答道。

"新乡农科所，你呢？"原连庄说。

"百泉农专，去跟黄光正教授搞育种。"茹振钢说完，陷入沉默。

接下来，两个人都无话可说了，慢慢地走着。走了一段，原连庄折回宿舍。茹振钢看着她走进楼道，张了张嘴，终究什么都没说。自此各自忙碌，再未见面。

1981年，他们自中牟农业学校毕业，茹振钢到百泉农专开始小麦育种。原连庄去新乡农科所，搞大白菜育种研究。

每天，茹振钢忙完工作，晚上躺在床上时，脑海里常常会浮现原连庄明媚的笑脸。有一天,原连庄的笑脸在他脑海里反复闪现,让他无法入睡。他干脆坐起来,拿出纸笔给原连庄写起了信。

夜深人静,柔和的月光透过窗户铺在桌面。茹振钢提笔写了一首小诗,仔细地叠起来,第二天一早就寄了出去。

原连庄收到信后,怀着惊喜和好奇的心情小心地拆开信,不觉轻声诵读起来——

她,在我的工作中,在我的睡梦里。

除了我,很少有人知道,她,时刻与我做伴。

我,拼命与她靠近。

但,一辈子,总有也总无距离。

原连庄看着这首不伦不类的诗,羞涩地笑了。她把信重新折好锁进了抽屉。

茹振钢昼思夜盼,总是不见回音,心里越发着急。他一个月内连写了10封信,谈工作、聊学习、说未来。

原连庄拿着一封封信,既欣喜,又难过。原来她把茹振钢的情况告诉了父母,父母直摇头,觉得茹振钢兄弟姊妹多,家境贫困,一是嫁过去会吃苦受累,二是作为家里的长女,应该为家庭考虑。

原连庄虽然难过,但选择了遵从父母意愿,回信委婉地拒绝了茹振钢。

茹振钢拿着信,眼泪不争气地滑落下来。夜深了,他辗转难眠,胸口涌起一阵阵疼痛。

他再次提起笔,含泪写道——

千奇花朵相争艳,耳目闭塞不欲看。吾城有花心中藏,无时不在美心田。谁料此花日短暂,难经霜打与风寒。美看一时而告终,留恋泪水灌心间。

茹振钢写完，抹了一把眼泪，又在小诗的下面写道：

百泉湖景色宜人，泉水清澈，环境很美，期盼你抽出时间一同畅游百泉……

茹振钢外表粗犷，内心却柔软浪漫。他喜欢读诗、写诗。在学校时，他还把喜欢的莱蒙托夫、泰戈尔等诗人的书推荐给原连庄。

原连庄收到信后，再也抑制不住内心的情感，不顾父母的反对，毅然选择了与茹振钢谈恋爱。

1984年，两个心意相通的年轻人走进了婚姻的殿堂。

结婚后，茹振钢和原连庄开始了长达十几年的两地生活。刚结婚时，原连庄就去北京学习深造了。

夜里，茹振钢一个人躺在宿舍，任由思绪飞舞。想到小麦，小麦在他脑海中疯长，变成一片耀眼的金黄。想起妻子，妻子的笑声和临走时的嘱咐，又清晰浮现。

他幸福地笑了，翻身起来给原连庄写信，信写完后认认真真地折起来装进信封。他又瞥见手边有一张便笺纸，就随手拿过来，写道：

亲人上北京，进入繁华城。谋求新技术，饱尝北方冷。独自居外地，总有思家情。不要觉孤单，吾心紧随从。忧食忧冷暖，坐卧不安宁。几将心操破，盼你早南行。

一周后，他收到原连庄的回信，也是一首诗——

北京情思

天苍苍，霜茫茫，遥望星空思故乡。

早也盼，晚也盼，一缕青丝两相连。

158

风啸寒，冷拂面，两心相依方知暖。

茹振钢一遍遍地读，甜蜜一遍遍地涌进心田。

在他的期盼中，终于盼来短暂的相聚，接着依旧是为了各自的事业两地分居。只有到了周末，原连庄才能来陪伴茹振钢，帮他收拾房间、洗衣服，也做顿可口的饭菜，然后再匆匆赶回。

我国白菜育种起步较晚。20 世纪 80 年代初，全国都没有好的白菜品种，产量十分不稳定。遇到差的年景，一亩白菜地只能收获几百斤。如果再有天气灾害，常常绝收。偶然遇到哪一年风调雨顺，也会出现难得的大丰收，一亩地产量有可能上万斤。

原连庄接手新乡农科所大白菜育种课题的时候，只有几十个大白菜疙瘩。她暗下决心，一定要培育出一个稳产的白菜品种。于是，她日夜不停研究白菜育种理论，在试验田里反复地进行试验。一次周末，茹振钢发现她鬓角处生出两根白头发，心疼不已。

1987 年 1 月 28 日，他们的女儿出生。原连庄看着可爱的女儿，一脸的幸福。茹振钢也凑在床前，对孩子表现出浓浓的爱意。

"从现在起我有两个女儿了，一个叫小麦，一个叫茹苏珊。"茹振钢深情地说。

"那你以后可得一碗水端平，别光顾着小麦把咱女儿给忘了。"原连庄笑道。

"不会的，不会的，我宝贝女儿可是我的心头肉。"茹振钢抱起女儿在屋子里走来走去，柔声说道，"爸爸不会忘的，是不是？"

几天后，茹振钢在家里坐立不安起来。他抱着女儿，眼巴巴地望着窗外。原连庄看透了茹振钢的心思，问道："试验田里的小麦咋样了，黄老师也没给你打电话吗？"

"没有啊，你看看这多急人，也不知道小麦长得咋样了，要不我去给黄老师打个电话问问情况吧。"茹振钢说着把女儿递给妻子。

茹振钢打完电话回来，搓着手，满脸兴奋地说起了试验田的情况。原连庄安静地听着，等他说完就说："要不你去把我妈接过来，你就回试验田吧，帮着点儿黄老师。"

茹振钢开心地说："好的，让她姥姥过来照看几天，我去几天再回来。"

接来岳母当天，茹振钢就赶回了百泉农专。

彼时，正是攻克"百农62"的关键时期，茹振钢一回去就开始了工作，整天在实验室、试验田之间来回奔波，没有半点空闲。晚上回到宿舍，想起给妻子打个电话，一看表已经10点多了，妻子与女儿应该睡了，就想着等第二天再打吧。第二天，照样忙碌到很晚，就这样一天一天拖了下去。

不知不觉半个月过去了，在黄光正老师一再催促下，茹振钢才收拾东西回家。到了家门口，他兴奋地喊了几声，却不见回应，想是妻子睡着了。然而敲了半天门却一直没人应声，他便从包里摸出钥匙打开屋门。

屋子里静悄悄的，里里外外都没见人。

"孩子还没满月，不可能出去啊，不会出什么事情了吧？"茹振钢这么一想，又急匆匆地去敲邻居家的门，这才知道孩子3天前发烧，原连庄带孩子去新乡市妇幼保健院看病一直没回来。

茹振钢慌了，赶紧往医院赶。当他气喘吁吁地推开病房门，他看见妻子侧躺在床上抱着女儿，轻轻地哼着摇篮曲。

茹振钢心里酸酸的，轻轻地走过去，抚摸着女儿的额头，小声问："还发烧吗？"

原连庄推开他的手，小声说："她睡着了，别弄醒她。"

茹振钢点点头，拉了个凳子在妻子身旁坐下来："连庄，对不起，这段时间育种遇到点儿技术问题，我……"

原连庄免不了有委屈，听他这么一说，也不再跟他计较，说："知道你忙。"

"她还发烧吗？"茹振钢再次问。

"不烧了。"原连庄淡淡地说。

看着茹振钢眼里布满血丝，神情疲惫，头发乱糟糟的，头上、脚上、衣服上全都是泥土，原连庄的心立刻就软了下来，关心地问："你这段时间又没好好睡觉吧？"

"嗯，试验中遇到点问题，最近白天晚上都在忙，要不然我早就回来了。"茹振钢低着头，小声说，"你还在坐月子，我不该……"

"别说了，我没事，你先回去好好休息吧。"原连庄说。

茹振钢摇摇头，说："我不回去，我在这儿照顾你们，孩子这会儿睡着了，你也睡会儿吧。"

茹振钢扶着原连庄躺下后，自己拉了把凳子趴在床边，他感觉浑身散了架一样。原连庄还没睡着，耳畔就响起了呼噜声。

茹苏珊出生时，原连庄正在研究杂交白菜新品种"新乡小包23"，想起这个现在不得不搁置的项目，原连庄只能干着急。

她算着日子，也努力让自己尽快恢复体力。女儿刚满月，她就把孩子托付给母亲。等到孩子稍微大点，她就抱着孩子去试验田。她把女儿放在田间的空地，然后就围着白菜忙起来。

孩子坐在地里，被大白菜包围着。她对着大白菜笑，跟大白菜玩，有时挥动着小手，抓一片菜叶塞进嘴里。

原连庄也想过如何和茹振钢一起，来调配规划养育女儿的时间。但那时黄光正老师刚刚去世，茹振钢的科研陷入了前所未有的困境，天天忙得像陀螺一样，常常周末也顾不上回家。

在父母的忙碌中，茹苏珊一天天长大，形成了独立、自律的性格，学习成绩一直不错。但有一段时间，茹苏珊在生父母的气，常常一脸的不满。在她眼里，妈妈心里全是"白菜"，爸爸整天陪着"小麦"。他们都忙，都有热爱的事业，唯独没有时间来爱自己。为了吸引父母的注意力，她就想办法搞恶作剧。

有一次，学校召开家长会，茹苏珊执拗着非要让茹振钢参加不可。

茹振钢像以前一样给女儿解释道："苏珊，我正在研究一个小麦新品种，脱不开身。你听话啊，叫你妈妈去吧。"

"你必须来参加，我等着你！"哪料这次女儿不"买账"，硬邦邦地说完就撂了电话。

茹振钢面对电话里嘟嘟的忙音，尴尬地笑笑。对于女儿，他一直心存愧疚。女儿从小学到高中，茹振钢一次也没参加过家长会。在每年麦子的200多天生长期，他都在忙，女儿表示抗议，但最终都以妥协告终。这次，茹振钢觉得自己必须去了。

茹振钢从试验田赶到茹苏珊的学校，在教室里坐下来抹着额头的汗，长长地舒了口气。老师突然邀请茹苏珊的家长上台发言，分享教育孩子的心得。这让他始料未及，他站在讲台上，一脸尴尬地笑着，磕磕巴巴地说："我平时忙，整天都守在麦地里，孩子都是她妈妈辅导的，回头让她妈妈来讲吧。"

家长们听了发出一阵善意的笑声。

回去的路上，茹苏珊噘着嘴，很不开心，茹振钢跟她说话，她也不应声。

茹振钢讪笑着说:"怎么,嫌爸爸说得不好?要不我给你讲讲小麦,这个我能讲好。"

茹苏珊一听,更生气了,捂着耳朵朝家跑去。

慢慢地,茹苏珊长大了,在家庭的耳濡目染下,理解了父母对事业的热爱与执着。

2009 年,茹苏珊大学毕业后,被保送到美国华盛顿州立大学攻读研究生学位。在攻读硕士、博士期间,她对生命科学的系统化、专业化、精准性进行了全方面研究,尤其在苹果和植物学方面,她有着深入的研究和自己独到的见解。博士后她就读于美国威斯康星大学,专注于农业生物信息方向的研究。

2015 年,博士论文开题时,茹苏珊用流利的英语说:"小麦加白菜等于苹果,你们知道这是为什么吗?"

教授们疑惑地睁大眼睛,直摇头。

"这是一个中国普通家庭的故事,我的父亲是研究小麦的科学家,我母亲是研究白菜的科学家……"

茹苏珊讲完,现场响起了热烈的掌声。

茹振钢的女儿主攻苹果育种,女婿则主攻牛奶方向。

"我们这一家人,快把餐桌上的主食、副食全都包了。我们就是想让中国老百姓的餐桌更丰盛,吃出满足感和幸福感。"茹振钢开心地说。

2019 年 5 月 15 日,第 26 个国际家庭日,这对"农业战线并蒂莲"的家庭,获得了"全国最美家庭"称号。

在茹振钢和原连庄的第一个"十年之约"期间,原连庄培育出了"极早熟大白菜""豫白菜五号""新乡小包 23"等优良品种。茹振钢培育的小麦新品种"百农 62""百农 64""百农 160""百农矮抗 58"等也相继问世。他们打成了平局。于是他们又有了第二个"十年之约",两人各自均取得丰硕的成果,依旧不分胜负。

茹振钢和原连庄的日常聊天,也是三句话离不开育种问题。而谈工作,则成了他们爱情的纽带。

有一天,茹振钢回到家,看见原连庄眉头紧锁、心不在焉地收拾屋子,见他进门才拍了拍脑门说:"哦,到饭点了啊,我去做饭。"

茹振钢拉着她在客厅的椅子上坐下,说:"你先别忙着做饭,咱俩先说会儿话。你是不是在育种上遇到难题了?"

原连庄立刻把心里的困惑告诉他。茹振钢沉思了一阵,突然一拍大腿说:"这样,你把大白菜和甘蓝菜进行杂交试试。"原连庄恍然大悟,连声说道:"对对对,大白菜抗病性差,口感香甜柔嫩;甘蓝菜抗病性好,口感清脆,我咋就没想到呢。"

原连庄把两种蔬菜进行了杂交,可又出现了新的问题,新杂交的品种不结籽。原连庄急得团团转。茹振钢又提议:把油菜引入杂交。问题果真迎刃而解。

茹振钢也会在和原连庄的交流探讨中迸发灵感,把妻子培育蔬菜的先进技术,运用到小麦育种中去。但两个人在一起的时候并不多,常常各自忙碌,十天半月见不了一面。

刚结婚时,两人谁都不愿意当"后勤部长"。茹振钢有牢骚,原连庄心里也不痛快,妻子、妈妈、科学家的三个身份让她分身乏术,有苦难言。

岁月荏苒,在磕磕绊绊中,他们多了对彼此的宽容和理解,并在不同的科研领域齐头并进,但长相厮守却始终是他们的大难题,常常不是这个出差，就是那个外出考察。就连阖家团圆的除夕，茹振钢也会守在试验田里，直到耳畔传来附近村庄噼里啪啦的鞭炮声，他才发现是大年三十。

但他在麦田里一忙碌就忘了时间，直到晚上 10 点多才回到家。

孩子已经睡着了，原连庄有点不悦，把饺子放在桌子上，继续去看春节联欢晚会。她盯着屏幕，心里却满是委屈，家里的活她一个人干，饺子早早地包好了，左等右等不见人，这么晚才回来。

茹振钢觉察到了原连庄不高兴，才猛然想起来，早上出门时他跟妻子说去试验田转一圈就回来，带着孩子一起回老家过年。

茹振钢端着饺子在原连庄身旁坐下，碰碰她的胳膊说："原老师啊，你别生气了，我给你说啊，今天我虽然回来晚了，但我收获很大。我蹲在地里，吹着冷风，突然一激灵，想明白了代谢网络问题。"

茹振钢滔滔不绝地讲了起来，原连庄没有回应他，关掉电视去了书房。

茹振钢愣了一下，说到一半的话硬生生地咽了下去，坐在客厅的沙发上发愣。

他突然看到沙发上放着一张纸，上面是原连庄娟秀的字体。他好奇地拿起来一看，是一首小诗：雪花摇曳催人归，年味浓烈惹人醉。苍茫大地多寂静，麦田只剩育种人。

茹振钢念着念着，嘴角浮现出一丝笑意，眼圈却湿漉漉的。他的大部分时间和精力都给了小麦，在平时"晚归"是家常便饭。

2008 年 9 月的一天，夜色弥漫大地时，茹振钢还没有回来，原连庄坐立不安，不停地朝外面张望。当时茹振钢在研发杂交小麦中遇到了难题，经过 4 年的研究探索，还是没有找到突破口。他整天不是待在实验室，就是在试验大棚里忙碌，周末也不休息。但每隔三四天，他会抽时间在傍晚时赶回家换换衣服，再返回学校。

原连庄心里盘算着，这次已经是第五天了，打手机也不接（他手机不在身上是常态，十次中有九次都不接），会不会遇到了什么难题。她越想心里越急，就收拾好换洗的衣服去学校找他。

原连庄觉得，丈夫是育种家，也是大学老师，应当注意仪表，干净整洁是起码的。她不想让丈夫穿得邋里邋遢、臭汗熏人地站在讲台上面对学生。再者，她担心丈夫的身体，担心他工作起来废寝忘食。几天回来换一次衣服，她也好"监督"他。

原连庄在学校到处找茹振钢，他常在的实验室和试验田这两个地方都不见人影，原连庄急得满头大汗。

"都这么晚了，他能去哪儿呢？"原连庄嘟囔着，拿出手机拨通了茹振钢学生的电话，"你好，我是原老师，你知道茹老师去哪里了吗？"

"茹老师可能在温室里，他这几天感冒了，咳嗽得厉害。我劝他去医院看看，他说没事，这两天他一直在温室里。"

原连庄挂了电话，快步朝温室大棚走去。

"茹老师，茹老师。"原连庄刚进塑料大棚，就急急地喊了起来。

"我在这儿呢。"茹振钢有气无力地应道。

原连庄循着声音走到墙角，看见茹振钢靠着墙半躺着，脸通红，嘴唇上满是干皮，手里端着一盆小麦。

原连庄连忙放下手里的包裹，一手搀扶他，一手去摸他的额头，说："这么烫，快走，去医院看看。"

茹振钢摆摆手，说："我没事，就是有点小感冒，过两天就好了。"

"什么没事，都烧成这了，今天必须去医院。"原连庄带着哭腔说。

"去医院太浪费时间，你听我说啊，这一批小麦种子快要成熟了，这可是关键时期，我得小心照看，不能出问题。"茹振钢执意不去医院。

原连庄无奈，只能扶着他去看校医，一量体温39℃。原连庄既心疼又生气，硬拉着茹振钢输了3天液，感冒有所好转后她才离开。

2009年年初，茹振钢兴冲冲地回到家，大声宣布："原老师，咱们忙了一年，我想这几天去福建武夷山旅游，怎么样？"

原连庄猛地一愣，又笑了，说："年年忙，我都习惯了。你年年连休息的时间都没有，还说要带我去旅游，你又哄我。"

"这次是真的，我也想出去散散心。"茹振钢认真地说。

原连庄看茹振钢不像哄她，开心地瞪大眼睛说："真的？那太好了，要不我们去海南三亚吧，我想看看大海。"

"海南回头再去吧，这次我都计划好了。"茹振钢说。

原连庄兴奋地点点头。

他们如期出发，先到达江西与福建西北部两省交界处的武夷山。武夷山是中国著名的风景旅游区和避暑胜地，风景秀丽、空气清新。茹振钢带着原连庄游览了虎啸岩、水帘洞等。一开始，原连庄还满心喜悦，对丈夫选择的景点十分满意，但慢慢地她觉得有点儿不对头，一路上风景美不胜收，但茹振钢却无暇顾及，脚步匆匆忙忙，目光总在路边的田地、山上的植物间转来转去，像是在找什么东西。

"茹老师，这么美的风景你咋不看？光往地上瞅，地上有金子啊？"原连庄笑着打趣他。

茹振钢神秘地笑笑，说："兴许真的有呢。"

他继续左找找，右看看。突然他像孩子般兴奋地嚷嚷起来："有了，有了，总算找到了。"

"你什么找到了？"原连庄一脸疑惑，吃惊地看着茹振钢朝山坡处快跑几步，然后蹲了下去，仔细地察看着什么。

原连庄凑近一看，只见他小心翼翼地用手摸着一株麦苗。那株麦苗挺拔、壮实，叶子油绿油绿的。

"快点去给我找个矿泉水瓶子，我可得安全地把这个宝贝带回去。"茹振钢笑得合不拢嘴。

原连庄把找到的瓶子递给他，只见他从包里拿出剪刀把矿泉水瓶从中间剪开，然后又掏出一个小铲子挖了点泥土，小心地把麦苗移栽进去。后面的旅程中，他一直捧着这株小麦傻笑，目光久久地盯着那株麦，不舍得离开一会儿。

"咱们回去吧，也出来好几天了。"茹振钢说。

"好啊。"原连庄答应着，突然问，"你说实话，这次出来是不是就是为了找麦苗？"

"旅游和找小麦不冲突，顺道的事。"茹振钢狡黠地笑笑说。

原来，他偶然从资料上看到，因为气候的原因，武夷山这里是交界线，这里往北种小麦，往南种水稻。而武夷山这里有一种小麦抗赤霉病，但现在这里很少种植这种小麦了，就想来碰碰运气。

车窗外景色如画，原连庄却没有一点兴致，只是木然地望着远方，一幅幅画面从眼前掠过。突然，一片白菜地映入眼帘，她惊醒般晃着茹振钢的胳膊，激动地喊道："白菜，白菜，我一直在找的白菜品种。"

大巴刚到站点停下来，原连庄就快步跑下车。茹振钢捧着他的小麦，在后面追着大声说："慢点，慢点。"

夫妻两个打车原路返回，找到那片白菜地。原连庄买了一大袋白菜，茹振钢帮她扛着。她拿着那株小麦，两个人欢欢喜喜地结束了这次旅行。

为了让茹振钢专心研究小麦，原连庄一直默默地承担着家里的事情。两个人虽然忙，但日子平静而幸福。直到 2011 年，他们平静而幸福的生活被打破——原连庄被查出了直肠癌。

原连庄的病情很严重，医生建议她尽快到上海做手术。此时，茹振钢正牵头代表河南省申报国家"十二五"规划的重大农业项目。

"你能陪我一起去吗？"一向开朗、乐观的原连庄变得忧心忡忡。

茹振钢握着她的手，叹了口气，心疼又无奈地说："连庄，这次你得自己先去上海。我还得先赶到北京参加一个小麦会议，会务组点名让我去介绍我的杂交小麦研究成果。"

原连庄眼圈红了，眼泪无声地落下。茹振钢眼圈也红了。他一边帮妻子擦泪，一边安慰她说："没事的，原老师。现在医疗技术好，会很快好起来的。你到上海先住院，我这边一结束马上就赶过去，不耽误你做手术……"

茹振钢把原连庄送上飞机，自己直奔高铁站赶往北京。他想快点，再快点，这个时候妻子需要他。

茹振钢一到北京就找到组委会汇报了自己的情况，组委会把他的演讲调到了第一个。茹振钢讲完，眼里泛起了泪花，在雷鸣般的掌声中，他匆匆离开。等他赶到上海医院时，原连庄已经做完了手术。病房里，她脸色苍白，手上挂着点滴，鼻子吸着氧气，眼睛微微闭着，虚弱无力。

她恍惚中听到了茹振钢的声音，挣扎着睁开眼睛，模模糊糊地看见了他，熟悉、亲切。

"连庄，我对不起你，在你最需要我的时候，我没能陪在你身边。"茹振钢轻抚着妻子毫无血色的脸，含着泪水说，"平时我顾家太少，啥事都扔给你，我不是一个合格的丈夫，也不是一个合格的父亲。以后我要多陪陪你，等我退休了，我们天天在一起。"

原连庄挤出一丝笑意，虚弱地说："好，我等着。"

结婚 20 多年来，茹振钢第一次陪原连庄在一起十几天。原连庄出院后，茹振钢又回到了他的工作岗位。原连庄也不放心自己培育的白菜，身体稍好一些，就不顾劝阻回到了科研一线。

2021 年，茹振钢夫妇做客央视《朗读者》节目，他们除了讲述两个人的"十年之约"，还回忆起茹振钢小麦育种中曾经的一段"至暗"日子——

2002 年 9 月下旬到 11 月上旬，淫雨霏霏，麦地里汪洋一片，因涝灾麦苗大片大片地死去。

"茹教授，麦子都淹死了，这可咋办呀？"电话是播种"百农 66"的农户打来的，这几天电话从早响到晚，电话每响一次，茹振钢胸口的疼痛就更加剧烈，他的眼眶和胸腔里都湿漉漉的，积满了酸涩的"雨水"。

茹振钢拿着电话，声音里满是无奈和疼痛。

"麦子都淹死了！"茹振钢喃喃地重复着，泪水满溢而出。

茹振钢在试验田里风霜雪雨 8 年，才育成了"百农 66"小麦新品种。第一年播种，就遇上了灾害天气，他自以为优良的品种在推广试种时因连续数天的大雨导致麦田积水，麦苗成片成片死去。

茹振钢冒雨跑到试验田，看着一洼一洼的积水，禁不住眼泪横流，腿一软就跌倒在地上。

深秋时节，雨依旧没完没了地下着。茹振钢躲在实验室里看着"百农 66"的样本发呆。这段时间他失魂落魄，原连庄放心不下找到实验室。门从里边反锁着，她心里越发着急，咚咚咚地拍着门，焦急地喊道："茹老师，你在里面吧，快开门。"

茹振钢拉开门淡淡地说："你回去吧，我该去试验田了。"

原连庄看着他面无表情的脸，越发不安，说道："茹老师，你拿上雨衣，外面下着呢。"

"我不穿雨衣，地里的小麦也没穿雨衣。"茹振钢说着踏进雨中。

原连庄看着他的背影，眼里泛起了泪花。他心里的苦痛，她理解。

夜晚，淅淅沥沥下了一天的雨终于停了。茹振钢浑身泥水、步履踉跄地推开了家门。原连庄连忙去给他拿干毛巾和衣服。茹振钢换好衣服，脸色煞白地坐在地上。

"去睡吧，累了一天了。"原连庄说着去搀扶他。

茹振钢摇摇头，不说话，也不动。原连庄叫了他几次，始终如此，只好抱了被褥给他铺在地上。

"那你在这儿睡？"原连庄试探地问。

茹振钢点点头，和衣躺下。原连庄松了口气，关了灯也和衣躺在床上。

屋子里很黑，窗帘拉开着，外面没有月亮。茹振钢在黑暗中睁大眼睛，竖起耳朵，捕捉着周围细微的声响。啪嗒啪嗒的声音传来，茹振钢紧绷的神经骤然断裂，他猛地坐起来，惊恐地看着窗外，喊道："快起来，下雨了，又下雨了。"

原连庄连忙从床上跳下来，紧紧地抱着他，安慰他说："没有，没有，没有下雨，你放心吧，没有下雨。"

原连庄等茹振钢安静下来，开始在屋子里四处寻找滴水的声音。走到厨房，发现是水龙头没拧紧，她连忙拧好，又把屋子里所有的水龙头都检查了一遍。

原连庄端来冒着热气的水，茹振钢条件反射般躲开了水杯："不要水，不要水，我不要水。"

原连庄强忍着泪水，温柔地哄着他："好，我们不要水。这是茶，不是水，你看还冒着热气呢。"

茹振钢看了一会儿点点头，喝了两口。他在地铺上蜷缩起来，又低声嘟囔着："别关灯，别关灯，我怕做噩梦。"

原连庄打开了屋子里所有的灯，然后坐在他身旁，轻拍着他的背，心疼地说："茹老师啊，我知道你心里难受。但遇到这样的天气，你也要想开点。成功都是从一次次的失败中练就的，爱迪生发明灯泡，用 1600 多种不同的材料进行实验……"

"8 年，8 年啊，你说人生能有几个 8 年？我以为我成功了，我以为……"茹振钢喊着，泪流满面。

原连庄紧紧地抱住他，安慰着他，等他情绪稍稍平复，慢慢睡着，她才蹑手蹑脚地关了灯，坐在黑暗中默默垂泪。

夜深了，原连庄刚迷迷糊糊睡着，就又听到了茹振钢带着惊惧的喊声："小麦！小麦！"

原连庄连忙打开灯，像哄孩子一样说："没事的，没事的，在家呢，在家呢。"

"刚才下冰雹了，石头蛋子一般大，把我的小麦都砸死了。"茹振钢一脸惊慌。

"你做噩梦了，做噩梦了，没事。"原连庄安抚着他。

等到他睡着，原连庄也不敢关灯。灯光下，她神情憔悴。从上个月开始，茹振钢的精神状态就出了问题，越来越严重。这段时间她没睡过一个好觉。

自从"百农66"麦苗被水淹发生大面积死亡之后，茹振钢就开始失眠。眼睁睁地看着自己的"心血"被无情地"摧毁"，他心理上接受不了。原连庄不放心，去学校看他的次数更多了。

有一次，原连庄去学校找他，茹振钢的学生迎面走来，把她拉到路边，担忧地说："原老师，茹老师最近精神状态很不好，现在都不怎么说话了，不是整天把自己关在实验室里，就是整天坐在试验田的田埂上发呆，他是不是病了？"

"唉，是病了吧。"原连庄点点头。此时，天空阴沉沉的，布满了阴云。

茹振钢的失眠越来越厉害，神经也更加脆弱，整个人都变得木木的，不哭也不笑。

原连庄看在眼里，急在心里，想带他出去散散心，可无论如何劝说，茹振钢都不愿意去。

茹振钢感觉自己像被关进了一个小黑屋——没门、没窗户的小黑屋，被孤独与黑暗笼罩着。有一丁点的动静，都让他抓狂。外面的世界，更是隐藏着无数未知，令他害怕。

"人活着究竟是为了什么？又有什么意义呢？"茹振钢自言自语道。

原连庄听到这句话吓坏了，开导他说："活着才有希望，你看看，这几天天晴了，多好。"

茹振钢摇摇头不说话，看着外面金灿灿的阳光透过窗户铺在地上，却照不到他的身上。他淡然一笑，笑得苦涩而郁闷。

原连庄说了半天，那些话只是从他耳边轻轻飘过。她看着他的表情，心里慌了，转身跑到厨房把刀、剪子藏起来，把煤气罐的接口封死，把窗户拉上铁丝网……忙完这些，原连庄精疲力竭，靠着墙大口地喘粗气，用手捂住嘴偷偷地抽泣起来。

原连庄哭完，洗了把脸整理了一下情绪，脸上重新挂上柔和的笑意，又去劝说茹振钢看中医。在原连庄几天的劝导下，他们去看了中医——这中药，一吃就是两年。

为了帮助茹振钢缓解情绪，转移注意力，原连庄想起了年迈的婆婆。他父亲去世早，母亲是他最牵挂的人，每过一段时间，他都要回去陪陪母亲。

"茹老师，你都多久没回去看咱娘了。老太太挂念着你呢。"原连庄观察着茹振钢的表情。

茹振钢点点头，说："是呀，咱娘都80多岁了，我得回去看看她。"

原连庄开车带着茹振钢回到了沁阳老家。母亲看见茹振钢满心欢喜，拉着他的手问长问短。

中午，母亲做了手擀面。茹振钢狼吞虎咽地吃起来。

母亲开心地说："这是你研究的'百农64'，种着好，乡亲们都夸你呢。"

茹振钢愣了一下，勉强挤出一丝笑意，继续埋头吃面。

母亲看着儿子，发现他瘦了，脸色黑黄，精神也不好，就关切地问："振钢，你是不是生病了，还是出了什么事啊？"

"没，没有。"茹振钢拉着母亲坐下，"娘，我没事，我就是最近忙，没睡好。你快吃饭吧。"

母亲最终从原连庄那里问出了真相。她拉着茹振钢的手，心疼地说："振钢啊，咱干工作搞科研，得像吃馍一样，一口一口地吃。噎着了，就喝口水，歇歇再吃，可不能心急……"

茹振钢点点头，好像有所醒悟。从老家回去后，茹振钢在原连庄的悉心照料下，病情慢慢好转。他回到了学校，开始给学生上课，有时候也会去实验室，却从来不敢提、不敢碰"百农66"。

茹振钢白天在学校上课，课上也能和学生谈笑风生。但一到晚上，他就又开始焦虑、憋闷，常常躲在被窝里，使劲咬住自己的胳膊，那种疼痛让他稍稍好受些。

原连庄看到茹振钢胳膊上一块一块的黑青，并不说穿。她知道他的心结还没有打开。有一天，茹振钢正准备出门，原连庄突然拉住了他。

"茹老师，这么长时间了，你能不能去地里看一下。"原连庄看着他的眼睛认真地说。

茹振钢的身体微微抖动了一下，看着妻子淡淡地笑了笑，转身走了。

他知道原连庄说的是"百农66"。这么久了，他不说，也没人提过。大家都知道这是他的心病。很多次他也想去看看，可是每次都是走到半道上又折了回来。

茹振钢坐在办公室，看着窗外发呆。他看着太阳一点一点地下沉，夕阳的余晖染红了在蓝天上游荡的白云。过了一会儿，太阳消失了，白云幻化成一片玫瑰色的晚霞。他清楚，心里的这个结他得自己解，这个坎他得自己过。

"你今天必须去试验田里看看。"茹振钢强迫自己从椅子上站起来，长长地吐了一口气，慢慢地朝试验田走去。

"百农66"的试验田里一片荒凉，犹如他荒凉的内心。他蹲下去，伸出颤抖的手拔出一株涝死的麦苗，他的胸口又滴血般痛起来。

他的目光细细地抚摸着它的叶、它的茎、它的根。突然他的目光被那泡死的根须牢牢地抓住了。

垂直根耐旱，水平根耐湿、抗倒伏。"矮抗66"这个品种，根系扎得深，耐旱。但靠近地表的地方,根系很少,根系呼吸困难,所以它不耐湿、不耐涝。茹振钢一拍脑门，在原地转了几圈，突然明白了——原来问题出在根系上。

找到了原因，茹振钢的病就好了大半。他重整旗鼓，投入新的育种研究。几年后，高产、多抗的小麦"明星"品种"百农矮抗 58"杀出重围，成为黄淮海麦区连续多年的主导品种。

现在说起那段不堪回首的日子，茹振钢已经变得风轻云淡。

节目最后，主持人微笑着说:"你们俩的关系，又是夫妻，又是朋友，又是同行，又是战友。"

"还是竞争对手。"原连庄笑着补充。

"不能再竞争了，孩子都那么大了，还是拉起手来比翼双飞吧。人这一生，能有几个精力充沛的 20 年，青春年华倏忽即逝，还不如比翼齐飞。"茹振钢说着，笑呵呵地拉起了妻子的手。

第八章　超级小麦"擂台赛"

小麦中的"三好学生"

许为钢在"郑麦9023"育成后，就带领团队投入利用分子标记聚合育种技术，开展优质强筋抗病超高产品种的研发选育。

分子标记聚合育种技术是现代分子生物学技术在农作物遗传改良中的具体应用。与传统常规育种技术相比，分子标记聚合育种技术具有选择准确性高、不受环境干扰、易于实现多个优异基因聚合等优点。

又是十年磨一剑。许为钢团队再次为小麦界带来了惊喜——河南省首个采用分子聚合育种技术育成的优质强筋小麦新品种"郑麦7698"于2007年育成，这标志着河南育种技术又有新突破。这个以"郑麦9405""4B269""周麦16"做亲本选育而成的矮秆大穗，抗寒、抗病、强抗倒优质强筋小麦新品种，在区域及生产试验中表现突出——

2007至2008年，在河南省春水Ⅱ组区试的10点汇总中，9点增产、1点减产，平均亩产506公斤，比对照品种"偃展4110"增产4.33%，差异显著，在13个参试品种中位居第3位。

2008至2009年，在河南省续试中，11点全部增产，平均亩产491.7公斤，比对照品种"偃展4110"增产8.07%，差异极显著，在13个参试品种中居第 2 位。

2009 至 2010 年，在河南省春水组生产试验中，12 点全部增产，平均亩产 491.4 公斤，比对照品种"偃展 4110"增产 8.1%，居 7 个参试品种第 1 位。

2009 至 2010 年，在黄淮冬麦区南片区域试验中，平均亩产 513.3 公斤，比对照品种"周麦 18"增产 3.0%；在 2010 至 2011 年度的续试中，平均亩产达 581.4 公斤，比"周麦 18"增产 3.4%。

2011 年，"郑麦 7698"通过河南省品种审定。同年，其在方城县赵河镇中封村的小麦百亩示范方，创下了亩产 735.3 公斤的全国同期优质强筋小麦最高产纪录。

2012 年，"郑麦 7698"通过国家品种审定和农业部小麦品质鉴评会鉴定，品质达到国家优质强筋 I 级标准，被国家粮食和物资储备局科学研究院鉴评为"三优品种"，被誉为面包、面条、馒头领域的"三好学生"。同年，其被科技部列为"国家农业科技成果转化资金重大项目"。

自 2014 年起，"郑麦 7698"连续 3 年被农业部推荐为小麦生产主导品种；2015 年，收获面积已达 1000 万亩。

2016 年 5 月 14 日，河南省民权县王庄寨镇、野岗乡的"郑麦 7698"万亩示范区（原种繁育区）洋溢着丰收的喜悦，河南省农科院主办的"高产优质强筋小麦品种'郑麦 7698'观摩会"正在这里举行。在观摩会上，张新友院士兴奋地说："'郑麦 7698'是个好品种，走出河南省意义重大，适宜在黄淮海区域很好地推广。"

自 2009 年起，从"郑麦 7698"区域试验开始，在商丘市的示范和推广应用已经有 7 年。2010 年，在睢阳区冯桥乡"郑麦 7698"15 亩示范方，迎来了第一个收获年度，平均亩产 666.5 公斤，创造了商丘市当年优质强筋小麦单产最高纪录；2011 年，在睢阳区路河镇岳庄村"郑麦 7698"百亩示范方，平均亩产 740.3 公斤，其中 15 亩平均亩产高达 756 公斤，创下了当年河南省优质强筋小麦单产最高纪录。2012 年，"郑麦 7698"在继续保持百亩方平均亩产 700 公斤以上高产水平的同时，又连续实现千亩方、万亩方等大面积亩产 600 公斤以上的突破，被商丘市农业部门确立为小麦高产创建的三大主导品种之一，和唯一一个高产创建项目区应用的优质强筋小麦品种。

"郑麦 7698"不断刷新的高产纪录，又以综合抗病性好、抗倒春寒、抗干热风、抗旱、耐密植等优势，获得了专家的一致认可与好评。

这一年，民权县种植"郑麦 7698"的面积已突破 10 万亩，占总麦播面积的 10%，位列全县推广品种第一位。为了确保推广用种量，民权县当年安排"郑麦 7698"种子繁育面积 12000 亩，可生产种子 1000 万斤以上，继续扩大种植面积。

"郑麦 7698"不仅在商丘市被广泛推广，在全省也深受种植户青睐。杞县柿园乡农民薛广伟说，他 2015 年的时候抱着试试看的想法，种了 10 多亩"郑麦 7698"，亩产达到 700 公斤，产量高，市场上还走俏，第二年一下子就种了 100 多亩。

"郑麦 7698"还走出河南省，每年在安徽、江苏、陕西等省推广面积超过 300 万亩。

2018 年，"郑麦 7698"获得国家科学技术进步奖二等奖。

2019 年 1 月 8 日，许为钢赴北京参加国家科学技术奖励大会。他西装笔挺，皮鞋锃亮，灰白的头发纹丝不乱，可谓精神焕发，神采奕奕。当许为钢拿到国家科学技术进步奖二等奖证书时，脸上露出了发自内心的笑容。

"郑麦"系列是河南省小麦育种的代表性系列,而"郑麦7698",无疑是"郑麦"系列中尤为"醒目"的代表性成果,在河南省重大科技专项"超级小麦新品种选育与示范"这场"擂台赛"中,它以优质、高产成为佼佼者。

表现卓越的"周麦24"

2011年6月初的一个上午,阳光向大地抒发着热烈,空气中弥漫着温热的气息。在商丘市虞城县新建村一块15亩大小的麦田里,人头攒动,热闹非凡。有农业科技领域的专家、学者,有种业界的精英,更多的是关注小麦产量的农民朋友——他们头顶烈日在麦田间,翘首期待着专家对河南省重大科技专项"超级小麦新品种选育与示范"小麦品种"周麦24"实打验收的结果。

"周麦24"是郑天存退休前已经选育定型的一个超高产、强筋优质新品种,具有超高产、耐旱、多抗等优秀特性。它是"周麦16"与"陕优225"杂交的后代,既充分发挥了"周8425B"高产方面的潜能,又汲取了"陕优225"的优良性状与优质基因,实现了高产与优质的完美结合。

"周麦24"属于半冬性多穗型中熟品种,株形紧凑,苗势壮,抗寒性良好;茎秆弹性强,抗倒性较好;耐后期高温,成熟落黄好。在2007年到2008年度河南省高肥冬水(I组)区域试验中,10个试验点汇总平均亩产549.3公斤,比对照品种"周麦18"增产3.11%,在13个参试品种中居第1位。

收割机在麦田里来回穿梭,工作人员忙碌着把收割的麦粒装袋、过秤、测量。当大家听到"周麦24"亩产733.2公斤的结果时,响起一片欢呼与掌声。

在另一块地里,新建村农民孟新民大声说:"俺家的小麦经过专家现场实测，好家伙，亩产 1400 多斤！"

这一年，干旱持续了很长时间，孟新民的麦地又是沙壤土质，浇水多了担心收不回成本，愁得不行，想着指望不上老天下雨，能收多少是多少吧。于是，他就没怎么去麦田，更没有管理。但他万万没想到，麦收时节，"周麦 24"给了他一个大大的惊喜。看着麦田里黄灿灿的小麦泛着金浪，散发着醉人的麦香，孟新民捧着饱满而有光泽的麦粒，激动得绽放出满月般的笑脸。

"如果当初我能再浇一次水，稍微管理一下，产量肯定比这更高。"孟新民感叹道。

大旱之年，"周麦 24"单产依然达到了高产目标。

2008 年，"周麦 24"获得新品种保护；同年，在河南省区试中，经抽样化验品质达到强筋国标一级标准；2009 年，通过河南省审定。

"周麦 24"因为根系发达、矮秆大穗、抗倒抗病性强，经连年测产试验，在不同土壤、不同肥力、不同年份中产量差异不大，均能保持高产、稳产，而且灌浆速度快、千粒重高、无黑胚，品质稳定。

"周麦 24"深受人们喜爱。众所周知，矮秆大穗、抗寒耐旱、抗病抗倒超高产是之前郑天存培育的"周麦"系列的共同优点。"周麦 24"不仅具有上述优点，抗寒性强是它的一个突出优点，与其他品种相比，"周麦 24"更能适应中原麦区的冬季霜冻和倒春寒，保证有效分蘖数量和成穗数，为取得高产打下基础，这是人们喜爱"周麦 24"的原因之一，另一个原因就是它抗"干热风"。干热风有小麦的终结者之称，会造成大部分品种叶片干枯，灌浆停止，产量潜力得不到发挥。由于"周麦 24"耐旱耐热，适应高温天气，活秆成熟，越是高温天气灌浆越快，所以灌浆充分，籽粒饱满，产量潜力能充分发挥。

尤为令人惊喜的是，一直以高产、稳产突出的"周麦"系列，首次育成了"周麦 24"这样的强筋优质小麦新品种。这也是郑天存育种目标由高产转向"高产＋优质"的一个新起点——这标志着郑天存远缘杂交育种攻克了半冬性品种"高产不优质，优质不高产"的小麦育种难题，填补了中国小麦生产史上半冬性中熟品种中没有优质品种的空白，成为与"郑麦 7698"同样优秀的高产、优质"双料"超级小麦。

除了各项品质指标达到强筋优质国标一级标准，"周麦 24"加工的面粉，比一些使用增白剂的小麦面粉还要白，制作面包、面条、馒头等食品口感良好，因此在优质小麦市场迅速走俏。

"周麦 24"是适宜在黄淮冬麦区南片的河南中北部、江苏北部、安徽北部、山东菏泽、陕西关中种植的优质、超高产新品种，也是当时河南省颇具应用前景的优质强筋小麦新品种。郑天存在"周麦 24"之前育成的半冬性中筋品种"周麦 20"，就在 2007 年的千亩方、百亩方实打验收中突破亩产 650 公斤，表现出了"超级小麦"的潜力。

在黄淮地区小麦产量从中产到高产的进程中，郑天存的"周麦"系列做出了重要贡献。而在从高产再攀超高产的攻关中，他的"周麦 24"又一次实现重大突破，为他的功劳簿又添上了浓重的一笔。

"土专家"的高产梦

2012 年 6 月 5 日上午，在河南省兰考县爪营乡樊寨村的超级小麦新品种"兰考 198"高产攻关田里，一派繁忙景象。以中国工程院院士程顺和为组长、国家小麦工程技术研究中心副主任郭天财为副组长的专家验收组，正在对"兰考 198"进行实打验收，他们把收割的麦子精确计量，去杂质、除水分，测产结果为：亩产 812.8 公斤。

2011 年通过河南省重大科技专项"超级小麦新品种选育与示范"验收和河南省农作物品种审定的"兰考 198"，属于弱春性早熟品种，适合中晚茬播种。它根系活力强，株形松紧适中，克服了大穗品种成穗率低的问题；实现了高抗条锈病、中抗叶锈病、叶枯病、纹枯病的聚合，而且抗倒伏、抗冻、抗干热风，耐后期高温，灌浆速度快，成熟落黄好；尤其是它的早熟特点，可以有效避免赤霉病、蚜虫病等病虫害。品质上，籽粒半角质，饱满度好，黑胚少，属于中筋小麦，在乡村颇受欢迎。

通过河南省品种审定之后，"兰考 198"第一年秋播面积即达 100 多万亩，平均增产达 20%，带动 2 万多户、近 5 万农民实现了增产增收。

"兰考 198"是农民育种家沈天民利用条锈病抗性基因"R81"与优秀小麦品种"百农 64""偃展 4110"经系谱法选育而成。

世纪之交，沈天民培育成了一个备受各界关注、深受农民欢迎的小麦品种——"兰考 906"（河南省审定名为"豫麦 66 号"）。这个高抗病，抗倒伏，抗逆性强，耐寒、耐旱，分蘖力强、成穗率高的品种，2000 年，科技部组织专家在兰考对 20 亩大田"兰考 906"进行实打测产，平均亩产 720.8 公斤，创当年黄淮麦区最高纪录。大面积推广中，一般亩产在 600 公斤左右，最高亩产达 700 公斤以上。中国科学院经过鉴定做出如下结论："该品种的选育成功，达国际先进水平，国内领先水平。"

"兰考 906"是沈天民在"风沙盐碱"灾害严重的兰考县历时 18 年育成的。

沈天民与共和国同岁，1965 年初中毕业后便跟着父亲学医。18 岁这年，沈天民读到了长篇通讯《县委书记的榜样——焦裕禄》，被深深打动，后来每次重读都会眼含热泪。随后，他开始思考自己的人生规划，最终选择弃医务农，回村良种场搞小麦良种开发。

1976 年，经过 6 年的反复试验，沈天民选育的小麦良种亩产达到了300 公斤。

1978 年，他选育的小麦良种亩产突破了 500 公斤。

1982 年，他作为全国唯一一位良种繁育场的代表被选为第一届全国农作物品种审定委员会委员。

1984 年，沈天民开始利用国外的种质资源，引进墨西哥的小黑麦，后经改良小黑麦，选育出了新的小麦种质"84184"。

1990 年，沈天民利用"84184"这个种质资源与其他品种做杂交组合，选育出"兰考 906"系列小麦品种。1996 年，"兰考 906"系列小麦品种亩产突破 700 公斤，小面积试种达到了 730 公斤。

2001 至 2009 年间，沈天民用"兰考 906""兰考矮早 8"及"兰考 18"3个品种，在 15 至 50 亩的土地上，连续 9 年实现亩产 683.6 公斤至 735.08 公斤。

沈天民把一个村办育种场，发展成为豫东农作物品种展览中心，良种繁育面积也由原来本村的 3000 亩扩大为覆盖全县二十几个村庄的 5 万亩，每年可繁育小麦种子 2000 多万公斤。

沈天民不仅紧盯国内小麦育种界，还把目光投向世界。从 1986 年起，他访问过 30 多个小麦生产国及数十家国际育种中心，还请进来 100 多位外国专家，开展了广泛的国际合作。

不断地学习和视野的拓展，使沈天民认识到种质资源的重要性。在与智利国家农业研究所的合作中，沈天民获得了 550 份有特定要求的小麦种质资源。多年来，他搜集的种质资源达上千个，其中 3 个是国际首创新物种类型。在此基础上，他集成技术，发明了"诱导小麦产生纯合二倍体育种技术"，为小麦育种技术创新做出了重大贡献。

基于对小麦育种事业执着的热爱，以及对育种的"野心"与国际视野，沈天民在河南首次提出"超级小麦"概念，并倾注大量心血研究超级小麦育种。

在 2002 年和 2004 年，沈天民在开封成功举办了我国首届与第二届"超级小麦遗传育种国际研讨会"，邀请国内外小麦育种家深入探讨"超级小麦"育种技术，有力推动了河南省乃至全国"超级小麦"育种的进程。

2006 年，沈天民主编出版了《中国超级小麦栽培关键技术》。

沈天民在长达半个世纪的育种生涯中，足迹遍布我国黄土高原、青藏高原、云贵高原等小麦种植区，搜集了几千份小麦亲本材料，完成了 1 万多个杂交组合，撰写了 180 多篇试验报告和学术论文，记录了 300 多万字的田间观察资料。先后培育出了"樊寨""兰考"等系列高产、超高产及超级小麦新品种 30 余个，多次创造我国黄淮麦区小麦单产纪录。

沈天民保存着 4 幅请人绘制的小麦植株图——那是他实现亩产 1000 公斤的"超级小麦"理想株型图。

沈天民说，理想的株型是微叶、强茎、大穗、大粒，这样就可以充分发挥光合作用。他把工业的产品设计理念引入到育种中，目标是育出外观美、籽粒美、品质美的超级高产小麦。

永不休战的"擂台赛"

2011 年 6 月 3 日至 11 日，河南省科技厅组织省内有关单位专家成立验收组，先后在南阳、洛阳、焦作、商丘、开封等地，对省重大科技专项"超级小麦新品种选育与示范"各承担单位育成的"郑麦 7698""周麦 24""兰考198""洛麦 23""中洛 08-1""平安 8 号"等 7 个小麦新品种示范方进行了机收实打验收，其中 6 个品种的 15 亩高产示范方亩产均超过 700 公斤。

早在 2005 年，河南省科技厅就开始实施主要农作物新品种选育重大科技专项，通过首席专家负责制，在小麦、玉米等主要粮食作物品种选育方面取得了丰硕的成果。其间，由河南省农科院牵头，河南农大、河南科技学院、郑州大学等 10 家小麦遗传育种研发优势单位共同承担的省重大科技专项"超级小麦新品种选育与示范"启动后，一场引领未来小麦育种方向、全省顶尖育种家参与的"擂台赛"拉开帷幕。

至 2007 年，已育成的"郑麦 9694""周麦 20""新麦 19 号"等新品种，在千亩或百亩面积上达到亩产 650 公斤的水平，在生产中表现出抗寒、抗病、抗干热风的性能，具有广泛的适应性，基本具备了"超级小麦"的综合特性。

2011 年，承担"超级小麦新品种选育与示范"的 10 家小麦遗传育种研发优势单位，均取得预期成果，"超级小麦"育种取得阶段性胜利。

河南省农业科学院洛阳分院培育的"洛麦 23"，在实打验收中亩产达754.8 公斤，刷新了黄淮冬麦区豫、皖、苏、陕、晋等 5 省小麦单产超高产纪录。河南温县农民育种家、国家科技进步奖二等奖获得者吕平安培育的超级小麦品种"平安 8 号"，在实打验收中亩产达 730.5 公斤。

在"超级小麦新品种选育与示范"实打验收现场，"超级小麦新品种选育与示范"牵头单位——省农科院小麦研究中心时任主任、"超级小麦"首席育种家许为钢欣喜地说："这批新品种的产量水平较目前我省生产上大面积使用的品种有了显著提高，这将为我省粮食核心区建设提供重要的技术支撑。"

至此，河南"超级小麦新品种选育与示范"项目以骄人的成果告一段落。但超级小麦"擂台赛"自此再也没有"休战"，育种家们还在继续"明争暗斗"。

2011 年 11 月 21 日,国家科技支撑计划"十二五"首批启动项目之———"河南粮食核心区高产、稳产、优质小麦新品种选育及示范"项目启动。

此项目设置两个课题,一个是河南省农科院主持的"河南粮食核心区优质强筋超级小麦新品种选育及示范",另一个是河南科技学院主持的"河南粮食核心区高产多抗优质小麦新品种选育及示范"。

这个项目的实施,为推进构建超级小麦新品种选育的现代高效育种技术体系,选育出高产、优质、抗病、抗逆、资源高效利用的超级小麦新品种发挥重要作用;同时,为推进研发育成小麦新品种的综合配套产业技术体系的建设与大面积示范推广作出重要贡献。

许为钢主持育成,2019 年通过品种审定的高产优质节肥高效超级小麦新品种"郑麦 1860",解决了节肥与高产、优质特性同步改良的难题,在2022 年实打测产中亩产均超过 800 公斤。

郑天存育成,2018 年通过品种审定的强筋优质超级小麦新品种"丰德存麦 20 号",在 2022 年千亩方实打测产中,亩产达到 907.12 公斤,创造了全国千亩方小麦的高产纪录。

茹振钢育成,2017 年通过品种审定的高光效、"傻瓜"管理技术中筋超级小麦"百农 4199",在 2022 年实打测产中亩产达 800 公斤以上。他近年育成,正在进行区域生产试验的高光效超级小麦"百农 5819",表现优异,产量潜力远超"百农 4199"。

......

河南省内活跃在一线的小麦育种家,都在为培育超高产、优质、绿色的超级小麦新品种默默地耕耘着,为河南省小麦产量持续保持全国第一提供了坚实的品种支撑。

第九章 为育种者作嫁衣的"郭小麦"

特定"汇报人"

2014 年 5 月 9 日，新华社发布的习近平总书记在河南省尉氏县张市镇田间考察的照片中，有一位中等身材、满头银发的老人正手执几株麦子认真地向习近平总书记汇报——他，就是享誉全国的小麦栽培专家，农民朋友都亲切称他为"郭小麦"的河南农业大学教授、中原学者郭天财先生。

这一天，对 61 岁的郭天财来说是无比荣耀、终生难忘的一天。这一天，习近平总书记到河南省尉氏县张市镇麦田视察调研，郭天财被安排在现场为习近平总书记介绍小麦生产情况。

小麦是重要的口粮作物，中国是全世界小麦第一生产大国，河南是全国小麦第一生产大省，全省小麦产量占全国 1/4 强，在保障国家"口粮绝对安全"中的地位极其重要。"世界小麦看中国，中国小麦看河南"。因此，在每年小麦生产的关键时刻，党和国家领导人几乎都会来河南省考察调研，都要到麦田里走一走、看一看。

郭天财担任农业农村部小麦专家指导组副组长和河南省小麦专家指导组组长，肩负着河南省和全国小麦生产的技术指导与管理决策任务。

因为郭天财实践经验丰富，对小麦品种、栽培技术烂熟于心，加上讲解生动，敢于直言，所以每次党和国家领导人、国家有关部委领导来河南省考察调研小麦生产，几乎都会让他汇报。他总结的小麦生产经验和提出的建议，屡次被政府部门采纳，颇受领导信任。

郭天财还担任国家"2011 计划"河南粮食作物协同创新中心主任、河南农业大学作物学国家一级重点学科小麦栽培方向学术带头人、国家小麦工程技术研究中心副主任、国家小麦产业技术体系岗位科学家、中国作物学会小麦栽培学组副组长等职。这些头衔与职务，对郭天财来说均是沉甸甸的责任和使命。

这天下午，习近平总书记赶到尉氏县张市镇高标准粮田综合开发示范区，想看看今年河南的小麦生产情况。

立夏刚过，阳光热情地照耀着广袤的麦田。微风轻拂，麦浪翻滚中麦香阵阵。郭天财提前来到麦地，怀着异常激动的心情一边等候总书记到来，一边从包里拿出钢卷尺，测量麦穗长度、植株高度，观测小麦生长情况，思考着如何向习近平总书记汇报。

他花白的头发在阳光中闪闪发光，微风吹过，发丝微微颤动。下午 4 点左右，习近平总书记兴致勃勃地来到麦田。

郭天财快步迎了过去。

习近平总书记紧紧地握住他的手，询问他的工作和身体情况。

郭天财陪同习近平总书记一起走进麦田。他挽起白衬衣的袖子，弯腰从地里拔出两株麦子，递给习近平总书记。

习近平总书记看着茎秆粗壮、植株清秀、穗子硕大、籽粒饱满的小麦，脸上露出欣慰的笑容。

"我们河南是全国小麦生产第一大省，中国人每 4 个馒头中就有一个是我们河南生产的。"郭天财站在一望无垠的麦田里，一脸喜悦。

习近平总书记和蔼地开玩笑说："那中国人每吃 4 碗面条也有一碗是河南生产的啦。"

蓝天碧野之间，郭天财和习近平总书记谈笑风生。习近平总书记对于良种培育、田间管理、种植模式、农民种粮收益和当年的降雨、病虫害防治等情况都十分关心。

5 月正是小麦籽粒灌浆期，是决定粒重大小的最关键时期，直接影响小麦产量。

习近平总书记拿着硕大的麦穗，让郭天财预测一下今年的小麦产量。

郭天财说："去年河南小麦播种基础总体较好，冬前降水充沛，温度适宜，小麦实现了壮苗安全越冬。从总体来看，今年的气候条件对小麦生产是非常有利的，虽然返青、拔节期气温较常年偏高，小麦的生育期有所提前，但 4 月份以后，小麦生长需水高峰期时又连续下了几场雨，小麦长势很好，穗多穗大，病虫害也轻，如果后期加强管理，不再发生重大自然灾害，今年河南小麦肯定又是一个丰收年。"

习近平总书记听着频频点头，说道："我们都是种庄稼出身，小麦长势这么好，我和你们一样欣慰。用咱老乡的话说，今年的馍能吃上了。"说着大步走进田间，与在田里劳作的农机人员、农民、农业合作社人员亲切交谈。

2014 年 5 月 12 日，《河南日报》发表了一篇题为《努力建设富强河南文明河南平安河南美丽河南——习近平总书记河南考察侧记》的文章，报道中记述了习近平总书记对粮食安全的谆谆嘱托：

伫立田间，看到再过一段时间就将成熟的小麦，总书记深情地说，河南的粮食产量占全国的十分之一，小麦产量超过四分之一，农业特别是粮食生产对全国影响很大，地位举足轻重。近年来，河南农业特别是粮食生产取得显著成绩，为保障国家粮食安全、重要农产品有效供给作出了突出贡献，这既是河南的贡献也是河南的奉献。国家要进一步加大对农业大省的支持力度，让主产区抓粮有积极性。

2010年年底，旱情席卷河南。时任国务院总理温家宝同志时刻牵挂着河南。

春节前夕，温家宝同志来到河南考察调研。2011年1月22日一大早，温家宝同志走进鹤壁市淇滨区钜桥万亩粮食高产核心示范区，那次向温家宝同志汇报的仍然是郭天财。

天气干冷，树木和房屋在寒风中静立着，村庄外大片的麦田里一片霜白。郭天财蹲下用手拂掉麦苗上的白霜，然后拿出随身携带的小铲子扒开表层土壤察看墒情。

"表层土壤虽然有些干旱，但下面的墒情还不错。"温家宝同志捻着刚挖出的土壤说。

"嗯，去年秋天的时候，这里下过一场透雨，底墒还可以。"郭天财说着又继续往下挖，"可是这个冬天一直没有雨雪，在一百多天里几乎没有一场有效降雨，现在麦田旱象严重，并且旱象还在持续加重。"

温家宝同志顺势拔起一株麦苗，仔细察看叶片和根系。

"我们这里的麦苗壮实，六片叶十来条根。去年高产示范区小麦平均亩产达到了695公斤。但今年要想再有好收成，就必须做好抗旱准备。今年小麦群体头数足，现在正处于越冬休眠期，地上麦苗已基本停止生长，土壤蒸发量也很小。河南有句农谚'旱长根，湿长苗'，这个阶段表层土壤适当旱些，有利于根系下扎，对小麦生产有好处。"郭天财说道。

"如果过了春节还没有下雨雪，这块麦田是不是就要浇第一遍水了？"温家宝同志问道。

　　郭天财点点头。

　　"你们一定要做好抗旱浇麦的准备。"温家宝同志又问道，"你认为应该如何抓好今年麦田春季管理，确保小麦丰收？"

　　"今年春季麦田管理应'以浇为主，措施前移，分类指导，科学应对'。"郭天财不假思索地说出了春季麦田管理的"十六字诀"。

　　温家宝同志十分满意地点头说："你说得很好！"

　　河南的旱情让温家宝同志放心不下，当天下午他又驱车来到滑县留固镇粮食高产创建示范园区，了解麦苗的生长和农田灌溉系统情况。

　　深夜，郭天财回到家，耳边一直萦绕着总理的嘱托。他坐在书桌前，翻开本子，看着自己记录的笔记：

　　温家宝同志指出，一要尽快制订和实施抗旱保丰收的农业技术方案。根据不同的苗情、墒情分类指导，有针对性地采取措施，减少干旱的影响，确保冬小麦安全越冬和顺利返青。二要抓紧检修水利设施，努力增加抗旱水源，全面做好春灌准备。三要加快抗旱资金投入，重点用于加强抗旱应急水源工程、"五小"水利工程和抗旱服务组织建设。四要抓紧抗旱物资的筹备，确保抗旱设备、材料的供给……

　　温家宝同志说，现在离开春已经很近了。受旱地区要以科学为指导，早动手，早灌溉，确保以抗旱为中心，强化技术、设施、资金、物资和组织保障，全面做好抗旱保丰收各项工作。

　　郭天财以"时时放心不下"的责任感和使命感，又开始在干旱的土地上来回奔忙，一个县一个县、一块麦田一块麦田地跑，实地察看土壤旱情和小麦长势，现场指导农民用科学方法管理浇灌麦田。

2011 年，大旱之年，河南夏粮竟然再夺丰收。这对于应对国际粮食危机、保持社会稳定意义重大。

2011 年 12 月 26 日，国务院全国粮食生产先进集体与个人表彰大会在北京人民大会堂召开。郭天财作为先进个人参加了会议。在与获奖代表合影时，温家宝同志微笑着走到郭天财面前，握着他的手说："郭教授，我们是老朋友了。"

几个月后，温家宝同志再次来到河南视察，又见到了老熟人郭天财。

《河南日报》2012 年 3 月 20 日一版头题刊发的一篇报道《阳春三月问三农——温家宝总理河南调研纪行》，呈现了那次郭天财向温家宝同志汇报的情景——

17 日上午 11 时，一下飞机，温总理便驱车直奔临颍县固厢乡高产创建示范区。这个示范区是临颍县承担的农业部小麦万亩优质高产创建示范区，面积有 10500 亩。

迎接总理的，不仅是一望无际的麦田，一望无际的新绿，还有正在田间喷洒劳作的村民和忙碌在田间地头的农业科技人员。

眼下，河南小麦正从北向南逐步进入起身拔节期，也是小麦一生中田间管理的最关键时期。

温总理刚下车，河南农业大学教授、农业部小麦专家组副组长郭天财便迎上前来："总理，我们又见面了！"连续 3 年，总理来河南考察粮食生产工作，都是郭天财在田间为总理作介绍。

蹲在地里，总理仔细端详起麦地和麦苗，察看墒情和小麦分蘖情况。"这是才下过雨吧。"总理问。

郭天财说，"昨天才下的雨。河南有句农谚，麦收'八、十、三'三场雨，是说只要农历八月、十月和来年三月，这三场雨下来，麦子就能丰收呢！前两场都及时下了，昨天这场下得还不太够。"

总理笑着说："是希望再下场透一点的雨吧。"

郭天财忙说："对对对，总理来了，我们希望您能带来一场好雨。去年您来的时候，我给您说了四句、十六个字。今年我给总理您再说四句，就是'看苗看天看地，科学肥水管理，防治病虫草害，促根壮蘖增穗'，24个字。"

温总理听后称赞说："你每年概括得都非常好，而且每年都不一样，切合当前实际。"

郭天财说："去年是以抗旱为主，今年我省小麦底墒比较好，这叫播种基础好、底墒好、冬天苗情好。粮食生产上每年的情况都不一样，我们搞农业科技的，必须得了解生产实际。"

温总理说："今年回暖晚。"

郭天财说："对，回暖晚。但是回暖晚也有好处，第一是抑制了旺长，第二，春长有利于生产，麦粒会比较大。"

温总理听郭天财分析得头头是道，赞扬说："你说的看苗、看天、看地，让我知道了很多，还懂了不少知识。我再给你加上两个字：看人。人，就包括了像你这样的小麦专家。河南有个优势，也是个特点，就是农科院、研究所，农业技术人员，每到农业生产的关键时刻，大家都在积极献策，都在第一线亲自指导。贯彻中央一号文件，加快农业科技进步，关键要靠科技人员下乡，科技下乡。"

省农科院院长马万杰说，河南是农业大省，最终解决粮食问题还是要靠技术，1995年您在河南看玉米种子时，给我们提了很多希望，现在我们都实现了。我们的郑单958玉米品种，是农业部重点推广品种，一年种植6800万亩，适应性非常广，在中国的各个地域，在哈萨克斯坦、在越南，都非常适应，连续九年种植面积是第一位了。

温总理听了十分高兴地说："河南农业贡献大，粮食产量高。除了农业科技人员在第一线，其实还有一条，抓种子，抓良种，是不是这样？"

……

他的皮鞋上总是沾满泥土

窗外绿树掩映，鸟雀啁啾。郭天财坐在办公桌前，一边读着报纸，一边记录。他的面前放着一杯热茶，茶气氤氲。郭天财很少坐办公室，大多数时间都是在麦田里。这天，他拿到刊载《努力建设富强河南文明河南平安河南美丽河南——习近平总书记河南考察侧记》的报纸，就被深深吸引住，他一字一句，读得很认真。

河南的粮食生产是一大优势，一张王牌。保证国家粮食安全，河南责任重大。郭天财心里明白，河南虽然是小麦生产大省，但还不是小麦生产强省，小麦的产量虽多但不优，产业大但不强，农业品牌众多，但却杂而不亮。

郭天财拿起笔，在笔记本上写道：目前我国小麦生产能满足市场需求，但与发达国家比起来，小麦的品质还不够好，生产成本比较高，农业生产的现代化程度不高，农民种麦的效益仍持续偏低。中国城乡居民要在吃得饱的基础上，吃得更好、更优质、更营养、更绿色、更健康，还需要我们不断努力……

郭天财写完，喝了口茶，就准备下乡察看麦子的生长情况。他穿上深蓝色夹克衫，伸手搓了搓衣角的泥土，然后拿起破旧的公文包，打开看了看小铲子和钢卷尺都在，才放心地出了门。小铲子和钢卷尺他每次出门必带，小铲子可以用来挖土察看墒情和小麦根系的生长情况；钢卷尺是用来测量小麦的株高、穗长等。这两件小工具，就像医生看病用的听诊器，是郭天财下乡的"标配"，用它可以准确诊断研判土壤墒情和小麦长势，发现小麦生长存在的问题，为指导农民科学管好麦田提供科学依据。

郭天财走在校园里的林荫道上，一个学生迎面走来，笑着跟郭天财打招呼，说："郭老师，您这是又要下乡呀？"

郭天财点了点头。他经常说："我是一名农业科技工作者，整天坐在办公室里可不行，农业科技工作者就得到农民中去，到农田里去，实地调查研究，发现并帮助农民解决小麦生产中遇到的实际问题，科学研究不能只在实验室写论文，要把论文写在大地上，把研究成果融入粮食增产中去。"

郭天财快步朝校外走去，黑皮鞋上沾满了泥土。

早上出门的时候，妻子常秀如刚要帮郭天财擦鞋，他抢过来穿在脚上说，别把时间浪费在这上面，我还要下地，擦也白擦，回来还是一脚泥。

妻子哭笑不得，说："那也得擦呀，在学生面前你还是要注意形象的。"

郭天财笑笑说："我这个工作是要经常下乡下地的，脚上沾点土、带点泥反倒和老乡更亲近。 "

郭天财作为著名小麦栽培专家，是河南小麦高产的领军人物。农业圈子里的人都知道，作物育种难，搞栽培技术研究更难。栽培研究不光立项难、争取经费难、发表高影响论文难，出成果更难，一直被认为是给育种者"作嫁衣"的人。

搞小麦栽培既无名又无利，辛苦、劳累却一点也不少，许多原来从事作物栽培技术研究的科研人员后来都纷纷转行搞起了育种。但郭天财深知栽培技术对粮食增产、农民增收的重要性，他 40 多年始终坚守在这块阵地上，无怨无悔地辛勤耕耘，默默奉献。

阳光穿过梧桐树浓密的枝叶，树影斑驳，洒在郭天财身上。他看着学生们三三两两从他面前走过和他打招呼、微笑。看着他们个个朝气蓬勃，步履轻快，郭天财心里甜滋滋的，仿佛又看到了年轻时的自己。

郭天财 1953 年 6 月出生在河南省济源王屋山脚下的一个小山村。他的出生让家里既喜又忧，喜的是家里多了个男丁，长大后就多了个劳力，忧的是"没粮食"，多一张嘴，怕难养活。

那时我国实行的是粮食计划收购与计划供应政策，对城乡居民实行粮食计划供应，严禁私商自行经营粮食。到了三年困难时期，农业连年遭灾减产，农村更是粮食紧缺。郭天财常常饥肠辘辘，红薯面稀粥、高粱面窝窝头也不是顿顿都能吃饱。只有到过年过节时才能吃上小麦面和白玉米面两掺的所谓"白面馍"，还不让敞开肚子吃饱。每到吃饭时，孩子们狼吞虎咽，母亲咬着嘴唇咽口水。瘦骨嶙峋的郭天财按着肚子坐在门口，期待着能吃顿饱饭。

郭天财小时候，农村的粮食产量很低，农民形象地比喻为"种一葫芦(种子)打两瓢(粮食)"。他家里兄弟姐妹 8 个，父母常常为吃饭问题而犯愁。

"早上汤，中午糠，晚上稀饭照月亮。"郭天财捧着一碗稀粥，无精打采地念叨着。

郭天财上小学时，公鸡刚打鸣，母亲就起来蒸菜团子。菜团子其实就是杂粮面掺野菜。母亲最常用的马齿苋、刺儿菜、荠荠菜，都是郭天财和小伙伴们一起在山上和地里挖的。

菜团子做好了，天也亮了。郭天财小心翼翼地把菜团子装进书包，上学的路上他一直用手捂着，生怕它"飞走了"。

想起童年的生活，郭天财眼圈红了，他说："那菜团子也稀罕着呢，是一天的口粮，虽然口感很差，难以下咽，但如果没了菜团子，就只能饿肚子。"

光阴荏苒，在饥饿和春夏秋冬的复始中，郭天财到了上高中的年龄。父亲、母亲坐在堂屋，郭天财靠门站着，垂着头。

"天财，咱们家里的情况你也知道，你上学的学费和生活费，我们交不起。"父亲紧锁眉头，话头顿了几次，才把这句话说完。

郭天财转身朝外走去，走着走着，泪珠就坠落下来。他在崎岖的山路上一路小跑，跑累了就停下来顺手拽了一根荆条，抽打起地上的石子。他想上学，他不想陷入祖辈的归宿，终日面朝黄土背朝天，却连一顿饱饭都吃不上。

郭天财跌坐在地上，闭上眼睛大口喘气。他突然心头一动，想："我可以自己挣钱啊，我可以砍柴、割荆条卖钱。"

在土地人文的滋养中，郭天财从小塑就了勤奋、纯朴、坚韧、务实的性格。

他靠自己的努力，迈进了高中的大门。那天，他背着书包，穿上第一条母亲亲手缝制的新裤子，带着干粮朝学校走去，20多公里路程，郭天财觉得特别漫长。

夏季烈日炎炎，他又累又饿。走不动了，他就停下来，在一户农家讨点水喝，然后在附近找片树荫坐下来。他擦擦额头的汗，从包里拿出一块硬邦邦的窝窝头啃起来，突然一股诱人的香气扑鼻而来。他闭上眼睛使劲地吸，丝丝肉香沁人心脾。他循着香气走到一家工厂门前，看到里面的工人手里拿着白馒头，碗里盛着大米饭，还有白菜、萝卜、粉条、豆腐和肉做成的"大锅菜"。

郭天财咕咚咕咚咽了几下口水，心里想着："什么时候能让我一星期吃上一顿这样的饭，还让我吃饱，这辈子就满足了。"

整个高中时代，郭天财的这个愿望一次也没实现过。晚上，他常常揉着咕咕叫的肚子，有气无力地说："肉和大米饭我不想了，就让我吃个纯白面馍，就心满意足。"

物质食粮不够，郭天财就狂啃"精神食粮"，高中阶段他的各门功课考试成绩一直名列前茅。1974 年，郭天财被保送到河南农学院 (今河南农业大学) 农学专业学习，开始了他人生新的征程。

郭天财对河南农大有着深厚的感情，他的学生时代和后来的工作、科研都在这里展开，他在这里一待，就是近半个世纪。

刚刚走进大学的郭天财，与同学们谈起理想，他坚定地说："我家在一个穷山沟里，我知道饿肚子的滋味，我一定要好好学习，将来成为一名农业科学家，我要让大家都能吃上白面馍，以后再也不饿肚子。"

郭天财说这些话的时候，双拳紧握，眼睛里闪着泪光。对于来之不易的学习机会，郭天财分外珍惜。一走进大学校门，他就埋头于书海之中，如饥似渴地汲取知识的营养。

但有一件事一直困扰着郭天财，那就是吃不饱。早上吃完饭，还没到放学，肚子就饿得难受。放了学他一溜烟地冲进食堂，可买饭的时候他又慢下来，手里揉搓着粮票，计算着每日的花销。

有时候多买一个馒头，他都要犹豫很久。20 多岁的小伙子，正是能吃的年龄，每次吃完饭，他都按着半饱的肚子，嗅着食堂里撩人的饭香，咬着牙迅速离开。

老师们看在眼里，找各种原因把粮票接济给他。郭天财摩挲着手里的粮票，心头一阵温热——他要更加刻苦地学习，来回报老师和学校。

1977 年，郭天财大学毕业，门门功课成绩优异，留校从事教学和小麦科研工作。从此，郭天财便走上了三尺讲台和小麦科研之路，与小麦结下了不解之缘。

在课堂与麦田间奔波

办公室里，郭天财在备课。夕阳由橘黄色变成橘红，最后变成一抹淡淡的紫红消失在天际。他伸伸胳膊，继续翻阅资料。

这几天，他一直在向老教师请教如何讲好课的问题。为了讲好一堂课，他常常把与这节课有关的书籍都找出来，除了讲国内的，他还会把国外在这方面的研究新进展和新技术融合进去。上课的教案他反复修改、补充完善，写了一遍又一遍，直到他完全满意为止。

夜色暗下来，校园里的路灯亮了。窗外传来学生们课外活动的呼喊声、说笑声，还有背书声……

郭天财站在办公室，拿着讲义，面对着墙壁，有声有色地讲起课来。一遍，两遍，他停了下来。拿起讲义回到桌子前，他用红笔把讲义分成几段，每段的交接处拉出一个红色的圈，在里面写上幽默的句子或有意思的小故事。在课堂 45 分钟的时间里，他要设计几个小高潮，调动同学们听课学习的积极性。

写完，郭天财又对着墙讲起来，讲了三四遍，外面也安静下来，他才伸伸胳膊、扭扭腰，开始收拾东西……

郭天财从 24 岁走上讲台，一晃就是 40 多年。对于学生来说，他是严师慈父，对人对事都"实在"。

河南农业大学作为农业类院校，大多数学生来自农村，很多学生家里经济困难。郭天财一个一个地了解，他不仅关心他们的学习，还关心他们的生活。听说谁开学带的钱不够交学费，他马上借钱给学生补上。看谁冬天穿得单薄，他就买个棉袄给学生送去。

郭天财一直都把学生当成自己的孩子看待，见面时总会问长问短。

一次，一个毕业成家的女研究生来家里看他。

郭天财张口就问："家里都好吧？你和你婆婆关系处得怎么样？"

女研究生腼腆地笑笑，没有说话。

郭天财的妻子端过来一杯水，递给女研究生，笑着说："说你实在，还真是，张口就问人家婆媳关系。"

"你不知道，毕业的时候我就跟他们说了。我的学生，其他方面表现差点我可以不计较，但要是家庭关系搞不好，我可不饶。我郭天财还算小有名气，如果培养的学生连家庭关系都搞不好，他们不怕丢人，我还怕丢人呢。"郭天财笑着说。

女研究生说家里都挺好的，和婆婆关系处理得也很好。

郭天财满意地点点头。

妻子笑着坐下来，说："我给你说，你要是说你们婆媳关系处得不好或者不太好，你郭老师肯定得唠叨你半天。"

女研究生扑哧一声笑了。她看着郭天财，白发更多了，古铜色的脸上也有了深深浅浅的皱纹，她心里泛起一股酸涩，柔声问："郭老师，您现在还经常下乡吗？您要注意身体，周末了就在家歇歇。"

"他呀就喜欢往庄稼地里跑，喜欢和他的学生在一起，喜欢和小麦在一起。你说有时外面刮风下雨了，别人都往家里跑，他倒好，往麦田里跑……"妻子看看郭天财，"这个家就是你郭老师的旅店，他心里呀，只装得下小麦科研和学生。"

妻子又说起了郭天财在河南农业大学的桃李园宾馆里开会的事情。那次是要搞科研、上项目，准备申报国家"2011计划"河南粮食作物协同创新中心的答辩材料。郭天财白天开会讨论，晚上忙着整理材料，制订计划。宾馆离家近得很，但这半个多月他一次也没回过家。

妻子埋怨他时，他说忙。可连轴转忙了两三天，他的腰就不争气地疼起来，站也站不直，坐也坐不下。

有人提议让他回家休息休息，他直摇头，说关键时刻坚决不能掉链子。

他看到房间里有个沙发，就扶着腰半躺在沙发上和农业大学团队骨干老师一起没日没夜连干了两个多星期。

郭天财说："是河南农业大学的老师教给了我知识和本领。我在这里工作，这里给我提供了空间和舞台，让我施展才华。教书、科研这些都是我应尽的本分，只要能为农业生产、为学校发展做点贡献，我就值了。"

作为首批国家小麦产业技术体系岗位科学家，在小麦240多天的生长期里，郭天财有186天不是在小麦试验地就是在农村的麦田里。

郭天财常常到庄稼地里指导农民种麦、施肥、灌溉。冬天通身寒气，夏天一脸汗水。晚上他才拖着疲惫的身体回家。

在学生眼里，郭天财喜欢麦地。他走路也快，快得学生们常常要小跑在后面追。一个学生笑着说："知道咱们郭老师怕什么吗？"

大家摇头。那个学生笑着说："我发现呀，咱们老师最怕基层领导请他吃饭，程序多，耽误时间。"

大家恍然大悟，发出一阵笑声。

接任小麦"高稳优低"组长

可以说，郭天财对生产上每一个主推小麦品种都像对自己的孩子一样熟悉，从生长习性到发育规律，从产量构成特点到群体发展动态等，他都了如指掌。他带领课题组，从筛选利用品种入手，系统地研究了高产小麦品种的生长发育规律和产量构成特点，研究出一系列针对性强、实用性好的不同生态区、不同品种配套高产栽培技术。

在黄淮麦区近几十年来更新换代的上百个小麦品种中，包括获得国家科技进步奖大奖的"周麦"系列、"郑麦"系列、"温麦"系列、"百农"系列等，每个系列品种的推广都浸透着郭天财的汗水和心血。

河南省凡是种植麦子的地方，郭天财都去过。对河南省小麦育种和种植情况，郭天财了然于胸。

"搞小麦栽培研究，就是要因地、因种制宜，扬长避短，趋利避害，应变管理，把良种的遗传潜力和当地的资源优势充分发挥出来，才能实现丰产高效。"这是郭天财的真经。

郭天财自师从著名小麦专家胡廷积先生起，就加入了河南农业大学的小麦科研团队。

胡廷积先生是著名的小麦栽培专家，也是卓有建树的农业经济学家，被誉为河南现代小麦栽培学科主要奠基人、河南农业科研与生产领域优秀领导人。1954年，23岁的胡廷积从华中农业大学毕业，从此离开故乡广东，来到河南农学院工作，一直致力于小麦栽培、小麦生态、农业技术经济学等学科的研究与教学。

1974年，积累了20年工作经验的胡廷积注意到，河南小麦科技力量薄弱，存在着"三散"（人、财、物分散）、"三多"（小课题多、重点研究课题多、只管研究不管应用的课题多）、"三少"（出成果少、出人才少、解决生产实际问题少），严重制约了河南小麦事业的健康发展。针对这些问题，在胡廷积的倡导与积极努力下，河南省科委（今河南省科技厅）组建了由河南农业大学牵头，河南省农科院、河南省农业厅共同主持，胡廷积任组长的"河南小麦高产稳产优质低成本（简称'高稳优低'）研究推广协作组"。协作组采用"教学、科研、生产"，"研究、示范、推广"和"行政领导、科技人员、农民群众"三个"三结合"的有效形式，围绕河南小麦不同发展历史阶段存在的主要技术问题，组织和带领多学科、多部门、多层次科技人员进行协作攻关。其间，胡廷积通过观察和研究河南农业发展的历史、特点、优势和问题，提出了许多有针对性、前瞻性的科学见解。尤其在小麦高产、稳产、优质、低成本理论与技术研究方面，成就卓著。首次提出了河南小麦生长发育"三大规律"和"两长一短"理论，及实现小麦高产五项技术经济指标、十大生态类型麦区栽培技术规程等，解决了小麦生产中诸多关键性技术问题，将小麦科研和生产提高到一个崭新的水平。作为第一主持人，胡廷积先后获全国科学大会奖、河南科学大会奖、国家科技进步奖二等奖、农业部技术改进一等奖和河南省科技进步奖特等奖、一等奖等重大科技成果十多项。胡廷积首创的三个"三结合"科研大协作形式曾以河南省委、省政府文件上报中央、国务院。

1976 年，按照胡廷积教授主持领导的小麦"高稳优低"研究推广模式，我国著名玉米专家吴绍骙教授等又开始了玉米"高稳优低"的研究。这两项研究首创教学、科研、生产三结合以及研究、示范、推广三结合的成功经验，其研究成果经推广普及，促进了小麦、玉米的大面积增产，对解决全国特别是人口大省河南的粮食问题做出了历史性贡献。

1983 年，胡廷积教授因为在小麦和农业经济研究上取得的出色成就，被中央批准担任河南省人民政府副省长，政务繁忙起来。但胡廷积仍然坚持领导课题组继续开展小麦高产研究，在全省 11 个重点县进行了示范推广，小麦单产由 1980 年的 150.75 公斤提高到 1984 年的 275.5 公斤，增幅达 82.8%。

恩师胡廷积教授担任副省长之后，河南省科委与河南农业大学经过反复协商研究，于 1985 年任命郭天财担任"河南小麦高稳优低研究推广协作组"组长，成为河南小麦栽培领域的中坚力量，继续带领小麦栽培创新团队，以每一个五年计划亩增产小麦 100 斤为目标，继续在河南全省开展综合性、超前性的小麦高产与超高产攻关研究。1985 至 1989 年，协作组主要研究了小麦高产优质高效栽培的 5 大技术系列；1990 至 1994 年，协作组进行了高产小麦提高穗粒重的研究；1995 年之后，协作组进入了小麦大面积高产和优质专用小麦产业化的研究阶段，郭天财还主持承担了国家"九五"重中之重的科技攻关项目"小麦大面积高产综合配套技术研究开发与示范"。

1996 年，经国家科委（今科技部）批准，依托河南农业大学组建了由省科技厅主管的全国农业高校和河南省第一个国家级工程技术研究中心——"国家小麦工程技术研究中心"，胡廷积教授任主任，郭天财任副主任。

为了完成小麦高产攻关目标，郭天财带领团队夜以继日地逐个筛选品种，深入研究高产小麦的生长发育规律、产量构成特点、形态生理指标等，针对不同的小麦品种制定出一系列配套高产栽培技术措施。并以"边研究、边示范、边推广"和建立"高产攻关田→核心试验区→技术示范区→辐射带动区"的"同心圆"形式进行推进，获得了多项在理论上有了重大创新、技术上有了重大突破、生产上有了重大应用价值的科研成果。其中，由郭天财作为第一主持人完成的"冬小麦根穗发育及产量品质协同提高关键栽培技术研究与应用"重大科技成果于2009年获国家科技进步奖二等奖，另有8项科技成果分别获河南省科技进步奖一、二等奖。

2008年冬天，由降水异常偏少和平均气温较常年同期偏高叠加导致的持续气象干旱波及我国北方12个省份，河南省遭遇了一场50年不遇的特大旱灾。从10月份开始到2009年2月，100多天的时间里，全省受旱面积超过六成。

站在受旱麦田里的郭天财，面颊上起了一层鳞屑般的干皮，嘴角起了两个绿豆般大小的燎泡。旁边的老乡唉声叹气。

"郭教授，这可咋弄呢？"老乡语气焦灼。

郭天财带着几个团队成员走进麦田，看到受旱麦苗无精打采地贴在地上，还有一些受旱严重的麦田叶片开始发黄枯死。他蹲下来，拿出小铲子挖，可是只挖掉了上面浅浅的一层土，下面硬邦邦的，根本挖不动。

"这地得赶快浇啊。"郭天财看着麦苗痛惜地说。

"井里的水都快抽不出来了。"老乡无奈地回答，"这老天爷是想做啥呢？"

"想办法，要千方百计寻找水源，抓紧抗旱浇麦，不能让麦苗都旱死啊。"郭天财说着站了起来。

同行的团队成员递给他一瓶矿泉水，他摆摆手，拉着老乡去找其他村民一起商讨旱情去了。

郭天财心里明白，这场历史罕见的特大旱灾，农民是最大的受害者。麦子是农民的希望，必须想办法对抗干旱。郭天财带领团队成员深入麦田调查旱情、苗情和病虫草情，与基层干部和农民群众一起商讨寻找水源，研究解决抗旱浇麦的办法，现场指导农民科学管理麦田。一个月的时间里，他们走了近万公里，大家都晒得黑炭一般。

2009 年，河南小麦生产战胜了历史罕见的特大旱灾，全省小麦平均亩产比上年增加 0.4 公斤，创造了大旱之年夺丰收的奇迹，其中郭天财团队发挥了不可估量的作用。

有一年开春上班的第一天，空气中还流淌着冬的寒意，地里的麦苗却已经开始返青，透出盈盈绿意。郭天财从滑县道口镇的麦田出来，沿着乡间小道，边走边看着路两边的麦田。他远远地看见一个老农正在地里忙活，走近一看，老农正在给麦田浇水。

"老乡，去年麦播后寒流来得早，积温不够，麦苗长得小，苗弱，现在气温还很低，浇水后地温会进一步降低，反而更不利于弱苗恢复生长。"郭天财站在地头喊道。

"没事，种了一辈子地，我知道。我是想趁着过年，孩子们都在家，提前把肥追上，把浇麦的活儿干了，正月十五一过就出去打工挣钱了。"老农摆着手满不在乎地说。

郭天财走过去，掏出一张名片递给老农，说："老乡，我是河南农业大学专门研究小麦的，这是我的名片，咱们打个赌，我给你说这块麦田怎么管理。咱们老祖宗有句农谚'锄头有火有墒'，你家麦苗长得弱小，主要是缺温度，你看这地里不缺墒，应先把地浅锄一下，促进麦苗生长，等温度回升了你再浇水。你按我说的做，要是今年收成好了，你就请我吃一碗鸡蛋捞面条。要是按我的意见管理麦子减产了，你就到河南农大门口敲着锣吆喝，说我郭天财是草包专家，光会在黑板上种田，就会瞎指挥，按他说的措施管理，我的小麦减产了。你看中不？"

老农看了看名片点点头说："中中中，我听说过你。"

夏季麦收后，这位老农提着一篮子鸡蛋找到了河南农业大学。他见人就问："我找郭教授，郭教授真神。"

"小麦要想高产，种啥？咋种？咋管？听郭教授的准没错。"这句话在农民中间相互传颂。

2021年春季，郭天财冒着疫情风险到临颍县进行小麦苗情调研和春季麦田管理技术培训，并深入种粮大户麦田进行现场指导，在场的农民听了郭天财有理有据的分析和春管技术措施，都纷纷点头赞许。突然有个种粮大户高呼："抗疫就听钟南山，种麦只听'郭小麦'。"金杯银杯不如老百姓的口碑，农民朋友的认可与赞誉是对郭天财的最大奖励，他的眼里泛起激动的泪花。

郭天财始终坚守在小麦科研和技术推广一线。他经常在农村考察调研小麦生长状况，研究制定麦田管理对策，为基层农民讲课，现场指导农民科学种植管理小麦。

郭天财的手机号和办公地点都是公开的，时常有老乡来河南农业大学找他，有的带着一包花生或是一篮子新鲜蔬菜来感谢他，有的带着一把麦苗来请他"诊断"，开麦田管理"良方"。

有一次，几个老乡带着孩子来办公室找他，询问麦苗发黄了该怎么管理。他们正说着，突然闻到一股臭味。回头一看，孩子蹲在地上拉屎。大婶尴尬地扯起孩子，边扯边吵。郭天财连忙站起来说："没事，一会儿我收拾一下就行了。"

几个老乡临走的时候，郭天财还一再交代："回去按我说的方法做，有事随时给我打电话，我的手机24小时开机。"

终于到了周末，妻子想要与他一起出去转转，郭天财趁妻子拿东西的空当，又偷偷地把钢卷尺和小铲子塞进了口袋。

他说要带着妻子去看风景，却兜兜转转把车开到了麦田里。

妻子埋怨他的时候，他呵呵地笑着说："这里到处都是风景啊，你看麦子绿油油的多好看啊。"

如今，小麦产量大幅度增长，郭天财作为小麦栽培技术的领军人物，功不可没。

许为钢、郑天存、茹振钢等一大批育种家都表示，是郭天财的"良种配良法"配套栽培技术，使他们育成的良种增产潜力和效益得到了最好的发挥。

沈天民感慨地说："如果没有郭老师配套的栽培技术，'超级小麦'不可能在实际生产中有那么完美的表现。"

我永远爱着这片土地

每年过了立春，都是小麦生长和田间管理的关键时期，小麦苗情、墒情、病虫草情都必须监管到位。这段时间也是郭天财一年当中最忙的时候，他每天都在农村麦地间奔波。这天，他刚刚从一个小麦示范方忙完，就驱车赶往河南省焦作市修武县，这里的高产麦田的行距配置和种植模式，一直困扰着乡村技术干部，怎么种才能更高产？实现效益最大化？他们给郭天财打电话，希望他能来现场做指导。郭天财下车连口水都顾不上喝，就直接带着村干部和基层农技人员进了麦地。

察看完小麦苗情，他就在麦地里现场进行培训指导。不同产量水平、不同品种的小麦生长习性、群体发展动态和产量构成特点不同，对株、行距的要求也不一样。他着重讲了当前小麦生产存在的问题、解决的办法和麦田春季管理的技术要点及应该重点注意的问题。

村干部边听边点头。这时细心的村干部看到了郭天财脖子上一道醒目的伤口，有半尺长。

"郭教授，要不您先休息一会儿，咱们去村委会坐下来慢慢讲？"村干部关切地问道。

"没事，就在这现场看着麦苗讲吧，我一会儿还要去其他乡镇，他们都等着呢。"郭天财笑笑，继续讲起来。

春节前，他刚刚做了颈部甲状腺结节切除手术，如今伤口才愈合不久，他总觉得脖子伤口处硬邦邦的，不舒服。妻子劝他在家多休息几天，他却说，时节不等人，春季是小麦生长和产量形成的关键期，也是小麦一生中通过田间管理控旺促弱稳壮、搭好丰产架子的最关键时期，春管的时效性很强，这个时期麦田管理好坏对产量影响很大，我放心不下，得下地去看看。他这一开始，就不知道什么时候结束了。全省8000多万亩小麦，他开始一个地市一个地市地跑。

一阵风吹过，寒意陡增。大家都不自觉地缩了缩脖子。郭天财却浑然不觉，继续讲着控制麦苗旺长的措施。他每说一句话，伤口都会微微扯动。大家看着、听着，眼眶里热乎乎的。

在小麦生长的8个来月——240来天里，郭天财都牵挂、关注着小麦生产。特别是在小麦生产关键期或遭遇突发自然灾害时，不管是寒冬腊月，还是酷暑盛夏，郭天财总是第一时间奔赴麦田现场调研，掌握第一手资料，研判小麦生长趋势，提出应变管理措施，他的行程表里没有节假日。这年元宵节，大家热热闹闹地看花灯、吃元宵的时候，郭天财在温县祥云镇调研小麦春管情况。他刚从麦地里走出来，就被村民侯大根热情地拉住了，邀请他到家里坐坐。

郭天财想要推托，却被他拉着不放。

"郭教授，您到家里喝口热水，给我讲讲小麦高产特点和春管技术。"

郭天财笑道："行，讲种植技术我在行，刚才我看了你种的 6 亩小麦，麦苗长得不错，以后随着气温回升，小麦长得快、变化大。这个时候是小麦旺盛生长期，地上要长，地下根系也要长；群体要长，个体也要长；营养器官要长，生殖器官也要长，各种矛盾交织在一起，小麦生产进入需水需肥高峰期和反应敏感期。这个阶段水、肥一定要跟上，同时还要及时防治病虫害，对旺长麦田要及时镇压结合喷施控旺药剂抑制旺长，通过看苗科学管理保穗数、育壮秆、促大穗、增粒数，并为提高粒重奠定基础……"

郭天财离开侯大根家，又跑了几个村子，很晚才回家。

第二天，郭天财又去新乡县和延津县调研苗情。连续几天的奔波调研让郭天财发现，这一年河南小麦生产有三利和三不利：三利是播种基础好，冬前苗情好，土壤墒情好。三不利是有一部分麦田播量大，麦苗又密又旺，后期存在倒伏和脱肥早衰的危险；再就是越冬病虫草害基数大，春季有重发的趋势，防控任务重；三是有的麦田整地质量不高，土壤通透性差，根系发育不太好，头重脚轻不协调，后期存在倒伏风险。针对这些特点，郭天财向农业部门提出了春季麦田管理意见，并被采纳落实。

郭天财对河南省内不同发展阶段小麦的生长发育规律和形态生理指标及栽培管理措施的调控效应进行了系统研究，集成创新了小麦高产栽培技术体系，成绩斐然。在他的指导下，温县、博爱县 1996 年成为全国首批小麦亩产千斤县。1999 年，焦作市成为全国首个小麦亩产千斤市。这些高产县、市创建都凝结着郭天财团队的心血。

我国第九个五年计划期间，郭天财主持在偃师创造万亩连片连续两年亩产超 600 公斤高产典型；"十五"期间，在河南省 3 个基点连续 15 个点次实现 15 亩以上连片亩产超 650 公斤；"十一五"期间，在浚县创造百亩连片亩产 751.9 公斤、万亩连片亩产 690.1 公斤的国内相同生态类型区同期同面积高产纪录；2014 年，在修武县创造小麦平均亩产 821.7 公斤的全国冬麦区最高产量纪录，2022 年在延津县又首创小麦亩产 907.12 公斤的高产纪录。这些高产典型为河南小麦连年丰收发挥了重要引领和支撑作用。

随着人民群众生活水平的不断提高，人们对面粉需求也日益高端化和专用化，做面包要用面包粉，包饺子要用饺子粉，而这些都需要不同的优质强筋小麦品种。但很长一段时间，河南小麦都被"高产不优质、优质不高产"的问题困扰着。

1997 年，国家针对小麦出现的结构性矛盾提出了调整种植业结构和提高农产品质量，出台小麦优质优价政策。河南省由此开始以"专用化、优质化、多样化"为方向，对小麦品种和品质结构实施大规模调整，根据市场需求，尝试在不同生态区域种植不同类型的优质专用小麦。

这一时期，郭天财根据小麦品质生态研究结果，提出"龙头企业＋科研单位＋基地＋农户"和"订单种植、合同收购、优质优价"的优质小麦产业化开发模式，解决了农民卖粮难和企业优质小麦原料不足、质量不稳的难题，促进了河南省小麦生产由数量型向质量效益型转变，实现了国产食用小麦首次出口、"郑州小麦"首次列入路透社报价单、优质强筋小麦首次挂牌上市交易。国务院将这个模式批转全国推广，为全国优质小麦产业发展做出了突出贡献，也为近年来河南省实施"四优四化"提供了技术支撑与创新模式。

郭天财还以国家小麦工程技术研究中心为平台，培养出了一支团结协作、务实创新的小麦栽培创新团队，及时为各级政府小麦生产决策提供技术咨询，切实解决了小麦生产中发生的重大、突发性技术问题。

多年来，郭天财获得了多项荣誉："国务院政府特殊津贴专家""河南省优秀专家""全国农业科技推广先进个人""全国粮食生产先进工作者""全国优秀科技工作者""河南省十一五优秀科技创新人才""庄巧生小麦研究贡献奖""中原学者"。

2012 年，郭天财被评为"中华农业英才""CCTV2012 年度全国十大三农人物""河南省技术创新先进个人""中国作物科学技术成就奖"。

2015 年，郭天财被中共中央、国务院表彰为"全国先进工作者"。

2017 年，郭天财荣获 2017 年"全国教书育人楷模"称号，这是迄今河南省唯一获此殊荣的高校教师。

2021 年，郭天财被中共中央授予"全国优秀共产党员"。

郭天财主持申报的"河南粮食作物协同创新中心"被认定为"国家 2011 计划"全国首批 14 个中心之一，被誉为河南高等教育的"里程碑"。

在接受记者采访时，郭天财说："是河南 8000 多万亩小麦给我提供了一个施展才华、报效祖国的舞台，我是受益者。"

面对记者的一再提问，他动情地说："我就是一个种地人，普通的种地人。"

2023 年，70 岁的郭天财，依然在小麦栽培的科研之路上跋涉，他的皮鞋与裤脚依然天天沾满泥土。

春天的中原，万顷麦田碧海荡漾。满头白发的郭天财站在麦田中，沐浴着春风，听着麦子的欢唱——此时，他心里是不是正在酝酿着小麦优质、高产、高效的新目标呢？

第十章 道远而任重

近 10 年间，河南省审定小麦品种 324 个；在国审小麦品种中，河南省选育的有 152 个。一颗优质的小麦种子背后，映射着粮食大省河南扛稳国家粮食安全重任的担当，也是小麦专家们对育种、栽培技术的常年耕耘，才有了河南小麦"甲天下"的骄人成绩，为大国粮仓做出了新的贡献。

孜孜以求的"小麦院士"许为钢

5 月的田野，麦浪滚滚碧海连天，空气里弥散着麦秆清甜的气息，中原大地丰收在望。

"全国农业科技现代化先行县"优质小麦新品种和高效绿色技术观摩会后，中国工程院院士许为钢走进正阳县麦田，察看许为钢团队培育的新品种"郑麦 1860"的长势。

"大面积种植能实现这样的产量，说明麦田管理很到位。"许为钢微笑着，站在麦田旁弯腰捏着一穗麦细细观察，"小麦 3 件宝，穗多穗大籽粒饱。目前来看，'郑麦 1860'在这 3 个方面都实现了育种目标，农民种植高产、绿色、高效的小麦不再是梦想。"

在业内，"南有袁隆平，北有许为钢"的说法由来已久。作为国家小麦良种重大科研联合攻关专家委员会首席专家，许为钢在小麦育种的道路上已经走了近 40 年。小麦，早已是他生命的一部分，成为血脉相连的"亲人"。他带领团队育成的小麦品种，在全国累计推广面积已经超过 3.5 亿亩。"郑麦 1860"，2022 年在河南省虞城县创出商丘市小麦高产新纪录，亩产达到 1737 斤。

然而，许为钢觉得这还远远不够。在第二届三亚国际种业科学家大会上，他做《坚持绿色发展 推进小麦育种联合攻关》的主旨演讲时曾提出：目前我国小麦单产已超出世界平均水平，单产的提高对总产发挥了决定性作用，这是应对我国耕地面积不断减少的根本方法，但与发达国家粮食生产水平还存在一定差距，必须持续提高，在已满足国内消费需要的前提下，进一步保障国家粮食安全。

随着农业科技的不断创新，小麦育种进入新的发展阶段，加快了"传统育种"向"现代育种"的转变。许为钢认为，必须向破除时空制约的多组学综合育种方向拓展，品种研发与转化主体要向多元化方向发展，"研发—转化—产业应用"要向一体化方向发展。

多年来，许为钢深耕于河南沃土，在南阳想念集团建立了院士工作站、合作种子"育繁推"一体化项目。南阳是农业大市，又具有较好的优质小麦实验示范基础和辐射湖北的地理优势，想念集团是我国著名的面食企业。在这里建站，无疑会实现双方有机结合，发挥研、学、产优势，产生 1+1 ＞ 2 的效应。对南阳小麦产业，许为钢充满了信心与希望。

"我们将重点通过 4 个方面的工作推动南阳小麦产业发展，促进河南小麦产业升级，以科技驱动为产业发展提供实实在在的强大支撑力，具有深远的战略意义。"许为钢说，"其实，小麦上面所承载的是农民的需要、国家的需要、人民的需要。对小麦的认识，还需要放更长远的眼光。"

2023 年 3 月，许为钢带着"把我国农作物纳入碳汇交易市场"的建议，参加了十四届全国人大一次会议。他认为，农作物就是碳汇："我们应该重视这个客观存在，而且把农作物作为碳汇以后，它就形成了一种对农业的生态补偿，如果说农作物的碳汇量能够进入交易，可能我们还可以引导国际规则的改变……"

老骥伏枥的郑天存

初夏，在荥阳市城关乡宫寨村的一处小麦田内，一位头发花白的耄耋老人正穿梭其中，不时俯下身子，观察小麦的长势。他就是小麦育种家郑天存。

"这个品种是我育成的新品种'郑科 11 号'，矮秆儿、大穗，结实性好、抗灾能力强，还实现了一个新的高产目标，预计这个品种随着社会的重视，将为农民增产增收发挥积极作用。"79 岁的郑天存精神依然矍铄，手持麦穗欣慰地说。

2023 年 7 月 2 日，是个欢乐喜庆、意义非凡的日子。河南农业大学在建校 121 周年之际，举办了"校友圆桌对话"高端论坛。来自省内外涉农领域的领导、专家、企业家等优秀校友代表济济一堂，围绕"服务乡村振兴战略 助力农业强省建设"主题，共话强农兴农的时代课题。郑天存也回到了母校。

近几年，郑天存一直与母校共同推进抗赤霉病、小麦抗穗发芽等方面的研究，培育出多抗、高产加优质的小麦新品种，为农业注入最"芯"活力，这将成为郑天存未来的育种新目标。

2023 年 9 月 23 日，2023 年"农民丰收节"这天，郑天存参加了河南省"中原农谷"东区规划部分——延津县小麦高产栽培技术"延津模式"暨种业发展研讨会，针对在小麦高产栽培技术和种业发展、积极引导农户科学种田，为进一步提高广大种植户的技术水平和生产效益等方面进行了研讨。

2022年4月，河南省政府印发《"中原农谷"建设方案》，举全省之力在新乡打造种业创新高地。这里科研资源汇集，半小时通勤圈内聚集国家科研平台17个，部级科研平台33个，省级科研平台40余个，在扛稳河南粮食安全重任、保障国家种业安全自主可控方面提供了必不可少的智力支持。

延津县作为"中原农谷"的重要组成部分，地处中国小麦黄金生产带，是粮食产业经济的集聚地，更是新乡市特产、拥有全国农产品地理标志和中国农业品牌的"新乡小麦"的重要生产基地。"新乡小麦"被誉为"中国第一麦"，作为主产区的延津县，每年小麦种植45万亩，成为河南省第一个"全国绿色食品原料（小麦）标准化生产基地"。

这些年，郑天存培育的多个高产、优质小麦新品种在新乡市的延津、封丘、长垣等县（市）大面积推广，成为"新乡小麦"的主栽品种之一。能挤进"新乡小麦"家族，成为其中"最靓的种子"，对郑天存来说意义非凡——这无疑是对他退休17年来育种研究"第二个春天"最丰厚的回报。

为小麦而生的茹振钢

2023年麦收前，走进茹振钢的小麦育种基地——中原农谷区域内的河南省杂交小麦工程技术研究中心。麦田金黄，夏风吹起一层层波浪。麦田间立着的一块块牌子，上面标示着不同的小麦品种。它们看起来十分相似，但在茹振钢眼里，不同品种的小麦有不同的长势特点和环境适应特点。哪一块小麦属于哪一个品种，哪一个品种拥有哪一种性状，他都了如指掌。

"'百农5819'这个品种是即将推广的品种，产粮水平现在是最高的，你看看它的抗倒能力，这么大的风，依然巍然屹立。"茹振钢边说边现场演示小麦的抗倒伏能力。他大幅度挥动着手，拨动着小麦，模拟大风中小麦的生长场景。

"中原农谷不仅研究核心技术，创造小麦当中的'领袖级'品种，而且在科技研发方面引领整个黄淮平原，确保国家粮食安全。"说到中原农谷，茹振钢情绪有些激动，"我们必须掌握核心技术、核心资源，建设农业强国是我们国家实现强盛的根基，只有农业实现了现代化，其他方面才会越来越好。"

根据黄淮海平原生态条件，围绕河南小麦生产特点制定育种目标，茹振钢团队开展高产、稳产、优质小麦育种与理论研究，先后培育并推广了一批"百农"系列高产品种。

"除了在品种培育水平、培育速度方面下功夫，农业机械化也很重要。农机跟我们的品种结合，非常完美。"茹振钢进一步揭示中原农谷建设背后的科技密码，"像喷药，还有谁会背着药壶去喷药的？现在都是坐到地头一按，喷药小飞机就上去了，喷得又均匀又好，还不轧麦子，不影响庄稼。农机、农技相结合，是中原农谷一道亮丽的风景线。"

茹振钢说："我的生命，就是为小麦活着，希望它越来越强，农民们拿到手的是不断提高的亩产。"

茹振钢的心里不只有"育种"，还有魂牵梦萦的"育人"。麦田上，他细致严谨，攻克难关；在课堂上，他风趣幽默，激情洋溢。育种与育人，都是他生命的重要组成部分，一方田野，三尺讲台，他都倾情投入。他的理想信念，就是用自己的学识、阅历和经验，点燃学生对农业科研的向往与奉献。

2023 年 8 月 31 日，2023 年两院院士增选有效候选人名单公布，65 岁的茹振钢榜上有名。这是继 2021 年后，他再度候选中国工程院院士。从事小麦科研事业 40 多年的茹振钢冲顶成功，为河南再增添一位"小麦院士"。

耕耘于麦田的古稀老人

2023 年，在河南南部小麦进入成熟期后，一场连续的阴雨打乱了麦收的节奏。这把郭天财的心"吊"了起来。整个麦收期间，他一直冒雨在全省各地"把麦问诊"，每天两腿沾满湿泥。

5 月 25 日起，河南多地出现连续降雨，且伴有短时强降水、雷暴大风等强对流天气。这对豫南地区成熟麦田的收获极为不利，同时还影响豫北、豫中等未成熟麦田后期籽粒的灌浆。

郭天财清楚，小麦 3 月怕霜、4 月怕风、5 月怕雨，5 月底下雨最容易形成"烂场雨"。

"烂场雨"会造成小麦倒伏受淹，导致成熟的小麦霉变和穗发芽，影响小麦产量和质量。如果时间持续 5 天，哪怕每天仅有 1 毫米的降雨，小麦都会在地里发芽。即便是收割上来的小麦，如果没有及时脱粒，也会在仓库里发芽。

这是郭天财从事小麦栽培研究 46 年来，河南第一次遇到发生范围最广、持续时间最长、危害最严重的"烂场雨"天灾，导致部分地区小麦发芽霉变。他立即向省有关领导和相关部门建议，一切为麦收"开绿灯"，按照省政府最新出台的 10 项应急抢收、烘干晾晒措施，抓紧抢收。同时更要重视种子繁育田的排查，优先保证种子田的抢收和烘干，保证下一季用种安全。

河南省除了是全国小麦第一生产大省，也是全国小麦育种大省、用种大省、繁种大省和种子外调大省。繁育的小麦种子，除了满足本省8500多万亩麦田播种需要之外，每年外调至邻近省份的种子量高达10亿斤以上。

在郭天财的多次呼吁下，各地在抢收小麦时优先抢收种子田，所有收获机械、烘干设备、晾晒场所都优先保种子，确保了秋季小麦播种所用种子数量充足、质量安全。

这种气象灾害是一种世界性难题。黄淮麦区每3至5年都会发生规模不等的"烂场雨"，10年左右可能出现一次有严重危害的"烂场雨"灾。在全球气候变暖的大背景下，雨季提前北移，呈现出发生频率增高、范围增大、对小麦生产危害加重的态势。河南冬小麦从播种到成熟收获历时230多天，要"过五关、斩六将"才能实现高产稳产。

正如河南农民所言，"小麦如果不收到仓库里，就不能轻言丰收"。今后要应对这种极端天气，防灾减灾是关键，要做到未雨绸缪。

郭天财认为，加强抗穗发芽种质资源的品种培育，是小麦育种家应考虑的首要问题，然后才是对"烂场雨"极端天气配套栽培技术的研究。在当前高标准农田建设中，注重"旱能浇"，更注重"涝能排"。另外是在小麦主产区，对种粮大户等新型农业经营主体，在烘干设施建设和晾晒场所建设方面要给予倾斜性支持，尤其要加紧研发可移动式的小型烘干设备，以备救灾之用。

转眼，又到了麦播的时节。今年秋季降雨偏多，虽然麦播底墒较好，但今年夏收前受连阴雨影响，部分种子可能存在质量风险。郭天财又开始在河南各地的麦田里奔波。每到一个地方，他都会建议：要加强监管，确保秋播用种安全，要拌好种、施好肥、整好地、播好种，实施种子包衣或药剂拌种，抓好以深耕(松)耙地、秸秆粉碎均匀还田、播间或播后镇压为内容的整地质量，种足种好小麦，夯实丰产基础。

70 岁的郭天财，与很多农业专家一样，保持着健康的身体与旺盛的精力，为黄淮海麦区小麦栽培奉献着光和热。